D1605960

Anne Wiazemsky

Aux quatre coins du monde

Gallimard

Anne Wiazemsky s'est fait connaître comme comédienne dès sa dix-septième année, tournant avec Bresson, Pasolini, Jean-Luc Godard, Marco Ferrerri, Philippe Garrel des rôles aussi importants que ceux de *La Chinoise* ou de la jeune fille de *Théorème,* avant d'aborder le théâtre (Fassbinder, Novarina) et la télévision. Elle a publié des nouvelles, *Des filles bien élevées* (Grand Prix de la nouvelle de la Société des Gens de Lettres, 1988), et des romans, *Mon beau navire* (1989), *Marimé* (1991) et *Canines* (prix Goncourt des lycéens, 1993). Elle a reçu le Grand Prix du Roman de l'Académie française en 1998 pour *Une poignée de gens.* En 2002, paraît *Sept garçons.*

Pour Henri de Maublanc

YALTA

JOURNAL DE TATIANA

10 avril 1919

Demain nous quittons la Russie sur un navire anglais. Ce grand départ me serre le cœur. Qu'adviendra-t-il de nous tous ? Les adultes font bonne figure malgré leur tristesse. Sauf tante Xénia qui ne cache pas son soulagement (mais cela fait presque deux ans qu'elle veut quitter la Russie avec ses enfants. À l'époque, je me souviens que personne ne la prenait au sérieux). Tante Olga, comme d'habitude, supervise tout y compris le contenu de mon bagage. Ce ne serait pas la mère de ma Daphné chérie je dirais volontiers qu'elle m'agace. Ma sœur Nathalie est je ne sais où avec Bichette qui elle s'enfuit vers le Caucase. Ces derniers jours, Nathalie semblait plus lointaine qu'à l'ordinaire. Elle avait retrouvé ce que nous appelons entre nous « son visage de pierre ». Je voudrais tant que ma sœur soit de nouveau heureuse ! Que lui réserve sa nouvelle vie ? Et la mienne ? Dans deux jours, j'aurai treize ans. Est-ce que l'on fête les anniversaires sur les navires anglais ?

Lettre de Nathalie Belgorodsky
à ses parents

10 avril 1919

Chère maman, cher papa,

j'écris ce mot la veille du départ avec l'espoir un
peu fou qu'il vous parviendra. Mais je voulais
que vous sachiez à quel point mes dernières
pensées en Russie vont vers vous, vers mes
sœurs et mon petit frère. Suivre ma belle-famille
dans l'exil me semble le choix le moins douloureux car je ne puis me résoudre à me séparer de
ceux qui ont le mieux connu mon cher Adichka.
Ce serait aussi trop cruel pour ma belle-mère :
elle a besoin de moi comme j'ai besoin d'elle.
Merci de l'avoir si bien compris et de me
confier la garde de Tatiana, si vive, si charmante et qui vous ressemble tant, maman. Que

Dieu vous garde et nous réunisse tous un jour, à nouveau. Tatiana et moi vous assurons de tout notre amour.

NATHALIE

Lettre d'Olga Voronsky
à Léonid Voronsky

10 avril 1919

Mon cher époux, mon Léonid,

Si quelques-unes de mes lettres sont bien arrivées et si certaines des tiennes ont su me trouver à Yalta, j'ose espérer que celle-ci te parviendra. Je la confie au cousin de nos voisins qui compte par d'aventureux moyens gagner la Lituanie où tu te trouves. Eh bien voilà, ce que nous redoutions tous depuis quelques jours est arrivé, nous partons demain sous la protection de la flotte anglaise pour Constantinople car, comme nous le pressentions depuis le début du mois, les Rouges sont à notre porte. C'est le commandant de la flotte anglaise qui a prévenu l'impératrice douairière de l'imminence de leur arrivée, mettant à sa disposition et à celle de sa famille un croiseur. Mais avec la grandeur d'âme et le courage qui la caractérisent, elle a exigé que la protection britannique s'étende sur tous les Russes candidats à l'exil, plus d'un millier de personnes, dit-on. Nous avons eu quarante-huit heures pour rassembler nos bagages : pas plus de deux malles par famille ainsi que l'exige le règlement draconien de la flotte anglaise. Nous serons très nombreux, demain, à partir. Si le gros de l'embarquement aura lieu à Yalta, nous nous embarquerons du petit port que l'arrière-grand-père de Xénia a fait construire à deux kilomètres du palais de Baïtovo. J'espère que nous y serons plus en sécurité qu'à Yalta ou sur les routes. La situation politique s'est inversée en un rien de temps ! Jamais je n'aurais cru ça possible il y a seulement un mois, et même encore, à quelques heures du départ, je n'arrive pas à y croire !

Mais t'écrire m'a fait du bien. Je me sens un peu plus courageuse, avec plus de foi dans l'avenir et je veux croire de toutes mes forces que nous serons bientôt réunis, que nous reviendrons chez nous, en Russie. Si le départ de demain ne m'arrache pas le cœur, c'est que je pense, je crois, que les nôtres finiront par l'emporter et bien plus vite qu'on ne l'imagine ! Que Dieu te garde et te ramène vite auprès de nous, mon tendrement aimé, mon cher Léonid.

OLGA

P.-S. : Daphné s'est complètement remise de la terrible grippe espagnole. Nos enfants sont magnifiques de santé et de joie de vivre. Ils se joignent à moi, à maman et aux autres membres de la famille pour t'embrasser très fort.

Deux jeunes femmes se tenaient devant la porte-fenêtre et contemplaient en silence le paysage noyé de pluie; la mer, la ligne d'horizon qui devenait imprécise. Elles distinguaient mal les terrasses, les cyprès, le grand escalier qui descendait à la plage et les six lions en marbre blanc qui l'encadraient. Seuls les palmiers en pot, au premier plan, et un ballon d'enfant oublié se détachaient avec précision. Aucun son ne parvenait jusqu'au salon chinois du rez-de-chaussée où elles se trouvaient. Comme si les nombreux occupants de la grande demeure avaient mystérieusement choisi de se taire en même temps. Mais dans le vestibule d'apparat, leurs bagages s'entassaient et témoignaient du remue-ménage qui avait eu lieu toute la journée.

Les deux jeunes femmes étaient ensemble pour la dernière fois. Le lendemain, l'une quitterait peut-être pour toujours la Russie et l'autre s'enfuirait vers le Caucase. Pareillement émues, elles tentaient de rester calmes, de dissimuler leur trouble, leur chagrin. Cela les rendait raides et maladroites et quand l'une, en se reculant, heurta un livre, ce fut comme un soulagement. Presque au même moment retentirent des cris et des rires, les bruits d'une course, dehors, sur le gravier. Une porte claqua à trois reprises, quelque part au rez-de-chaussée, et des voix aiguës d'enfants se mêlèrent aux remontrances d'une autre voix, anglaise et féminine : « *Children don't run, don't scream.* »

— Miss Lucy va avoir du mal à les envoyer se coucher...

— Pourtant, elle leur a fait faire une longue promenade pour les fatiguer...

— Mais la perspective du départ les surexcite...

Par le biais des enfants, les deux jeunes femmes abordaient enfin le pourquoi de leur rencontre, ce départ pour l'exil si souvent évoqué ces dernières semaines et que maintenant, trop émues, elles n'osaient plus nommer.

Bichette Lovsky était de taille moyenne, ronde, avec d'épais cheveux blonds ramenés en une seule natte qui descendait le long du dos jusqu'à la taille et lui donnait, à vingt-cinq ans, des allures de collégienne.

Nathalie Belgorodsky, âgée de vingt-deux ans,

était plus grande et plus mince, avec des cheveux châtains coupés court. Depuis la mort de son mari Adichka, assassiné par des soldats mutins, le 15 août 1917, une souffrance diffuse brouillait son visage et son regard jadis joyeux et énergique.

— Nathalie, aujourd'hui encore je voudrais te dire...

— Non, ne dis rien... Je sais.

Elle avait rencontré Bichette trois ans auparavant lors de son mariage avec Adichka Belgorodsky. Bichette, elle, venait d'épouser Nicolas Lovsky.

Adichka et Nicolas se connaissaient depuis l'enfance et leur domaine, dont ils avaient depuis la mort de leur père l'un et l'autre la charge, étaient très proches. Des relations de voisinage, fréquentes et agréables, s'établirent entre les deux jeunes couples. En 1916, la vie à la campagne, dans cette partie de la Russie centrale, semblait encore protégée des troubles et des émeutes qui déjà désorganisaient les grandes villes. Il en fut tout autrement dès le printemps 1917, jusqu'à l'assassinat d'Adichka, le 15 août. Le 13, une foule immense avait envahi le domaine des Belgorodsky. Conduite par des agitateurs étrangers à la région, cette foule jusque-là pacifique avait exigé l'arrestation et le jugement immédiat des maîtres. Malmenés puis emprisonnés, Nathalie et Adichka assistèrent impuissants au déferlement de haine et de violence. Des paysans qui leur étaient demeurés fidèles voulurent les faire évader. Il leur fallait pour cela des armes et des chevaux et ils allèrent demander l'aide de Nicolas Lovsky. Mais celui-ci jugea l'entreprise trop risquée. « Nous serons tous pris et massacrés », dit-il comme ce fut noté dans un rapport de police dont Nathalie eut connaissance un mois après. En refusant d'agir, Nicolas avait sincèrement cru protéger sa femme, ses amis et leurs alliés paysans. Qui pouvait alors prévoir que quelques heures plus tard Adichka serait assassiné par des soldats mutins venus on ne savait d'où ? Le pillage des autres grands domaines de la région ? Le lynchage des propriétaires terriens qui ne surent s'enfuir à temps ? Adichka Belgorodsky avait péri le premier, victime innocente s'il en fut de ce que la veille encore, incrédule, il appelait la « folie des hommes ».

Bichette pleurait adossée à la cheminée, sans retenue, sans dire un mot, à la manière d'une petite fille injustement punie. Nathalie irritée se détourna et entrouvrit la porte-fenêtre qui donnait sur la terrasse. Dehors la pluie avait cessé et la brume lentement se dissipait. Mais le vent du nord-est et le ciel obstinément gris ne laissaient espérer aucune amélioration. Depuis quarante-huit heures la météo était devenue la préoccupation majeure. L'embarquement de la colonie

russe à bord des navires de la flotte anglaise réclamait une organisation complexe qu'une mer
calme aurait facilitée. « Nous allons vers une vraie
tempête ! », pensa Nathalie. Mais l'indifférence,
ce sentiment qu'elle connaissait si bien, mit un
terme à ses appréhensions. Peu lui importaient
désormais les difficultés d'un voyage, sa destination et, plus généralement, ce qu'il adviendrait
ensuite de sa vie.

Dans son dos, Bichette pleurait toujours.
Nathalie se détacha de la porte-fenêtre et lui fit
face.

— Nicolas et toi n'avez rien à vous reprocher,
dit-elle sur un ton neutre. Pour nous tous, pour
moi, pour sa famille, Adichka était invulnérable.
Vous n'êtes pour rien dans sa mort.

Et pour bien signifier que le sujet était clos :

— Tu as des nouvelles de Nicolas ?

— Rien depuis dix jours.

Nicolas, son mari, avait rejoint l'Armée des
volontaires au cours de l'année 1918. Actuellement, il combattait sous les ordres du général
Denikine, dans le Caucase, où les bolcheviks
peinaient à s'implanter. En Ukraine, comme en
Crimée, la situation s'était retournée et les vainqueurs d'hier, perdant du terrain, des hommes
et des munitions, semblaient en très mauvaise
posture.

Si Bichette se refusait à envisager la future

défaite de l'Armée blanche, Nathalie la pressentait. La mort effroyable d'Adichka avait réveillé chez elle un instinct animal. Avant les autres, elle flairait d'où venait le danger, percevait les débuts de renversements d'alliance, les plus petites modifications dans le comportement d'une population jusque-là assez indifférente. Ainsi avait-elle été aussitôt alertée par le regroupement d'individus armés et qui depuis quelques jours patrouillaient en ville, sur les plages et aux abords des villas et des grandes propriétés. C'est à leur arrogance toute nouvelle et aux slogans révolutionnaires entendus ici et là, qu'elle avait deviné l'avancée des Rouges et leur probable victoire.

— Pars avec nous demain, dit brusquement Nathalie.

Cette demande soudaine la surprit autant qu'elle surprit Bichette.

— Pars avec nous, répéta-t-elle avec fermeté. Ton désir de gagner le Caucase, je peux le comprendre. Mais contrairement à toi, je ne crois pas que le Caucase va rester longtemps encore sous le contrôle de l'Armée blanche. Là-bas aussi, les Rouges finiront par l'emporter.

Bichette avait cessé de pleurer. Les larmes mouillaient encore son visage, le haut de sa blouse. Très posément elle sortit un mouchoir des plis de sa jupe, s'essuya les joues, le nez. Ses yeux gonflés fixaient Nathalie qui attendait, soudain nerveuse, une réponse à sa proposition. Dans une pièce au premier étage, quelqu'un avait remonté le gramophone pour mettre le disque de la chanteuse Vialtzeva. Mais après les premières mesures, la musique s'arrêta. « L'heure n'est pas aux mélodies tziganes », pensa Nathalie.

— C'est curieux que ce soit toi qui me proposes ça, dit enfin Bichette.

Et comme Nathalie s'apprêtait à reprendre son argumentation, elle eut un geste impérieux de la main.

— Tais-toi, Nathalie, tais-toi. Comment veux-tu que je m'en aille en sachant Nicolas en train de combattre ? Que je le laisse derrière moi alors que je ne sais pas où il est et que ma seule chance de le retrouver, c'est de m'enfuir vers le Caucase ? Qu'est-ce qui te permet de dire que les bolcheviks seront les vainqueurs ?

Une brusque énergie l'animait, elle marchait de long en large sans quitter son amie des yeux.

— Rappelle-toi juin 1917. J'avais peur à cause des émeutes, de cette violence haineuse qui gagnait notre campagne, je voulais partir me réfugier à Petrograd avec toi, laisser nos maris défendre nos propriétés. Mais toi, tu refusais de quitter Adichka. Tu es restée avec lui jusqu'au bout et tu as eu raison. C'est toi qui m'as montré comment me comporter.

La précision de ce souvenir commun amena

sur le visage de Nathalie une crispation douloureuse que Bichette sentit et qui lui fit baisser le ton.

— Pardon de te rappeler les premiers mots que tu as prononcés quelques heures après la mort d'Adichka alors que Nicolas et moi tentions de te faire prendre un train pour Moscou. Tu ne disais rien, tu avais un visage de pierre. Et tout à coup ça t'a échappé et ça s'est inscrit au fer rouge dans ma mémoire. Tu as dit : « Je n'aurai jamais d'enfant d'Adichka. » Eh bien moi, je veux un enfant de Nicolas. J'ai perdu un bébé de trois mois l'été dernier, par ma stupide imprudence... Mais je sais que je serai à nouveau enceinte. Je le sais parce que je le veux. Oh, Nathalie, que pouvons-nous faire d'autre que de croire et espérer ?

Elle lui ouvrit les bras et Nathalie s'y précipita. Les deux jeunes femmes restèrent longtemps enlacées, au bord des larmes, au bord du rire, répétant à plusieurs reprises : « Oui, que pouvons-nous faire d'autre ? »

Dans son appartement du premier étage, Xénia Belgorodsky le nez collé à la vitre contemplait le déluge qui s'abattait sur la propriété et sur la mer. Mais à l'inverse de sa belle-sœur Nathalie, Xénia connaissait par cœur ce paysage qui avait été celui de son enfance, puis celui de son adolescence jusqu'à son mariage avec Micha Belgorodsky. Tous ses étés s'étaient déroulés là, au palais de Baïtovo, en Crimée. Si elle appréciait l'architecture excentrique du palais, mi-mauresque, mi-Tudor, elle aimait par-dessus tout les terrasses et les jardins, la végétation luxuriante où les essences les plus rares s'épanouissaient; le grand escalier qui descendait jusqu'à la plage; les six lions en marbre blanc qui l'encadraient, tous différents, et dont elle pouvait décrire les yeux fermés la position et l'expression. Le silence dans la chambre voisine où dormaient ses enfants lui procurait un peu de bien-être. Avant de les coucher, elle avait joué avec eux puis vérifié le contenu de leur petite valise, enlevant ici un animal en peluche, là un manuel scolaire pour les remettre ensuite. Elle s'était efforcée de paraître enjouée et sereine, ce qu'elle était loin d'être. Le départ du lendemain, pourtant souhaité, comportait beaucoup de risques et d'imprévus. Arriveraient-ils seulement un jour au but de leur voyage, ce Londres mythique où se trouvait déjà une partie de sa famille maternelle? Et au bout de combien de temps? Les autorités anglaises parlaient de les faire transiter par Constantinople puis par Malte...

Pour distraire ses enfants, elle avait inventé le récit d'une traversée à la fois aventureuse et cocasse, des marins compagnons de jeu, des escales. Les enfants charmés avaient oublié la tension des derniers jours, le désordre occasionné par la préparation rapide des bagages, les adieux déchirants à leurs animaux domestiques, chiens, chats, lapins et poneys qu'une quarantaine draconienne interdisait à bord. Xénia pensait sans cesse à ses deux cockers favoris, compagnons des heures sombres, qu'il fallait laisser à Baïtovo. Pour Xénia, l'amour des bêtes et des enfants ne faisait qu'un. Elle avait même songé à enfreindre le règlement en faisant monter clandestinement à bord ses deux cockers. Mise au courant de ce projet, sa belle-sœur Olga s'était indignée : les

Anglais étaient leurs sauveurs, on se devait de respecter leurs lois. Olga avait raison, Olga avait toujours raison, et Xénia s'en était allée seule dire adieu à ses cockers. Au chenil, elle avait versé des torrents de larmes, les serrant dans ses bras, leur parlant, pleurant de plus belle à chaque coup de langue, à chaque jappement.

Depuis que ses enfants dormaient, Xénia ne savait plus comment s'occuper. Sa malle et celle de Micha, son mari, étaient prêtes, elle avait cousu dans les ourlets de ses robes les bijoux qui lui restaient, emballé avec mille précautions sa collection d'animaux en porcelaine dont elle avait refusé de se séparer.

D'ici une heure, un souper serait servi dans la grande galerie où sa famille depuis plusieurs générations avait ses habitudes. Un dernier souper qui réunirait les occupants de la maison, les maîtres et les serviteurs. Puis il y aurait la nuit, la longue attente. À présent Xénia avait hâte de partir, de quitter cette propriété qu'elle aimait tant. Baïtovo, depuis deux ans, avait été un lieu sûr, un havre de paix dans une Crimée jusque-là épargnée par la guerre civile. Baïtovo avait hébergé sa famille, celle de son mari, les amis de passage et ceux qui, ne sachant plus où aller, étaient restés là. Mais l'avancée inexorable des Rouges exigeait une évacuation immédiate, la fuite, l'exil. Ce qu'il adviendrait ensuite de Baïtovo, Xénia s'interdisait de l'envisager. Ce 10 avril 1919, une seule chose comptait : mettre ses enfants à l'abri. Peu lui importait où, dans quel pays ; peu lui importait d'abandonner sa maison, ses biens. Ses enfants hors de danger, elle aurait toutes les forces du monde pour recommencer ailleurs une nouvelle vie ; pour recréer autour de sa famille un peu de cette Russie qu'en bonne patriote elle chérissait du plus profond de son cœur.

La porte-fenêtre mal fermée s'ouvrit sous la poussée du vent. Un air salé s'engouffra dans la chambre. Dehors, il avait cessé de pleuvoir. Xénia, alors, sortit sur le balcon, avide de respirer une dernière fois les odeurs et les parfums de son enfance, d'avoir un dernier contact intime avec son domaine. Elle contempla le balancement désordonné des palmiers, la mer en bas de l'escalier, sombre, agitée, dont la brise puissante arrivait jusqu'à elle. Puis l'ombre de la montagne gagna la maison, les terrasses et ce fut la nuit. Une nuit froide et humide qui ne ressemblait en rien à une nuit de printemps. Xénia eut soudain envie de retrouver son mari, la chaleur de ses bras, de son rire. Où était passé Micha ?

Comme d'habitude, il ne lui avait rien confié de ses allées et venues : Micha agissait à son idée, selon son envie du moment, sans informer quiconque où il se trouvait, quand il rentrerait. Mais sa tendresse et sa gaieté, l'amour qu'il lui manifestait quand il était présent faisaient que Xénia l'accueillait toujours avec joie. Elle consulta la petite montre suisse à son poignet et conclut que Micha pouvait se trouver au chenil ou aux écuries. Pour lui aussi, c'était un déchirement de quitter la Crimée en laissant derrière lui ses chiens et ses chevaux.

En ajustant son châle devant le miroir, elle eut un sursaut d'incompréhension. C'était elle, cette inconnue ? Elle examina longuement son visage émacié, ses yeux clairs cernés de mauve dont elle ne reconnaissait pas l'expression inquiète ; ses longs cheveux acajou noués n'importe comment ; le négligé de sa tenue. Depuis combien de temps durait ce laisser-aller ? Elle aurait été bien incapable de le dire. Mais elle se rappela soudain certaines remarques de son mari. Pas grand-chose, pas de quoi se fâcher. Non, juste quelques allusions à la fraîche jeune fille qu'il avait épousée six ans auparavant. Pour s'occuper l'esprit, elle tira de son sac à main le cahier où elle avait pris l'habitude de noter chaque jour certains faits. Une habitude contractée durant l'automne 1917 et qui, très vite, était devenue une nécessité. « Qu'il subsiste quelques traces de ce que nous vivons », songeait-elle de façon vague. Sa modestie l'empêchait de penser que son journal, un jour, pourrait intéresser ses enfants et les enfants de ses enfants.

Olga Voronsky, assise devant son secrétaire, cachetait la dernière enveloppe d'une importante correspondance. Le destin de ces lettres était des plus hasardeux, mais elle préférait parier que certaines arriveraient à leur destinataire. Dans le meilleur des cas, cela prendrait des semaines, des mois : dans la Russie de 1919, déchirée par la guerre civile, le service des postes n'existait quasiment plus. Mais en cette veille de grand départ, Olga avait besoin d'écrire une fois de plus à ses proches, parents et amis. Il ne s'agissait pas de leur dire adieu, bien au contraire. Olga tenait à affirmer à quel point elle croyait, à plus ou moins long terme, à la défaite des bolcheviks, au retour des familles russes qui s'apprêtaient à partir en exil. Qu'un monde, le sien, soit en train de s'effacer au profit d'un autre, elle ne pouvait malheureusement que le constater. Mais elle avait la conviction que cela ne durerait pas, que l'ordre et la raison finiraient par l'emporter. Il serait temps alors de revenir, d'enterrer les morts et de reconstruire les domaines. Selon elle, l'histoire de la Russie, depuis toujours, allait dans ce sens.

La mort de son frère Igor lors des émeutes de mars 1917 à Petrograd puis l'assassinat d'Adichka, son autre frère, l'aîné, le chef de famille, nourrissaient cette croyance. « Ils ne peuvent être morts pour rien », pensait-elle. Elle se rappelait leur engagement patriotique, leur volonté d'améliorer le niveau de vie des paysans et des ouvriers ; les opinions libérales d'Adichka dont elle s'était toujours méfiée et qu'elle avait en vain tenté de combattre. Adichka Belgorodsky avait cru en l'avènement d'une Russie meilleure, pacifiée et démocrate. Il avait œuvré dans ce sens et c'étaient ceux-là mêmes pour qui il avait lutté qui l'avaient massacré. « Oui, qu'Igor et lui ne soient pas morts pour rien », se répétait-elle.

Courageuse et énergique, Olga refusait de se laisser aller à l'abattement, au chagrin. Depuis deux ans chaque jour apportait son lot de mauvaises nouvelles. Les morts s'ajoutaient aux morts, on achevait un deuil pour en commencer un autre. Elle priait pour la sauvegarde des siens, des parents, des amis, mais surtout pour celle de Léonid, son époux, et de Micha, son dernier et seul frère, le plus jeune, le plus imprudent, et elle se demandait justement où il se trouvait, ce qu'il faisait.

L'obscurité gagnait la chambre et Olga alluma toutes les lampes. La venue de la nuit provoquait souvent chez elle une vague appréhension qu'elle dissipait par un surplus d'activité. « Où est Micha ? », dit-elle à voix haute, exaspérée qu'il échappât toujours à son contrôle, à la discrète surveillance qu'elle tentait d'exercer sur lui. Elle craignait qu'il ne se soit rendu à Yalta rejoindre des amis de fraîche date, qu'elle-même n'avait jamais rencontrés, et qui le retenaient parfois tard dans la nuit. On savait maintenant l'unique route du bord de mer peu sûre depuis la formation de bandes armées.

Pour couper court à son inquiétude, Olga décida de se rendre dans la chambre de ses enfants, à l'autre bout du couloir.

Devant la porte, elle entrevit une silhouette sombre et voûtée. C'était Maya, sa mère, toujours en deuil depuis la mort de ses deux fils. Olga en eut le cœur serré. Elle connaissait le désespoir absolu de sa mère, les sanglots secs qui l'étouffaient quand elle se croyait à l'abri des regards. Son courage aussi. Sa volonté de ne jamais attrister le quotidien de ses petits-enfants. C'est auprès d'eux qu'elle puisait la force de vivre, jour après jour, année après année. Sans eux, Olga était certaine que sa mère aurait refusé de les suivre en exil. Elle serait restée en Russie où son mari et ses deux fils étaient enterrés, indifférente à l'inconfort et au danger. Mais heureusement il y avait les enfants d'Olga, d'Igor et de Micha. Au total huit petites vies ardentes, pressées de grandir. « Maman », murmura Olga.

La silhouette sombre et voûtée se redressa, soucieuse de donner d'elle-même une image plus agréable. Mais Olga vit le visage creusé par le chagrin, les cheveux presque blancs, maintenant. Elle eut envie de la prendre dans ses bras, de lui dire son amour, son infini respect. Mais faire ainsi étalage de ses sentiments n'était ni dans sa nature ni dans celle de sa mère. Les deux femmes entrèrent silencieusement dans la chambre. Immobiles dans l'obscurité, elles écoutèrent, attentives, les quatre respirations enfantines qui montaient plus ou moins régulièrement des quatre petits lits. Daphné, l'aînée, avait un sommeil agité et bredouillait des phrases incompréhensibles. Tout était paisible.

À nouveau dans le couloir, Olga crut voir sur le visage de sa mère un semblant d'apaisement. Inutile de lui faire part de ses craintes concernant l'absence de Micha. « Il sera là pour le souper », se dit-elle. Du rez-de-chaussée parvenaient les bruits familiers. C'étaient les quelques servantes restées au service de Xénia qui achevaient de dresser la table. D'ici peu, elles fermeraient les volets intérieurs, tireraient les doubles rideaux. Il s'agissait de donner le change, de faire croire que

36

cette soirée était une soirée comme les autres. « Et pourtant c'est un secret de polichinelle, pensait Olga. Plus personne, dans la région, n'ignore que nous aussi nous nous apprêtons à partir. »

Elle savait qu'aux nombreux sympathisants bolcheviques s'étaient ralliés les opportunistes de la dernière heure, toujours du côté du plus fort. Les premiers étaient animés d'un féroce besoin de revanche sur ceux qu'ils appelaient avec mépris « les ci-devant de l'ancien régime », les autres suivraient, feraient ce qu'on leur dirait de faire. Elle pressentait les pillages, les meurtres et les massacres qui accompagnaient chaque renversement de pouvoir. Les Rouges étaient à leur porte, demain, après-demain au plus tard, ils seraient les maîtres de la Crimée. C'était une question d'heures. « Vous êtes sous la protection de la flotte anglaise », avait-on dit à la communauté russe désireuse de s'enfuir. Mais pour combien de temps encore ?

La fin du jour surprit Micha Belgorodsky alors qu'il se trouvait au chenil. Les huit chiens appartenaient à la famille de sa femme mais il les considérait comme les siens et s'était pris pour eux d'une intense affection. Les quitter était un arrachement, un chagrin de plus. Un barzoï noir de cinq ans avait sa préférence. Il lui rappelait le sien, celui qu'il appelait « mon adoré », et que des hommes devenus fous avaient jeté vivant dans l'incendie de son domaine.

Grâce à sa nature joyeuse et optimiste, Micha parvenait à écarter les images d'un passé terrible dont il n'avait pas été le témoin direct. C'était pour lui un principe de survie. Il n'oublierait jamais ce qu'on lui avait rapporté du massacre de son frère aîné et de la destruction de leur domaine. Mais il avait choisi de ne pas en connaître les détails, de ne pas lire, par exemple, le rapport de police relatant le martyre de son frère dont Nathalie, son épouse, et sa mère avaient eu connaissance lors de l'enquête et dont elles taisaient le contenu. Il avait plus de difficultés avec ses souvenirs de la guerre qui, jusqu'au traité de Brest-Litovsk, en mars 1918, avait opposé la Russie à l'Allemagne et à l'Autriche. L'horreur de cette guerre vécue au quotidien durant quatre ans, il ne parvenait pas à l'oublier. Des images de ce qu'il appelait la « boucherie » le poursuivaient où qu'il aille, le réveillaient la nuit. Il revivait en rêve l'enfer des tranchées, les corps morts ou atrocement mutilés de ses compagnons ; les mutineries soudaines où des officiers étaient mis en pièces par leurs propres soldats.

Moscou puis la vie tellement plus facile en Crimée avaient servi de distraction, d'échappatoire. Avec une égale énergie, il s'était occupé du ravitaillement, des passeports et des laissez-passer ; avait organisé des pique-niques sur la plage, des chasses aux papillons rares dans les collines, des parties de dés et de cartes dans les tripots de Yalta, avec des compagnons de hasard dont il ne cherchait à savoir ni la nationalité ni les opinions politiques.

Improviser en quarante-huit heures un départ pour l'exil l'avait mobilisé tout entier. Il était partout à la fois, efficace, ingénieux, d'une inaltérable bonne humeur. Déjà chef de famille, il avait vu en moins de deux ans ses responsabilités quadrupler puisqu'il estimait devoir protéger également sa mère, sa sœur et sa belle-sœur Nathalie. En tout quatre adultes et huit enfants. « C'est trop ! C'est trop ! » pensait parfois Micha. Il ne pouvait s'empêcher de reprocher à ses frères défunts de l'avoir abandonné, lui, le cadet, le petit dernier, à la tête d'une pareille tribu.

Le barzoï eut un bref gémissement comme pour le distraire de ses pensées. Micha s'agenouilla sur le sol et le chien s'assit en face de lui. Les yeux dans les yeux, ils se regardaient avec le même amour. Le regard du chien était empreint d'une sorte de sagesse méditative. « Mon frère chien », murmura Micha. Le chien leva une patte et la posa délicatement sur son épaule. En Russie, quand deux personnes se séparent et se disent adieu, elles demeurent un moment en silence de manière que leurs pensées se rencontrent une dernière fois. C'est ce qui était en train de se passer entre Micha et son barzoï préféré.

La cloche annonçant le souper résonna à trois reprises. Micha prit la patte du chien entre ses doigts pour y déposer un baiser. Une minute encore s'écoula avant qu'il ne se relève et s'éloigne.

Mais après avoir refermé la porte grillagée du chenil, Micha se retourna. Le barzoï n'avait pas bougé et continuait de le suivre de son beau regard triste et méditatif. Alors Micha courut en direction du palais. Il ne voyait plus rien du jardin et des allées, d'un arrosoir oublié contre lequel il trébucha : la pluie autant que ses larmes l'aveuglaient.

Personne ne s'était attendu qu'il y ait dès l'aube une foule aussi nombreuse sur le port de Yalta. Très vite les accès furent bloqués par une multitude d'hommes, de femmes et d'enfants qui arrivaient de partout, certains chargés de valises, de paniers et de balluchons, d'autres les mains nues. Dans un premier temps, on ne pouvait discerner les familles officiellement candidates à l'exil, et dont seule la présence était justifiée, de leurs amis et parents venus les accompagner ; des curieux et des badauds ; des provocateurs chargés de semer le désordre. Un haut-parleur les encourageait à surveiller leurs bagages, à ne jamais s'en éloigner. On parlait de vols et d'agressions au couteau ; d'ultimes règlements de compte entre ceux qui partaient et ceux qui restaient.

Depuis la veille, il pleuvait. Plusieurs voitures et calèches en provenance des villas et grandes propriétés de la côte s'étaient embourbées aux abords de Yalta. Il fallait alors descendre, trouver des charrettes pour transporter les bagages et faire le reste du chemin à pied. Derrière, d'autres voitures et calèches se suivaient dans un long et interminable cortège où chacun s'efforçait de rester calme, de maîtriser son impatience et sa peur. La consigne était de ne répondre à aucune provocation, de subir sans riposter les injures d'une foule hostile massée de chaque côté de la route. De nombreux barrages s'étaient improvisés et contribuaient à paralyser l'avancée des fuyards.

Pour Micha et Xénia Belgorodsky, leur famille et leurs amis, les difficultés en ce début de matinée semblaient moindres. En évitant Yalta et en choisissant le petit port Saint-André construit par l'arrière-grand-père de Xénia en même temps que son palais de Baïtovo, ils pensaient éviter une foule trop nombreuse, les éventuels débordements d'une population soudain agressive. C'était compter sans le vent, la pluie et la mer démontée. Le navire de guerre anglais chargé de transporter les réfugiés jusqu'à Sébastopol où aurait lieu l'embarquement définitif à bord d'un autre navire à destination de Constantinople ne pouvait plus s'approcher de la côte. Des embarcations de fortune, canots de sauvetage et barques de pêche furent réquisitionnés. Une évacuation au compte-gouttes alors s'organisa, lente, compliquée, qui demandait à tous beaucoup de sang-froid et de discipline. Et cela au milieu des sarcasmes d'une partie de la population locale venue assister à ce qu'elle appelait la « débâcle des ci-devant de l'ancien régime ».

Maya et Xénia Belgorodsky, secondées par Miss Lucy la jeune gouvernante anglaise, avaient la charge des enfants et furent parmi les premières à partir. Le reste de leur famille, mêlée à des dizaines d'autres familles, suivit avec effroi la difficile progression du canot chargé de faire le va-et-vient entre la terre et le navire. Quand seraient-ils à nouveau réunis? Personne n'aurait pu le dire. Mais il n'y avait pas d'autre solution et il fallait se résigner. Certains trouvèrent un abri chez des habitants sensibles à leur détresse; d'autres restèrent pour monter la garde auprès des bagages rassemblés sous des bâches de fortune censées les protéger de la pluie.

Pour Micha, l'attente fut très vite intolérable. Incapable de rester sans rien faire, il se mit en tête de trouver d'autres embarcations, quitte à les payer au prix fort. Quelques amitiés récentes nouées avec des pêcheurs socialistes entretenaient cet espoir. Escorté d'Olga, qui se méfiait de ses initiatives, il partit non sans avoir promis à Nathalie « qu'il reviendrait d'ici une heure avec une solution ».

Nathalie se tenait assise sur un pliant, sous un immense parapluie, près des bagages. Sa sœur

Tatiana était serrée contre elle et tremblait de froid, de peur, de contrariété. Âgée bientôt de treize ans, elle aurait dû partir avec Maya, Xénia, Miss Lucy et les autres enfants. Mais au moment d'embarquer, elle s'était accrochée à sa sœur, criant que « rien ni personne ne devait jamais les séparer ». L'heure n'était plus aux discussions et d'autres enfants immédiatement prirent sa place. Nathalie n'avait fait aucun commentaire et Tatiana n'avait donné aucune explication. Mais l'énergie qu'il lui avait fallu déployer pour résister aux directives des adultes l'avait brisée. Elle s'était blottie contre Nathalie, quémandant en silence un câlin, une caresse, des paroles apaisantes. Là encore, Nathalie n'avait eu aucune réaction. Elle avait retrouvé son visage à la fois douloureux et absent qui signifiait son indifférence aux autres, au monde. Depuis la mort de son mari, Tatiana craignait pour la santé morale et physique de sa grande sœur. « Elle va mourir de chagrin », avait-elle pensé alors. Depuis, elle s'ingéniait à veiller sur Nathalie, la suivant partout, délaissant parfois les jeux avec les autres enfants, consciente de ce qu'elle appelait le « caractère sacré de ma mission ». Un an et demi s'était écoulé depuis la tragédie d'août 1917, Nathalie avait survécu et Tatiana sentait le danger s'écarter. Elle avait repris ses jeux de petite fille avec les enfants. Elle commençait aussi à s'intéresser à des garçons plus âgés, à s'émouvoir de certains de leurs regards. Depuis sa rencontre avec deux d'entre eux, elle considérait tout autrement la guerre civile qui fauchait tant de jeunes gens ; la drôle de vie qu'on menait depuis la prise du pouvoir par les bolcheviks. Une vie dont elle avait pourtant appris à aimer le caractère imprévisible. L'idée qu'elle aurait dû normalement se trouver à l'Institut Catherine de Petrograd où les jeunes filles de la noblesse, avant la révolution, faisaient leurs études l'effleurait parfois. Elle aurait donc porté l'uniforme ? Comment était-il ? Il lui semblait que c'était une longue robe mauve. Comme c'était irréel et démodé !

Une bourrasque de vent plus forte que les précédentes faillit emporter le parapluie sous lequel s'abritaient Nathalie et Tatiana. Aux désordres et aux commentaires effrayés qui avaient accompagné le départ des premières embarcations avait succédé une sorte de mutisme accablé. Chacun attendait en silence comme si parler, bouger, eût enlevé aux uns et aux autres les quelques forces qui leur restaient. Des jeunes filles se serraient contre leur mère et leur grand-mère. Des hommes fumaient. Tout à coup, une femme sortit d'une des maisons du port et servit un thé noir, brûlant, qu'elle avait elle-même préparé au nom d'une pitié ancestrale que plus tard, peut-être, elle se reprocherait. D'autres femmes plus âgées sortirent à sa suite et firent de même.

Nathalie crut reconnaître en l'une d'elles celle qui les avait particulièrement insultés alors qu'elle descendait avec les siens de la calèche aux armoiries du palais de Baïtovo. Elle la fixa avec attention, retrouvant du même coup un début d'intérêt à ce qui se passait tout autour.

Mais la femme gardait les yeux obstinément baissés. Elle réussissait à tendre une tasse de thé, à la reprendre, à la remplir à nouveau sans jamais regarder à qui elle avait affaire. Elle semblait sourde aux remerciements, insensible aux mains qui se tendaient vers elle et qui effleuraient les siennes. Parfois, quand quelqu'un s'attardait un peu avec la tasse, la femme en profitait pour essuyer ses mains à sa jupe comme pour se purifier du contact avec les fuyards. Un geste que surprit Nathalie et qui l'amena à penser que cette femme pourrait encore les insulter, les menacer de mort et pourquoi pas les précipiter à la mer. Tant de sentiments contradictoires et violents cohabitaient chez un être humain... Nathalie l'avait appris brutalement en août 1917. C'était inscrit en elle pour toujours.

Mais pas en Tatiana. La jeune fille qui voici peu pleurnichait collée contre sa sœur était ressuscitée. Elle avait bu deux tasses de thé en se brûlant les commissures des lèvres et en riait de joie et de confusion. Elle regardait avec reconnaissance les tasses qui circulaient parmi les réfugiés et qui apportaient partout un peu de chaleur et d'espoir.

Cela se déroulait presque en silence. Les paroles étaient des paroles de gratitude, aucune conversation ne s'amorçait. Il ne pleuvait plus mais le glacial vent du nord soufflait sans relâche, transperçant les vêtements les plus épais, les manteaux de fourrure.

Péniblement, en luttant contre les vagues et les courants contraires, les canots à présent vides revenaient au port, manœuvrés par d'habiles marins. De savoir une partie de sa famille à l'abri à bord du navire ramena Nathalie à ses devoirs de sœur aînée.

— Tu vas partir rejoindre les autres, dit-elle fermement.

Tatiana se raidit.

— J'embarquerai avec Micha et Olga par le prochain convoi. Allez, obéis.

— Non.

Toujours sous l'effet bienfaisant du thé et de sa bonne humeur retrouvée, Tatiana était inébranlable.

— J'ai dit que rien ni personne ne doit nous séparer et ça ne va pas commencer maintenant.

Nathalie se retourna avec étonnement vers cette nouvelle adulte — sa petite sœur — qui se permettait de lui tenir tête et elle mesura aussitôt sa force et sa détermination. Consciente de son avantage, Tatiana poursuivit dans un débit rapide, grisée par sa propre audace.

— Maman et papa ont dit qu'on ne devait jamais se séparer. Tu leur as promis.

Les canots accostaient et les marins s'étaient jetés à l'eau pour les tirer sur les galets. Des familles se précipitaient à leur rencontre afin d'embarquer au plus vite. Malgré le désir de s'enfuir, cela se fit dans l'ordre et sans bousculade. Ceux qui ne purent partir regardèrent les autres s'éloigner du rivage et progresser lentement vers le navire. Puis ils s'éloignèrent et la longue attente reprit.

Nathalie n'avait pas refermé le parapluie car elle avait réussi à l'orienter de telle façon qu'il les protégeait du vent. Elle s'accroupit dessous et invita sa sœur à en faire autant.

— Tu ne perds rien pour attendre, lui dit-elle. À peine à bord, j'aurai deux ou trois choses à te dire concernant le respect et l'obéissance que tu me dois.

Et comme Tatiana souriait.

— Et puis cesse de sourire bêtement. Sache que bientôt treize ans ou pas, tu dois m'obéir.

Mais c'est à peine si Tatiana écoutait. Protégée du vent, son corps réchauffé au contact du corps de sa sœur, elle savourait cette subite accalmie qui lui évoquait des jeux d'enfant.

— On est comme des Indiens sous une tente.

Tu te souviens de la tente qu'oncle Micha nous avait construite dans le parc de Baïtovo l'automne dernier ?

Nathalie ne s'en souvenait pas.

— Daphné et moi voulions à tout prix y passer la nuit. Tante Olga, toi et les autres adultes ne vouliez pas... Vous disiez que c'était dangereux, que des individus louches traînaient...

— C'était sûrement vrai, dit Nathalie distraitement.

Elle cherchait parmi la foule maintenant plus clairsemée les silhouettes d'Olga et de Micha. Une heure au moins s'était écoulée depuis qu'ils étaient partis à la recherche d'hypothétiques embarcations. Et s'ils tardaient encore ? Et s'ils ne revenaient pas ? Nathalie envisagea froidement cette possibilité et décida de ce qu'il conviendrait de faire alors : elle forcerait sa bavarde de sœur à prendre le prochain canot et continuerait jusqu'au bout à les attendre. Mais jusqu'au bout de quoi ?

— Finalement, oncle Micha a cédé à nos prières, continuait Tatiana imperturbable. Il nous a fabriqué lui-même deux sifflets qu'il nous a passés autour du cou avec une ficelle. « Au moindre danger, sifflez très fort et j'accourrai », nous a-t-il dit. Mais je peux t'avouer que la première nuit nous n'étions pas rassurées. Daphné était la plus courageuse... D'ailleurs, malgré ses

neuf ans, Daphné est toujours la plus courageuse...

Tatiana se tut un moment de façon à savourer
tous les détails de ce souvenir heureux. Elle se
rappelait les cris de la chouette chevêche, presque
apprivoisée, qui nichait dans le tilleul sous lequel
on avait dressé la tente ; les bruissements du feuillage ; les aboiements des chiens qui couraient au
loin dans la montagne. Combien de nuits les fillettes avaient-elles passées sous la tente, les yeux
grands ouverts dans l'obscurité, à s'inventer un
monde directement inspiré par leurs lectures
favorites et qui n'avait rien à voir avec le leur ?
Pas beaucoup. Des événements imprévus sur-
vinrent, que Tatiana ne comprit pas, mais qui
eurent pour effet immédiat de boucler les enfants
à l'intérieur du palais. La tente ne fut pas démontée dans l'espoir d'un rapide retour au calme. Un
matin, on la retrouva lacérée de coups de couteau. La chouette chevêche gisait dans les lambeaux de toile, égorgée.

Cette évocation cruelle en amena une autre.
Tout de suite après, commença l'épidémie de
grippe espagnole. Nathalie et Daphné furent
parmi les premières atteintes. Le souvenir de cette
maladie terrorisait encore Tatiana. Elle appela sa
sœur au secours.

— La grippe espagnole...

— Tais-toi, c'est fini.

Nathalie se refusait de revenir sur un des épisodes les plus douloureux de ces derniers mois. En novembre 1918, l'épidémie de grippe espagnole, qui avait d'abord ravagé l'Europe de l'Ouest, s'était abattue sur la Russie, faisant des milliers de victimes. En Crimée, il y avait des malades dans toutes les maisons. Des malades dont l'état s'aggravait avec une rapidité foudroyante. Et de nouveau les deuils s'ajoutèrent aux deuils.

Nathalie frotta son nez contre la joue de sa sœur, geste qui leur appartenait à toutes les deux et qui avait le pouvoir d'apaiser n'importe quelle crainte ou début de mauvaise humeur.

— C'est fini, dit-elle. N'y pense plus.

— Daphné et toi vous avez failli mourir...

— Nous sommes guéries. Daphné est en pleine forme et, contrairement à toi et moi, au sec et à l'abri ! Je suis sûre que maligne comme elle est, elle a déjà fait connaissance avec la moitié de l'équipage !

Si Nathalie pensait amuser sa sœur, elle se trompait. D'imaginer Daphné à bord du navire, bientôt en route pour Sébastopol, troublait Tatiana. Daphné était sauvée, oui ! Mais la pensée terrible que Nathalie et elle n'arriveraient jamais à la rejoindre, la transperça.

Comme pour lui donner raison, le vent semblait redoubler de violence. Une bourrasque arracha une des bâches qui recouvraient les bagages.

Deux hommes coururent à sa poursuite sous les lazzis d'une foule qui jusque-là s'était tenue tranquille et dont l'hostilité, tout à coup, se réveillait. De partout fusèrent des cris de joie devant les efforts inutiles des deux hommes. Quand l'un glissa dans une flaque de boue et que sa tête heurta violemment le pied d'un lampadaire, les cris de joie augmentèrent. L'homme resta de longues minutes au sol, sans bouger, peut-être évanoui. L'autre le suppliait en vain de se relever. Il finit par poser un genou à terre et parvint à le mettre debout en le soulevant par les épaules. À la vue du visage couvert de sang, la foule qui s'était rapprochée applaudit à tout rompre. La bâche tournoya un moment au gré du vent puis tomba dans la mer où elle coula très vite.

Une grande femme d'une cinquantaine d'années tentait de se frayer un chemin. Elle apostrophait tout le monde, sans crainte, avec une étonnante autorité. Ses phrases courtes et sèches sonnaient tels des ordres. Personne ne la connaissait mais on s'écartait pour la laisser passer. Des plis de son châle, elle tira un linge qu'elle appliqua sur le visage ensanglanté du blessé. Dans son sillage se faufilait une jeune femme dont la natte longue, blonde et épaisse s'échappait d'un chapeau de pluie. Tatiana la première l'aperçut.

— Bichette! Bichette!

Elle sautait sur place en agitant très haut son

fichu au-dessus de sa tête. Une rafale de vent la fit vaciller mais elle n'en cria que plus fort : « Bichette ! »

Nathalie, à son tour, s'était extirpée de dessous le parapluie. Quand elle reconnut les deux femmes que les hurlements de sa sœur avaient alertées et qui progressaient lentement vers elles, une émotion violente lui étreignit le cœur. La femme qui précédait son amie Bichette s'appelait Pacha et avait grandi au service de la famille Belgorodsky, à Baïgora. Nathalie avait fait sa connaissance quand elle était devenue l'épouse d'Adichka, en mai 1916. Elle avait à peine dix-huit ans, arrivait de Petrograd et ignorait tout de la vie à la campagne. Pacha l'avait beaucoup aidée.

De la voir surgir ainsi au milieu de la foule bouleversait Nathalie. Ce n'était pas seulement irréel, c'était impossible. Comment une femme de son âge et qui n'avait jamais quitté le domaine avait-elle pu parcourir des milliers de kilomètres ? Traverser une Russie et une Ukraine déchirées par la guerre civile ? Arriver jusqu'en Crimée ?

Des jeunes hommes armés de fusils, le brassard rouge autour du bras, voulaient empêcher les nouvelles venues d'atteindre le groupe des réfugiés où se trouvaient Nathalie et Tatiana. Ils n'étaient qu'à quelques mètres mais le vent emportait leurs paroles. Tatiana en frémissait de colère et de dépit. « Les sales gens ! Les sales gens ! », murmurait-elle avec sa voix de petite fille.

Nathalie, debout à ses côtés, tenait à peine sur ses jambes. Aveuglée par les larmes, elle ne distinguait plus rien ni personne. Des larmes aussi abondantes que celles qu'elle avait versées quand Bichette lui avait crié : « Adichka est mort ! » Ces souvenirs, enfouis depuis un an et demi, remontaient à la surface, se bousculaient en désordre, n'importe comment, avec une violence inouïe. Revoir Pacha, c'était comme si Adichka allait surgir à son tour, ressuscité d'entre les morts, vivant. Mais tout aussi brutalement revenaient les images de son corps supplicié, abandonné dans un wagon de marchandises, pas loin de la gare de Volossovo où des fous furieux l'avaient assassiné.

Les jeunes hommes armés enfin s'écartèrent. À travers ses larmes, Nathalie vit s'avancer vers leur groupe les silhouettes brouillées de Bichette et de Pacha.

— Princesse... enfin...

Cette voix si basse, ces deux mots. Mais surtout la compassion du regard. Exactement comme lors de la terrible nuit du 16 août 1917. Nathalie se précipita dans les bras de Pacha tandis que Bichette, bouleversée elle aussi, entraînait Tatiana à l'écart. « Laissons-les seules », dit-elle.

Nathalie et Pacha trouvèrent un abri sous

l'auvent d'une modeste maison où les quelques personnes présentes se poussèrent pour leur faire une place. Les sanglots de Nathalie, sa détresse, les impressionnaient : devant le malheur et la souffrance, une solidarité instinctive souvent se manifestait.

Assises sur un banc en bois, les deux femmes restèrent un moment sans parler. C'est à peine si elles osaient se regarder, encore sous le choc de ces retrouvailles de dernière minute. Mais elles avaient l'une et l'autre le sentiment aigu que le temps leur était compté, qu'il ne fallait pas le perdre. Nathalie prit dans ses mains les mains maigres et usées de Pacha, les étreignit et les porta à ses lèvres.

— Je suis si heureuse de te revoir, si heureuse...

— Je suis venue vous remettre cela.

D'un petit sac en peau fixé à la ceinture de la jupe et que le châle jusque-là dissimulait, Pacha sortit un objet qu'elle déposa sur les genoux de Nathalie.

C'était un banal cahier recouvert de toile marron dont la reliure déchirée par endroits tenait à peine. Nathalie le contemplait sans comprendre ou sans oser comprendre. Ce cahier, il lui semblait l'avoir déjà vu sur le bureau de son mari. C'était si inattendu, si miraculeux, qu'elle craignait de se tromper, de s'inventer un faux souvenir. Et durant un court instant, elle oublia où elle était et se retrouva à ses côtés dans le petit salon framboise où ils aimaient à se tenir, l'hiver. Mais la vision s'effaça et de nouveau il lui sembla avoir frôlé un fantôme.

Ce qui était réel, en revanche, c'était le cahier sur ses genoux dont elle n'osait encore tourner les pages ; les flaques d'eau qui s'agrandissaient tout autour de l'auvent et dans lesquelles se reflétaient à l'envers les maisons, un arbre ; la bousculade qui jeta soudain tout le monde sous la pluie et qui signifiait que les canots étaient de retour, vides, prêts à embarquer une nouvelle cargaison de réfugiés.

Micha ne trouvait personne pour lui prêter ou lui vendre de nouvelles barques. Au pis on ne lui répondait pas, au mieux on s'excusait de ne pouvoir lui venir en aide. Tous ses anciens compagnons semblaient s'être volatilisés. Avaient-ils quitté le port pour rejoindre l'Armée rouge qui, en ce moment même, devait se rapprocher de Yalta? S'étaient-ils ralliés à ceux qui dressaient des barrages sur la route côtière de manière à ralentir l'avancée des réfugiés? Olga en était persuadée et s'exaspérait que son frère puisse encore espérer un geste amical de leur part. « On n'obtiendra rien d'eux. Tu ne comprends pas que ce sont nos ennemis? », disait-elle en marchant à ses côtés, réglant son allure sur la sienne, ce qui l'obligeait parfois à courir.

Lui avançait tête nue, indifférent au vent et à la pluie. Il avait revêtu une longue redingote d'inspiration paysanne en drap noir doublé de mouton qui le protégeait du froid et de l'humidité et le faisait passer pour un quelconque bourgeois.

Olga, par contre, avec son manteau de voyage fourré de zibeline, sa toque et son parapluie anglais, ressemblait bien à une aristocrate sur le point de partir en exil. D'ailleurs, tout en elle le confirmait. Son assurance et son autorité naturelle transparaissaient dans le moindre de ses propos, dans la plus banale de ses attitudes. Même quand elle se tenait en retrait de son frère en s'efforçant de donner à son visage une expression modeste, l'éclat furieux de son regard et le mouvement hautain des sourcils la trahissaient. « Laisse-moi me débrouiller tout seul, protestait Micha. Tu vois bien que tu gâches tout. Sans toi, j'aurais déjà trouvé une barque de pêche.

— C'est tout à fait injuste, se défendait Olga. Je n'interviens jamais, je me tais, je te laisse faire. » Elle était sincèrement indignée, blessée. En tant que sœur aînée, elle avait l'habitude de conseiller son frère, voire de lui dicter la conduite à suivre. Mais Micha tenait de moins en moins compte de ses avis et se permettait même de lui donner des ordres. « Va m'attendre au port. Tu seras plus utile auprès de Nathalie et des bagages. »

C'était si stupéfiant, ces airs de chef de famille, qu'Olga en oublia un instant la gravité de la situation, le départ imminent, l'arrachement à la terre natale. Prise au dépourvu, perdant tout humour, elle entreprit de rappeler à son cadet quelques lois élémentaires du savoir-vivre, exactement comme lorsqu'ils étaient enfants, puis jeunes gens, à Baïgora et à Petrograd. Une bonne vieille dispute entre frère et sœur éclata tandis qu'ils continuaient à arpenter les rues du village, sous la pluie, se heurtant çà et là à des inconnus.

Cet accès de colère libéra Olga de la tension nerveuse qu'elle avait accumulée depuis la veille. La première, elle perçut l'aspect complètement absurde de leur dispute, la stupidité des reproches qu'ils s'adressaient avec une égale véhémence. Ce qui lui semblait quelques minutes plus tôt odieux et insultant devint tout à coup si comique, qu'elle éclata de rire. Un rire aussi enfantin que leur querelle et qui gagna Micha. Cela dura le temps qu'il fallait pour dissiper leurs griefs et leur irritabilité.

— N'empêche, dit Micha, redevenu sérieux, je préfère que tu cesses de me suivre. Tu sais bien... tu fais « ancien régime ».

Ses yeux bleus se plissaient de gaieté au souvenir d'un incident précis qui l'amusait autant que les blagues et histoires drôles dont il raffolait. Olga saisit l'allusion, ne s'en formalisa pas et choisit de lui obéir.

— Tu as gagné, je vais t'attendre au port, mais dans un ultime sursaut d'autorité : Sois de retour dans une demi-heure !

Micha s'éloignait à vive allure, soulagé de s'être débarrassé de sa sœur. Pour s'arrêter au premier coin de rue, brusquement découragé : à présent qu'il était seul, il percevait davantage l'aspect irréaliste de sa démarche, jamais on ne lui prête-rait ou lui vendrait la moindre barque.

En se dirigeant vers le port, Olga s'amusait toujours de l'appellation « ancien régime ». Des mois auparavant, elle avait eu une altercation désagréable avec un contrôleur de train. Elle venait de Moscou et tentait de gagner Yalta char-gée d'une grosse valise pleine d'objets de pre-mière nécessité : vêtements chauds pour l'hiver, chaussures fourrées, coupons de tissu en flanelle. Ce voyage, jadis si aisé, était devenu des plus incertains vu l'état des voies ferrées, la rareté des trains, la quantité de personnes qui fuyaient une région pour une autre, la guerre civile. On n'était pas sûr d'arriver à destination et au mieux le voyage durerait plusieurs jours.

Soucieuse de ne pas se faire repérer par les autorités bolcheviques, Olga avait choisi de se fondre dans la foule anonyme des voyageurs. Elle s'était habillée modestement et avait dissimulé sous un fichu sa magnifique chevelure qui, lui avait-on dit, « suffirait à trahir ses origines ». Elle était parvenue à passer inaperçue jusqu'à l'arrivée

61

dans le compartiment d'un jeune contrôleur soupçonneux et agressif. Il lui fit une remarque qu'Olga jugea injustifiée. Elle le lui dit, il répliqua, le ton monta entre eux. Le jeune contrôleur s'en prit alors à « son insolence et à ses airs typiquement ancien régime » et la menaça de représailles immédiates. Sachant qu'il pouvait tout aussi bien la faire arrêter que l'expulser du train, Olga dut se taire. Les autres voyageurs, par prudence ou par fatigue, heureusement n'étaient pas intervenus. Olga ne décoléra pas de la journée : c'était la première fois de sa vie d'adulte qu'elle n'avait pas eu le dernier mot.

Mais si l'incident alors l'avait indignée, il semblait aujourd'hui bien anodin. Tant d'événements plus graves n'avaient cessé de se succéder depuis... Certains lui revenaient en mémoire qu'il lui fallait très vite repousser. Elle devait rester sur le qui-vive, garder toutes ses forces. Tant qu'ils ne seraient pas sous la protection de la flotte anglaise, sa vie et celle des siens étaient menacées. Il suffisait d'un changement d'humeur de la population, du désir de meurtre chez quelqu'un pour que tout bascule. Olga songeait aux révoltes et aux massacres spontanés qui s'étaient perpétrés partout depuis 1917 ; à la sauvagerie féroce des uns et à la passivité des autres. Puis elle eut une pensée pour ses quatre enfants à bord du navire anglais ; pour Maya, sa mère, qui veillerait sur eux quoi qu'il arrive ; pour Léonid, son époux, en Lituanie où les Rouges n'avaient pas encore le pouvoir. De les savoir tous à l'abri lui insuffla une nouvelle énergie.

Il pleuvait moins, la brume par endroits se dissipait, mais le vent du nord, froid et violent, continuait de souffler. Une sorte d'accalmie régnait aux abords de ce qui avait été jadis le port privé de la famille de Xénia. La pluie et le froid avaient momentanément calmé l'hostilité de la population.

Mais en se faufilant entre les groupes de réfugiés, Olga sentit un désespoir si intense qu'elle en eut le cœur serré. Ces gens trempés, les uns contre les autres, épuisés par l'attente et la peur, semblaient brisés, vaincus. Alors, elle leur tourna le dos et regarda le ciel comme pour lui adresser une ultime prière. Au-dessus du village commençait la montagne avec ses cyprès et ses pins de Crimée. À mi-pente, massif, étrange et pourtant si harmonieux, se détachait le palais de Baïtovo. Et ce qui avait été un refuge miraculeux pour Xénia, sa famille et leurs amis, ils venaient tous pourtant de l'abandonner. On le lui aurait prédit, un an et demi plus tôt, elle ne l'aurait jamais cru.

Fin août 1917, l'armée allemande, victorieuse sur presque tous les fronts, poursuivait son avancée sur Petrograd. Le front russe était en totale décomposition, rien ne semblait pouvoir arrêter l'ennemi et sûrement pas le Gouvernement provisoire de Kerensky dont tout le monde s'accordait pour critiquer l'incompétence.

Quelques membres de la famille Belgorodsky se trouvaient à Petrograd, dans leur demeure du quai de la Fontanka. C'est là qu'Olga, soutenue par son époux Léonid, jugea qu'il était temps de mettre leurs biens les plus précieux à l'abri des probables pillages de l'armée allemande. Il fut décidé que Léonid s'en irait à Moscou déposer dans leurs différentes banques les bijoux et l'argenterie. Les meubles, les tapis anciens et les tableaux de maître seraient cachés dans les caves des principaux musées de Petrograd.

Olga fit toutes les démarches nécessaires et présida au tri et à l'emballage de ce qu'il convenait de sauvegarder. Elle se dépensait avec une énergie et un savoir-faire tels que tout fut achevé en deux semaines. Mais sans cette excessive activité, Olga aurait sombré dans le désespoir. « La mort de mon frère Igor lors des émeutes de mars 1917 m'avait bouleversée. Je ne pouvais admettre qu'il ait été tué par une balle russe. L'assassinat d'Adichka le 15 août de cette même année, toujours par des Russes, m'anéantit au point que je ne compris rien au bouleversement historique qui se préparait », écrira-t-elle plus tard.

Quand tout fut emballé et sur le point d'être acheminé dans les caves des musées de Petrograd, Olga s'aperçut qu'elle n'avait plus rien à faire quai de la Fontanka et qu'elle pouvait rejoindre ses quatre enfants à Yalta, en Crimée. Pour la première fois depuis des mois, elle s'accordait le droit à un peu de repos. Léonid pendant ce temps irait à Moscou. Quant à Nathalie et Maya, elles attendaient d'être convoquées par le juge chargé de l'enquête sur l'assassinat d'Adichka. Unies par la souffrance, animées d'un même désir désespéré de justice, l'épouse et la mère ne se quittaient plus et entendaient mener seules cette dernière tâche. Olga pouvait donc les laisser et s'en aller à Yalta. Un mois entier de soleil, de bains de mer et de marches dans la montagne, la présence de ses enfants, l'aideraient à surmonter son chagrin et à retrouver, complètement, ses esprits. Fin octobre ramènerait toute la famille à Petrograd et la vie en commun reprendrait vaille que vaille quai de la Fontanka. Olga avait déjà réservé les billets de train pour le retour, tout était en ordre, elle pouvait partir.

À Léonid qui l'accompagnait à la gare, elle répéta une fois encore les instructions au sujet de l'argent, des bijoux et de l'argenterie : « Même si les Allemands occupent Moscou, les banques sont inviolables », conclut-elle. Mais devinant chez lui quelque chose qui s'apparentait à de la lassitude : « Pardon, je t'ai déjà dit ça mille fois, je radote. »

Comme d'habitude, il y avait beaucoup de monde autour de la gare : des soldats qui stationnaient en attendant de rejoindre leur régiment, des voyageurs de toutes les catégories sociales, mais aussi un grand nombre d'individus dont on ne savait trop ce qu'ils faisaient là. Certains vendaient du tabac et des graines de tournesol, d'autres, à la sauvette, quelques menus objets ; beaucoup mendiaient en invoquant Dieu ou la révolution ; d'autres encore improvisaient des discours fleuves qui faisaient s'agglutiner les badauds. Le sol, jonché de journaux et de tracts, n'avait pas été balayé depuis plusieurs jours et les tas d'ordures qui se constituaient ici et là prenaient, maintenant, des allures inquiétantes.

Était-ce dû à la douceur de l'air ? À la lumière dorée de septembre ? Il régnait ce jour-là comme un arrière-goût de vacances sans rapport aucun avec la réalité de la vie quotidienne à Petrograd où tout le monde redoutait quelque chose : l'occupation allemande, la pénurie alimentaire, le pouvoir grandissant de Kerensky ou, à l'inverse, son élimination et tant de choses encore, confuses, archaïques et superstitieuses. Pourtant, aucune tension, aucune agressivité ne se dégageait de cette foule bigarrée, à la fois mouvante et inerte. Olga pensait qu'il en était toujours ainsi au début de l'automne : chacun se débrouillait pour savourer à sa façon les derniers beaux jours avant d'affronter l'interminable hiver où toutes les difficultés allaient se multiplier à l'infini. Bientôt viendraient les pluies glacées, la boue, les journées trop courtes, la neige et le froid. « Comme les Russes sont prévisibles, dit-elle à l'intention de Léonid. Mais on les comprend : à Petrograd, l'hiver est pire qu'ailleurs ! »

Léonid venait de discuter avec un porteur et celui-ci avait accepté de se charger de l'imposante malle d'Olga. Tous trois se frayèrent un chemin le long du quai, en direction du wagon de première classe où Olga avait sa place réservée.

Le porteur, d'excellente humeur, s'informait

du pourquoi de ce voyage et commentait avec un certain respect les avantages des trains de luxe. Il ne disait plus « Votre Excellence » ou « Votre Noblesse » comme cela se faisait avant la révolution de Février, mais « citoyen », « citoyenne ». Ce changement de vocabulaire ne plaisait pas beaucoup à Olga, mais c'était une sorte de progrès : elle se souvenait de son désarroi au mois de mars quand, avec d'autres personnes comme elle emmitouflées de fourrures et encombrées de nombreux bagages, elle s'était entendu répondre par les porteurs en grève : « Que Leurs Excellences rentrent à pied, nous sommes libres ! »

Le voyage en train devait durer trente-six heures, il se prolongea quatre jours. D'interminables arrêts dans les gares ou en rase campagne, le déraillement d'un wagon de marchandises, un ordre de grève lancé par les cheminots mécontents de l'absence de mesures concrètes les concernant, discuté des heures puis annulé, en furent les principales causes. À plusieurs reprises, les voyageurs descendirent du train et se dispersèrent dans la nature. On achetait de la nourriture aux paysans, on somnolait dans l'herbe et on accourait aux premiers appels de la locomotive. Les riches et les pauvres cohabitaient en bonne entente malgré le confort luxueux des premiers et l'inconfort des seconds, entassés avec leurs balluchons dans des wagons trop exigus. Malgré la révolution de Février, c'était encore dans l'ordre des choses. Même le passage de convois militaires pleins de soldats blessés et désarmés, au regard hébété, souvent sans veste et sans chaussures, n'altérait que très brièvement cette bonne humeur générale qu'on ne retrouverait plus jamais par la suite.

Olga partageait son compartiment de première classe avec des Pétersbourgeois qui se rendaient aussi en Crimée considérée comme la Côte d'Azur russe, riche, fertile, où, pensait-on, il faisait bon vivre. Certains y possédaient des vignobles, d'autres des villas au bord de la mer ; d'autres, encore, y allaient sur l'invitation d'amis. Tous fuyaient, pour un moment au moins, l'insécurité de la capitale, les queues interminables devant les magasins d'alimentation, l'instabilité des nouveaux dirigeants, la probable occupation allemande. Ce dernier point surtout était discuté par les voyageurs. Pour quelques-uns, elle était imminente ; pour d'autres, elle aurait lieu fin 1917, début 1918. Olga raconta comment elle avait mis ses principaux biens à l'abri et s'aperçut qu'elle n'avait pas été la seule à agir ainsi. « Nous étions si préoccupés par la débâcle de notre armée et par la victoire si proche des Allemands, que nous nous sommes trompés d'ennemis. Nous étions à sept semaines de la révolution d'Octobre, la tornade est venue d'un tout autre endroit que nous ne l'attendions », écrira-t-elle bien plus tard, en 1950, à Lausanne, où elle s'était installée à la fin de la Seconde Guerre mondiale.

Xénia Belgorodsky avait passé tout l'été 1917 chez elle, au palais de Baïtovo, dans une Crimée semblable à celle qu'elle avait toujours connue. Ce jour-là, elle était occupée à coller des photos dans l'album familial commencé par sa mère, vingt ans auparavant. Elle s'était pour cela installée dans le petit salon chinois, aux murs tapissés de fine paille de riz brodée de perles, qui donnait sur les terrasses et la mer. Par la porte-fenêtre grande ouverte lui parvenaient le bruit des vagues se brisant sur les galets et le chant des enfants que Miss Lucy, la gouvernante anglaise, conduisait à la plage. Un chant de Noël, qu'ils répétaient depuis peu et qui était destiné aux fêtes de fin d'année. En se penchant, elle pouvait les apercevoir de dos qui descendaient le grand escalier. Il y avait les siens, les quatre d'Olga et le petit Sérioja, fils chéri de son beau-frère Igor mort six mois plus tôt. Catherine, sa mère, se trouvait à Petrograd sur le point d'accoucher d'un deuxième enfant et le lui avait confié.

Xénia se faisait du souci pour Sérioja. Le petit garçon, âgé de trois ans, paraissait muré dans une souffrance secrète. Quand on lui parlait de son père, quand on lui rappelait ses visites lors de trop rares permissions, alors seulement il s'animait et parvenait à s'exprimer presque normalement. Le reste du temps, lorsqu'il ne se taisait pas, il bégayait. Un bégaiement survenu au lendemain de l'annonce de la mort de son père et dont il ne semblait pas avoir conscience. Ses cousins et ses cousines, longuement chapitrés par Xénia, ne se moquaient pas de lui mais le tenaient le plus souvent à l'écart de leurs jeux.

Quelques jours auparavant, Xénia avait photo-graphié les sept enfants. Comme d'autres avant eux, ils avaient tous exigé de poser à califourchon sur les lions en marbre. La fierté de leur sourire, la gaieté du regard témoignaient de leur insou-ciance et de leur joie de vivre. Seule sa fille de quatre ans, Hélène, présentait un visage buté. Ses yeux surmontés d'épais sourcils noirs fixaient l'objectif avec reproche ; ses lèvres se crispaient de désapprobation. Hélène se considérait comme l'unique propriétaire des six lions et avait tenté, lors de la séance de photos, d'en convaincre les autres. Pour ensuite bouder avec une ténacité qui avait effrayé sa mère.

L'avant-veille, Xénia avait eu la visite d'un officier qui combattait aux côtés de Micha sur le
front ouest et qui jouissait d'une permission dans
la région. Avec beaucoup de délicatesse, il avait
tenté de lui donner des nouvelles de son mari en
passant sous silence l'horreur quotidienne d'une
guerre qui durait depuis plus de trois ans. S'il
croyait, lui aussi, en la victoire très proche de
l'armée allemande, il ne le lui dit pas. Mais il per-
çait derrière chacune de ses paroles une infinie
lassitude et un désarroi si profond que Xénia
n'avait pu retenir la question que tant d'épouses
et de mères se posaient. « On parle d'une paix
séparée avec l'Allemagne. Qu'en est-il ? — Nous
ne comprenons plus rien aux directives de ceux
qui nous gouvernent », avait-il répondu. Puis, à
voix basse et sans la regarder : « Au front, nous
sommes nombreux à le souhaiter... Sans parler de
tous ceux qui désertent et qui errent à travers le
pays en bandes armées... » Sa phrase demeura en
suspens et Xénia, dans un murmure, la compléta :
« ... et qui tuent et qui pillent les domaines. » Elle
avait ensuite rédigé à la hâte un billet pour son
mari sans lui dissimuler à quel point il lui manquait et y avait joint la photo la plus récente de
leur fils qui venait d'avoir un an.

Des odeurs d'herbe fraîchement coupée se
mêlaient au parfum des lauriers en pot disposés le
long de la façade. Des bruits réguliers de sécateur

rappelaient l'existence des nombreux jardiniers qui travaillaient sur le domaine. Xénia avait accordé sans discuter les demandes d'augmentation de salaire, pensant ainsi éviter tout problème avec son personnel. De fait, hormis une femme de chambre aux exigences démesurées et qu'il lui avait fallu renvoyer, les relations demeuraient cordiales.

Un cocker noir et blanc se faufila par la porte-fenêtre et vint en frétillant se coucher aux pieds de Xénia. Un autre, fauve celui-là, le suivait de peu et fit de même. Xénia les caressa un moment, heureuse de leur présence et de leur liberté d'aller et venir. Du temps de ses parents, les chiens étaient interdits de séjour dans la maison. On les retrouvait dehors pour les promenades ou dans l'enclos qui leur était réservé. Toute une série de lois régentaient alors la vie quotidienne du palais que Xénia, le plus souvent, négligeait d'appliquer. Par une sorte d'indolence naturelle mais aussi parce que sa nature douce et pacifique souhaitait le bien de tous, même si c'était parfois à son détriment. Heureusement, il y avait Oleg, le major-dome, qui, de par son ancienneté au palais de Baïtovo, était obéi et respecté. Xénia avait pris l'habitude de le consulter sur tout et de le charger de veiller, à sa place, à la bonne marche de la maison.

Elle tourna une page de l'album. Des photos de

ses parents alors jeunes lui souriaient. Son père était mort il y avait une dizaine d'années des suites d'un stupide et banal accident de cheval. Sa mère se trouvait en Europe. Aux dernières nouvelles, elle séjournait à Londres et hésitait à revenir en Russie. Officiellement, c'était à cause de l'abdication du tsar Nicolas II et du changement de régime. Mais Xénia devinait que c'était l'absence de ses deux fils, tués à quelques mois de distance dès le début de la guerre avec l'Allemagne, qui la retenait à l'étranger. Elle-même n'avait réussi à surmonter son chagrin que grâce à son mariage avec Micha Belgorodsky et à la naissance de leurs deux enfants.

Différentes photos la représentaient entourée de ses deux frères, sur la plage de galets, à cheval sur les lions en marbre. Leur maillot de bain et leur costume marin d'enfants sages semblaient déjà dater d'une autre époque. C'était Dimitri, le cadet, son préféré. Il aimait la lecture, la musique et, plus que tout, le théâtre. À Petrograd il lui avait fait connaître la Maison du peuple où, pour un prix modique, ils étaient allés voir *L'Oiseau bleu* de Maeterlinck, *Le Mariage* et *Le Revizor* de Gogol. Elle se rappelait aussi une splendide représentation de *Marie Stuart*, au théâtre Marie. Elle se souvenait encore de ces moments où il interprétait pour elle des personnages de Tchekhov ou récitait des poèmes de Pouchkine ; de leurs apartés dans les coins les plus secrets du domaine lorsqu'il lui confiait son désir de devenir acteur et sa crainte que leurs parents ne le lui interdisent. La guerre avec l'Allemagne avait éclaté en juillet 1914. Comme des millions de jeunes Russes, il avait rejoint l'armée avec enthousiasme, heureux et fier de devoir, à dix-huit ans, défendre sa patrie ; certain que la guerre ne durerait pas et qu'il serait vite de retour en Crimée. Dans ce qui avait été à la fois sa première et dernière lettre, il écrivait : « Ma sœur chérie, la grande Russie ne va faire qu'une bouchée de la petite Allemagne et je rentrerai bientôt couvert de gloire ! Crois-tu que ça m'aidera à convaincre la famille de me laisser devenir acteur ? Le théâtre est ma vie, tu le sais. Peux-tu essayer de tâter le terrain auprès de maman ? C'est par elle qu'il faut commencer. J'embrasse tes petites mains potelées qui sont les plus jolies du monde. » Xénia connaissait par cœur cette lettre tant de fois lue et relue.

Depuis son retour à Baïtovo, elle pensait beaucoup à son frère Dimitri. Il était présent partout et c'était doux de le retrouver au détour d'une allée, sur la terrasse qui surplombait la mer, dans la grande bibliothèque où il aimait à se réfugier et où ils avaient, enfants, appris à lire et à écrire.

Durant l'été, beaucoup de parents, d'amis et de voisins s'étaient succédé à Baïtovo. La mort brutale de son beau-frère Adichka, le 15 août, avait mis fin aux mondanités et Xénia s'était retrouvée seule avec les enfants, leurs nurses, leurs institutrices et les nombreux domestiques. On l'avait prévenue de l'arrivée probable d'Olga, mais la date restait imprécise.

Le cocker feu gémit dans son sommeil en proie à un cauchemar. Elle lui tapota le flanc et le chien aussitôt se calma. Elle songea alors qu'Olga ne manquerait pas de lui faire des remarques sur la présence, pour elle choquante, d'animaux dans la maison. Aurait-elle le cran de lui tenir tête ou se soumettrait-elle comme elle le faisait quand elle séjournait dans sa belle-famille ? Olga, particulièrement, l'intimidait. Auprès d'elle, Xénia se trouvait gauche, empruntée, incapable de soutenir longtemps une conversation traitant d'autres sujets que des affaires quotidiennes. Aussi, elle avait pris l'habitude de se taire tout en s'efforçant de ne rien perdre de ce qui s'échangeait autour d'elle. « J'aime tes silences, lui disait parfois Micha avec tendresse. Ça me repose d'Olga. Ma sœur a toujours une opinion sur tout et pense que le monde entier doit en être informé. »

Il était près de minuit quand Xénia, enfin, put se retirer dans ses appartements du premier étage. Mais, si fatiguée qu'elle fût, elle s'assit devant son bureau et sortit son journal intime où elle avait pris l'habitude de consigner quelques détails de ses journées.

Elle commença par relire distraitement ce qui précédait. Ainsi :

17 septembre 1917

Temps gris, vent, et même avis de tempête. Nous allons avec les enfants sur la plage mais sans nous baigner à cause de la force des vagues. Les aînés font leurs devoirs de vacances. Pour moi, lecture et broderie. J'ai commencé une nouvelle tapisserie d'après une gravure anglaise représentant un lac romantique avec des cygnes. Aucune visite des commissaires locaux depuis leur dernière perquisition. Il est vrai que lors des perquisitions de juin, ils ont emporté toutes nos armes.

18 septembre 1917

Visite surprise d'un compagnon de tranchées de mon Micha. Mauvaises nouvelles du front. Cette guerre doit cesser quel que soit le prix à payer.

19 septembre 1917

Ce matin, Sérioja s'est tout à coup mis à parler sans bégayer. Pas longtemps, hélas. Descente à Yalta pour chercher les tirages de mes dernières photos et faire quelques emplettes en compagnie de ma fille Hélène que ce « traitement de faveur » enchante. Il m'a semblé que certaines denrées alimentaires commencent à manquer et je n'ai pas pu trouver tous les fils en soie nécessaires pour ma tapisserie. Certaines gammes de bleu et tous les jaunes sont introuvables. Il va falloir songer à mieux m'organiser. À Aï-Todor, l'impératrice douairière et les siens continuent d'être soumis aux pires vexations. Leurs « gardiens », des matelots envoyés par le soviet de Sébastopol, sont d'une grossièreté inouïe et il est devenu impossible de les approcher. Je prie Dieu que nous ne soyons pas nous aussi victimes d'une surveillance de ce type. Oleg le redoute. Aucune nouvelle de notre Tsar et de sa famille enfermés à Tobolsk, en Sibérie.

Puis Xénia prit son stylo et écrivit .

20 septembre 1917

Après un interminable voyage de quatre jours, Olga est arrivée après le souper. Ses enfants dormaient, elle n'a pas voulu les réveiller et s'est contentée de les regarder dans leur sommeil. J'espère qu'elle se plaira chez moi et que nous nous entendrons bien. Les feuilles des arbres jaunissent à vue d'œil. Pourvu que ce bel automne se poursuive tout au long du mois d'octobre.

Olga ouvrit les yeux et ne reconnut pas l'endroit où elle se trouvait, le lit à baldaquin douillet et confortable où elle avait dormi. La lumière du jour filtrait à travers les volets et elle détailla avec curiosité les beaux meubles en bois de Carélie, le paravent de soie brodée dont on se demandait ce qu'il dissimulait. En face du lit, sur la cheminée, entre deux antiques candélabres, une pendule en albâtre lui plut tout particulièrement. La sculpture représentait une femme ailée qui jouait de la harpe, de profil. À ses pieds, gracieuses et fines, deux biches veillaient. Alors seulement, Olga se rappela son arrivée tardive, la veille, au palais de Baïtovo.

Quand elle poussa les volets, ce fut un éblouissement. Le soleil, haut dans le ciel, illumina la chambre, les murs recouverts de satin jaune clair, les gravures dans leur cadre doré. Sous la fenêtre, se succédaient à différents niveaux des terrasses plantées de cyprès avec, à intervalles réguliers, des lauriers et des palmiers en pot. Un large escalier les traversait et descendait vers la mer, encadré par des lions en marbre blanc. Mais la lumière était si forte qu'elle ne put regarder plus longtemps le ciel et la mer que rien ne troublait si ce n'est le passage d'un vapeur, loin, très loin, au-dessous de la ligne d'horizon.

Une joie folle, animale, déferla sur Olga, lui faisant oublier les difficultés et les souffrances des derniers mois. Plus rien ne comptait hormis le désir de retrouver au plus vite ses enfants, de se précipiter dans la mer et d'y nager le plus longtemps possible. Tout son corps soudain réclamait de l'eau salée, du soleil, l'air si délicieux de Crimée. Elle eut un rugissement de triomphe comme elle en poussait petite fille, puis jeune fille, jusqu'à ce qu'on le lui interdise sous le prétexte que cela ne lui convenait plus. La porte de sa chambre alors s'ouvrit et trois enfants déchaînés se jetèrent sur elle, criant, hurlant, se battant pour saisir ses mains, son cou. Dans l'embrasure de la porte, volontairement en retrait, attendaient la nurse et le petit dernier. Celui-ci paraissait douter que cette jolie jeune femme en chemise de nuit et aux épais cheveux châtains qui descendaient jusqu'à la taille soit la maman dont on lui promettait, depuis quelques jours, la venue. Son air farouche bouleversa Olga et ce fut lui qu'elle prit en pre-

mier dans ses bras. « Mon petit, mon petit garçon », ne cessait-elle de dire en le couvrant de
baisers tandis que les trois autres s'accrochaient à
sa chemise de nuit.

Olga savoura sa première journée et celles qui
suivirent dans l'euphorie du bonheur retrouvé. Il
lui semblait que cela faisait une éternité qu'elle ne
s'était pas laissée aller à cette simple joie d'être
une mère. Ses enfants et ceux de Xénia, bronzés,
joyeux, rivalisaient de vitalité et d'imagination.
Même le petit Sérioja, entraîné par ce tourbillon,
sortait de sa réserve. Olga passait de l'un à l'autre
en ne se lassant pas d'admirer leur bonne mine
d'enfants heureux et bien nourris. Le souvenir
d'autres enfants, maigres, sales, au regard sup-
pliant ou hostile, croisés dans les rues de Petrograd et aux abords des gares, se superposait
soudain comme pour souligner l'injustice de son
bonheur et son extrême fragilité.
    Ces visions, Olga les repoussait de toutes ses
forces. Rien ne devait ternir son bien-être, rien ne
devait assombrir ses vacances, les premières
depuis celles de Noël, passées en famille, quai de
la Fontanka, à la fin de l'année 1916. Ses frères
Igor et Adichka étaient vivants, on n'aurait jamais
imaginé qu'ils allaient être tués, à quelques mois
de distance. Mais même ces figures chéries, Olga

les refusait. De penser à eux ravivait sa douleur et lui rappelait que sa vie et celle des siens pouvaient, à tout moment, se fracasser. Elle en oubliait presque Micha, son dernier frère qui combattait les Allemands et dont on était de nouveau sans nouvelles ; Maya et Nathalie, toujours à Petrograd. Une lettre de sa mère était arrivée grâce à des connaissances qui, fuyant la pénurie alimentaire de la capitale, venaient de s'installer à Yalta. Elle l'avait lue presque distraitement puis confiée à Xénia. Pour s'en aller ensuite nager des heures entières dans une eau de jour en jour plus froide, appliquée à dénouer son corps, avide de nouveaux exploits sportifs. Après, elle paressait au soleil, entourée par les enfants et des voisins amis charmés par sa gaieté. Des concours de natation, des excursions dans la montagne et des piqueniques alors s'organisèrent et chacun, à sa façon, tenta de s'étourdir pour oublier la guerre et le sort si incertain de la Russie.

Xénia se tenait discrètement à l'écart de ce tourbillon mondain. Elle comprenait le désir de s'amuser, si puissant, si intense et sûrement momentané, de sa belle-sœur. Elle l'avait toujours connue en train de soigner des malades et des blessés de guerre, de se battre pour améliorer le sort des plus démunis. Institutrice, infirmière ou responsable de la Croix-Rouge, Olga, depuis le début de la guerre avec l'Allemagne, n'avait pas ménagé sa peine. Plus que les autres, elle avait besoin de vacances et Xénia se réjouissait de pouvoir lui offrir un cadre raffiné et le confort du palais.

Si elle avait admiré son engagement patriotique, Xénia, maintenant, lui enviait cette rage de vivre le moment présent. Parfois, elle la soupçonnait de forcer le ton, de feindre. Que ressentait Olga quand elle se retrouvait seule dans sa chambre? Le souvenir de ses deux frères disparus ne la réveillait-il pas au milieu de la nuit, la laissant ensuite tremblante et glacée? Mais sans doute Olga simplement dormait, épuisée par des heures de natation et ses courses dans la campagne environnante. À Xénia qui se plaignait d'insomnie, elle avait vertement répliqué : « C'est ta faute. Tu ne pratiques aucun sport! Nage, apprends à monter à cheval, bouge au lieu de broder et de rêvasser! » Xénia n'avait rien répondu. Comment aurait-elle osé avouer que la mer, en septembre, était trop froide et qu'elle avait toujours eu peur des chevaux?

Pour l'heure, Olga s'activait à réunir un petit orchestre, à trouver des musiciens amateurs. Il avait suffi pour la lancer dans cette nouvelle tâche que Xénia lui raconte le merveilleux concert offert par deux invités prestigieux à ses parents, en 1898. Xénia était alors une petite fille mais elle n'avait jamais oublié cette soirée d'été où Chaliapine avait chanté, accompagné au piano par Rachmaninov. Le concert avait eu lieu en plein air, devant la façade sud du palais, sous l'arche de style mauresque qui avait, à cette occasion, révélé des qualités acoustiques insoupçonnées. Le piano blanc sorti du salon de musique y était ensuite retourné, auréolé d'un immense prestige. Depuis on ne le désignait plus que comme « le piano sur lequel avait joué Rachmaninov ».

Sur le bureau de son petit salon privé s'amoncelaient des factures, des cartes de visite et quelques lettres parvenues par miracle et qui constituaient le seul lien avec la famille, les amis. Ainsi celle de Maya Belgorodsky, transmise de main en main jusqu'à Baïtovo : « Olga et Xénia, mes chères filles, j'espère que vous êtes en bonne santé ainsi que tous les enfants. On me dit que la vie en Crimée est douce et qu'on y mange à sa faim. À Petrograd, tout se détériore chaque jour davantage. On y fait la queue des heures durant sous une pluie glaciale pour obtenir un peu de lait, de sucre et de pain. Partout ont lieu d'interminables meetings. Les actes de banditisme se multiplient et il est devenu dangereux de quitter les artères principales. L'enquête sur le meurtre d'Adichka est longue et compliquée puisqu'il a été arrêté dans un canton et tué dans un autre. À l'heure actuelle, ce serait le tribunal de Moscou qui s'en chargerait. Nous avons dû accepter que cela soit jugé comme une banale affaire criminelle. Parler d'assassinat politique ou de règlement de compte entre le peuple "enfin libéré" et son maître passerait pour une provocation politique. Nathalie, hier, a de nouveau été entendue pendant des heures. De revenir encore et toujours sur la mort effroyable de son mari lui cause une souffrance indescriptible. Quant à moi, je continue de penser qu'on a assassiné le meilleur des hommes, le seul d'entre nous capable de mener plusieurs vies à la fois. »

Xénia interrompit sa lecture, émue par la douleur de sa belle-mère mais aussi en proie à une angoisse sourde, animale, qu'elle éprouvait de plus en plus souvent, et qui ne parvenait jamais à se dissiper complètement. Elle n'aurait pas su trouver les mots pour s'exprimer avec cohérence mais il lui semblait que la tourmente ne faisait que commencer, que le pire pour elle et les siens, pour la Russie, était à venir. Ses connaissances en astrologie lui avaient permis de dresser des horoscopes tous plus alarmistes les uns que les autres. Elle avait tenté d'en parler à Olga, de l'avertir du message inquiétant des étoiles. Olga l'avait écoutée avec attention pour ensuite l'exhorter à considérer l'avenir avec plus de foi et de sérénité. Elle lui suggéra même de renoncer définitivement à l'astrologie, aux tarots et autres « pratiques superstitieuses ». Pour ensuite lui vanter une fois de plus les mérites de la natation et de la marche à pied. Par esprit de conciliation, Xénia avait choisi de taire ses craintes. Seuls les enfants, avec leur joie de vivre et leurs petits drames quotidiens, avaient le pouvoir de les dissiper. Consigner leurs faits et gestes était devenu au fil des jours une nécessité. Elle sortit du tiroir son journal et se mit à écrire :

2 octobre 1917

Le thermomètre baisse de jour en jour malgré le soleil et un ciel sans nuages. Chez nous, il n'y a plus qu'Olga pour continuer à se baigner. Mon petit garçon, âgé d'un an et quatre mois, commence à parler. Il mélange avec insouciance les quelques mots de russe, d'anglais et de français qu'il connaît et quand il ne sait pas, il remplace le mot par un son de son invention. Il est rieur et ne refuse jamais de partager son goûter ou ses jouets avec les autres enfants. Au physique comme au moral, tout le portrait de son père ! Hélène n'a pas, hélas, ces jolies qualités de base. Mais son père lui manque énormément et quand il sera de retour parmi nous, son caractère s'améliorera. Sérioja est en bien meilleure voie. À la fin du mois, nous rentrerons tous à Petrograd et il retrouvera sa mère. Me séparer de lui sera difficile : dans le secret de mon cœur, Sérioja est devenu mon deuxième fils. Quant aux enfants d'Olga, ils sont parfaits. Mention spéciale à Daphné, dont la personnalité est déjà très marquée : un vrai leader ! À tous les enfants nous cachons que nous sommes toujours sans nouvelles de Micha pour ne pas les perturber. Mais c'est touchant de les entendre dire dans leur prière du soir : « Mon Dieu, protégez notre papa » ou « Mon Dieu, protégez oncle Micha », Olga devine mes pensées noires, mes terreurs. Hier, elle m'a brusquement serrée dans ses bras et dit : « Je sens, je sais qu'il n'arrivera rien à Micha. Dieu m'a déjà enlevé deux frères, il n'aura jamais la cruauté de rappeler à lui le dernier, le seul qui me reste. Il faut croire de toutes nos forces à son retour ! Il le faut ! »

De s'être ainsi attardée à écrire sur les siens avait apaisé Xénia. Plutôt que de se morfondre seule devant son bureau, elle ferait mieux d'aider Olga à recruter des musiciens pour le futur petit orchestre. Elle se souvint que tout le monde s'accordait à lui trouver une jolie voix de contralto. Pourquoi ne proposerait-elle pas ses talents aux autres ? Elle se rappela un récital particulièrement réussi en duo avec Bichette Lovsky, une voisine et amie de Nathalie et Adichka, à Baïgora, à la fin de l'été 1916. Où se trouvaient actuellement Bichette et son mari Nicolas? Grand patriote, Nicolas devait combattre les Allemands malgré les désastres des armées russes. Mais Bichette? Sa famille possédait une grande villa et des vignobles dans les environs de Yalta.

De bien meilleure humeur, Xénia décida de parler aussitôt à sa belle-sœur. Mais au moment de frapper à la porte de la chambre d'Olga, une question tout à coup l'immobilisa : avait-on le droit de se servir du piano blanc sur lequel avait joué Rachmaninov?

Xénia tenait serrée contre sa poitrine une lettre de son mari datée du début du mois d'octobre. Elle avait mis plus de trois semaines pour arriver jusqu'à Baïtovo en transitant par Moscou et Kiev. Les parents d'un compagnon de Micha l'avaient acheminée jusqu'à Moscou puis remise à des cousins qui se rendaient à Sébastopol via Kiev. Ceux-ci, déjà chargés d'autres missives, firent un détour par Yalta et les déposèrent dans le seul grand hôtel de tourisme encore ouvert où les personnes en attente de courrier avaient coutume de passer. En cet automne 1917, cette organisation, fondée sur l'entraide et la débrouillardise au jour le jour, était encore la meilleure des postes et Xénia put retirer sa lettre.

La lettre était froissée, tachée par endroits. Micha l'avait écrite comme on jette une bouteille à la mer, pour se prouver qu'il était encore vivant, pour se souvenir qu'il avait ailleurs une femme, des enfants, une maison. De maladroits mots d'amour se bousculaient et formaient des phrases à la fois puériles et emphatiques qui évoquaient à Xénia l'époque de leurs fiançailles quand Micha se croyait tenu d'entretenir une correspondance amoureuse. Il avait fait preuve à l'époque d'une louable bonne volonté qui s'était volatilisée dès leur mariage. C'est parce que la guerre durait depuis trop longtemps et qu'il ne pouvait plus le supporter qu'il écrivait parfois à sa femme. Dans cette lettre, le récit de sa vie quotidienne se substituait très vite aux mots tendres et aux formules galantes : « Nous sommes depuis une semaine au fond de la même tranchée, dans la boue glacée. L'ennemi est à cinquante mètres, derrière un talus, et tire sur tout ce qui bouge. Mes hommes et moi claquons des dents sans arrêt. Chaque nuit, il y en a qui perdent la raison. »

Xénia en tremblait d'effroi et de chagrin. Que faisait-elle dans son palais de Baïtovo quand son mari, à tout instant, risquait sa vie ? Ne devrait-elle pas rejoindre les rangs de la Croix-Rouge comme tant de ses amies et connaissances ? Partager le terrible quotidien des soldats russes ?

Son regard errait sur le paysage ensoleillé derrière les portes-fenêtres, si paisible, si loin de la guerre ; sur le ravissant mobilier du petit salon chinois où chaque objet témoignait du goût exquis de son arrière-grand-mère Sophie qu'aurait aimée, disait-on, Pouchkine. Qu'il lui ait dédié plusieurs de ses poèmes signifiait-il pour autant qu'ils aient eu une liaison? Tout portait à croire que non. Seul Micha s'était permis d'émettre quelques doutes sur la vertu de la ravissante Sophie par ailleurs mariée et très éprise de son époux, selon les témoins de l'époque. Mais c'était pour taquiner sa femme et sa belle-famille. Micha, en réalité, n'avait jamais lu les poèmes en question et, de façon plus générale, ne s'intéressait pas à la poésie.

Xénia aimait à évoquer le Micha juvénile et taquin, épris de grand air, de chasse et de courses de chevaux, qu'elle avait rencontré lors de son premier bal, quand Petersbourg ne s'appelait pas encore Petrograd, en 1910. On était loin alors d'imaginer l'abdication de Nicolas II, le changement de régime et surtout cette guerre interminable avec l'Allemagne. Micha, aujourd'hui, croupissait dans la boue glacée des tranchées, la peur au ventre.

Une porte claqua, quelque part au rez-de-chaussée. Au bruit qu'elle fit, Xénia reconnut la lourde porte d'entrée. Puis il y eut le martèlement sec des bottines d'Olga sur le carrelage du vestibule et sur le plancher de la salle à manger, ses cris et ceux d'une enfant. Sans prendre la peine de s'annoncer, Olga fit irruption dans le petit salon chinois en traînant derrière elle sa fille Daphné âgée de sept ans.

— Et tu as toléré ces pratiques durant tout l'été, dit-elle à l'intention de sa belle-sœur.

Il y eut d'abord un silence.

— Je ne vois pas de quoi tu parles, répondit enfin Xénia de sa voix douce et posée qu'elle prenait d'emblée pour éviter, ou du moins retarder, ce qui s'annonçait comme une querelle.

Olga, les pommettes roses de colère, lui désignait du doigt les pieds nus de sa fille, maintenant silencieuse et qui prenait, sans trop de conviction, des airs d'enfant martyr.

— Non, vraiment, je ne comprends pas, répéta Xénia.

Elle avait glissé la lettre de son mari dans un livre et attendait qu'on lui explique la raison de cette scène. Quelqu'un d'autre à sa place aurait pu émettre un reproche du genre : « Tu pourrais frapper avant d'entrer. » Pas elle.

Dans l'embrasure de la porte se pressaient trois jeunes enfants, partagés entre l'excitation de voir ce qui allait arriver à l'une des leurs et la crainte d'être à leur tour pris à partie. Contrairement à Daphné, ils portaient des chaussures ainsi que l'exigeaient les bonnes manières et la température extérieure.

Enfin vinrent les explications.

Selon Olga, les enfants auraient pris l'habitude

d'attendre la tombée de la nuit pour aller en catimini, à la lueur d'une torche, pêcher des écrevisses dans la rivière qui descendait de la
montagne et traversait le domaine à la hauteur de
la clairière.

— Et comment pêche-t-on des écrevisses?
demanda Olga sur ce ton de maîtresse d'école qui
rappelait aussitôt à Xénia ces cruels moments de
l'enfance où, brusquement interrogée par son institutrice, elle en oubliait sur-le-champ tout ce
qu'elle avait appris.

Mais elle avait maintenant vingt-six ans, soit
presque l'âge d'Olga. « Je suis ici chez moi, elle
ne me fait pas peur », pensa-t-elle en prenant une
large respiration.

— À l'aide d'appâts avariés, je suppose.

— À l'aide d'appâts avariés, tu supposes,
répéta Olga en imitant sa voix.

Il y eut un début de fou rire chez les enfants
qui se poussaient du coude, prêts à s'amuser de
tout mais aussi à s'enfuir à la moindre alerte.
Daphné avait abandonné son rôle de martyr et
affichait un air amusé, en fait très insolent.

— Abandonne tout de suite cette attitude,
l'avertit sa mère.

Daphné n'en fit rien. Mieux, elle retrouva d'un
coup son aplomb et, visiblement satisfaite d'assurer elle-même sa propre défense, expliqua :

— J'ai inventé une pêche bien plus amusante,

bien plus sportive... Voilà : j'enlève mes chaussures, mes chaussettes et je plonge ma jambe dans l'eau. C'est mon pied qui sert d'appât !

Son frère, âgé de six ans, se faufila à ses côtés.

— Elle hurle, ça lui fait mal, mais c'est elle qui en pêche le plus, des écrevisses !

— Ça fait mal, en effet, admit Daphné.

Elle raconta avec précision comment elle allait ensuite à l'infirmerie se faire désinfecter le pied à la teinture d'iode.

— L'ennui c'est que c'est jaune, que ça tache et que ça se voit !

— Miss Lucy n'a rien remarqué ? demanda Xénia.

— Miss Lucy est anglaise, répondit Daphné avec emphase. Elle méprise les petits bobos.

Elle fit une pause.

— Moi aussi. Même quand les écrevisses me pincent, je ne pleure pas.

— C'est vrai, approuva son frère.

— Une fois, j'en ai eu trois d'un coup !

— Deux !

— Trois !

— Assez !!

Devant l'exaspération de leur mère, les enfants se turent aussitôt. Celle-ci improvisa alors un petit sermon de circonstance : la pêche nocturne aux écrevisses était interdite, bientôt il faudrait rentrer à Petrograd et reprendre le travail scolaire. Ses enfants n'avaient plus que quelques jours de vacances, autant dire trois fois rien, il convenait d'utiliser « intelligemment » les heures qui restaient. Puis elle les congédia.

— Et que je ne vous entende plus de la journée !

Dehors, le ciel se chargeait de nuages. Le vent s'était levé comme pour annoncer les futures tempêtes de la fin de l'automne et du début de l'hiver. Le feuillage des arbres recouvrait, par endroits, les allées du parc, les pelouses. Sur la terrasse, près des premières marches du grand escalier, un feu achevait de se consumer.

— On dirait que tes jardiniers travaillent moins, remarqua Olga.

Xénia la rejoignit près de la porte-fenêtre.

— Depuis quelques jours, il devient plus difficile de leur parler, dit-elle.

Olga se retourna vers sa belle-sœur et la contempla avec sévérité.

— Ce n'est pas le moment de leur céder.

Elle fixait Xénia droit dans les yeux pour mieux la convaincre. Son beau regard gris-bleu devenait incisif, presque hypnotique. En quelques secondes son visage avait retrouvé cette expression volontaire et impérieuse qui impressionnait tant Xénia.

— Il faut que tu aies plus de poigne avec tes gens. Beaucoup plus et dès maintenant.

D'un geste agacé du menton, elle désigna les restes du feu et une brouette à demi remplie, abandonnée au milieu d'une allée, près d'une tonnelle qui, à la belle saison, se couvrait de glycine.

— Tout laisser-aller de leur part est intolérable, dit-elle. Puis sur un autre ton, ardent, passionné : Ce matin, à la villa Ondine, j'ai lu la presse disponible... Personne ne comprend ce qui se passe à Petrograd, qui gouverne... C'est devenu une poudrière qui va exploser d'une minute à l'autre et qui débarrassera la Russie de cette racaille, les bolcheviks, les démocrates, les socialistes, tous !

Son corps vibrait d'excitation et de joie, ses mains s'emparèrent de celles de Xénia et son regard devint plus hypnotique encore.

— À présent c'est vraiment la guerre entre le gouvernement de Kerensky et les bolcheviks. Ils vont se dévorer entre eux et les nôtres, alors, pourront intervenir !

Xénia écoutait sans bien comprendre ce qu'elle disait. Elle ne voyait rien de commun entre les paroles du lieutenant qui lui avait rendu visite quelque temps auparavant, le contenu de la lettre de Micha et les prévisions optimistes d'Olga ; entre leur désespoir et ses certitudes.

JOURNAL DE XÉNIA

27 octobre 1917

Trois jours de suite des perquisitions ont chamboulé l'ordre de notre maison. Les matelots envoyés par le soviet de Yalta cherchaient soi-disant des armes. Malgré mes protestations, ils ont pris des lettres et des documents relatifs à la bonne marche de la propriété. Olga s'est emportée et a dit à celui qui se déclarait leur chef : « Vous êtes la preuve de la faiblesse du Gouvernement provisoire de Kerensky, ce n'est pas à lui que vous obéissez mais au soviet de Petrograd ! Aux bolcheviks ! » Nous avons eu peur qu'ils ne l'arrêtent pour insolence mais ils se sont contentés de se moquer d'elle. Comment lui faire comprendre qu'elle doit être plus prudente ? Les enfants qui étaient présents n'ont pas eu peur : ils ont considéré cette « visite » comme un jeu.

Dans la perspective du départ, je commence à faire nos bagages. Je laisse avec confiance Baï-tovo à Oleg. Aucune nouvelle de Micha.

Les premiers jours de novembre furent occupés par les préparatifs du départ et par les mondanités. Beaucoup d'amis et de voisins avaient suivi l'exemple d'Olga et réservé des places dans le train de Petrograd : ensemble, ils seraient mieux à même de résister aux aléas d'un long voyage que tous s'accordaient à juger difficile. Cela faisait une communauté d'une trentaine de personnes, principalement des femmes, des enfants et des vieillards, qui s'apprêtaient à quitter la Crimée pour Petrograd où la saison des pluies glacées, des ciels bas et de la boue avait commencé depuis longtemps.

Les plus sportifs se promenaient encore dans la montagne, les autres se contentaient de descendre à Yalta et d'arpenter paresseusement la jetée en guettant les arrivées de plus en plus rares des paquebots. La température avait considérablement fraîchi et les manteaux, les redingotes et les vestes fourrées faisaient leur apparition. On s'échangeait des nouvelles des uns et des autres, on commentait la presse, les tracts et les affiches qui partaient de la capitale et inondaient la Russie tout entière. Le palais de Baïtovo était l'endroit où l'on se réunissait le plus souvent.

Mais ce jour-là, le personnel féminin de Baïtovo faisait grève et la petite communauté s'était repliée à la villa Ondine, une luxueuse bâtisse qui appartenait à des amis de la famille Belgorodsky et qui avait le privilège d'avoir un téléphone en bon état de marche. La villa se situait à deux kilomètres et Olga avait choisi de s'y rendre à pied en compagnie des enfants et de Miss Lucy. Xénia avait préféré demeurer chez elle, prétextant une migraine. En fait, elle avait surtout envie de silence et de solitude.

L'après-midi se déroula à son rythme : d'abord une promenade avec les chiens, puis quelques exercices de chant, puis enfin la vérification des comptes de l'automne avec Oleg. Le majordome profita de ce tête-à-tête pour lui faire part de son désaccord au sujet de la grève du personnel féminin. Les femmes de chambre, selon lui, n'avaient pas à exiger une nouvelle augmentation de salaire, leur céder se révélerait une erreur. Elle hésitait, il insista : « Vos parents n'auraient jamais toléré ça. — Les temps changent, Oleg... », commença Xénia doucement. Mais elle croisa le regard farouche du vieil homme et se réfugia aussitôt derrière sa formule habituelle : « Si tu le dis... » Elle aurait aimé que son mari soit présent et lui souffle ce qu'elle devait faire. Elle ne se demandait même pas s'il avait les qualités requises pour diriger son grand domaine ; le goût et le sens des responsabilités. Son terrain privilégié, c'étaient les chevaux de course, dont il était un expert reconnu. Elle se souvint d'avoir volontairement omis de lui écrire que, faute de fourrage, les autorités avaient fermé les hippodromes de Petrograd...

Oleg était de retour dans le petit salon chinois, les bras chargés de bûches. En silence, il les disposa dans la cheminée, puis gratta une allumette. Le feu prit aussitôt. Puis il alluma les lampes et Xénia réalisa que dehors, il faisait nuit. « Les jours raccourcissent », dit-elle à mi-voix. Elle invita le vieil homme à s'asseoir à ses côtés et l'écouta évoquer l'époque lointaine où ses parents se faisaient servir leurs apéritifs ici même, à la tombée du jour : sa mère buvait du muscat, son père du brandy. Ses deux frères étudiaient dans la grande bibliothèque tandis qu'elle apprenait le français avec sa gouvernante suisse. Elle se rappela soudain son frère aîné, passionné par l'histoire de la Russie, qui dévorait livre sur livre et qui se désolait : « Ne se passera-t-il jamais rien d'excitant à notre époque ? Quel ennui ! »

— Ne pensez pas trop à vos deux frères, dit Oleg. De là où ils sont maintenant, ils veillent sur nous.

Mais Xénia l'entendit murmurer leurs deux prénoms : « Dimitri... Andreï... »

Quand ils se trouvaient seuls, une intimité particulière se créait entre la jeune maîtresse de maison et le vieux majordome. Une intimité qui leur était naturelle et à laquelle ils étaient tous deux très attachés. Ensemble, ils s'autorisaient à évoquer le passé, les êtres aimés morts ou disparus. Et c'était alors comme si Dimitri et Andreï étaient toujours là, bien vivants. « Dimitri m'attend sur la plage... Andreï... », songeait Xénia.

— C'est moi ! C'est moi !

Olga entra précipitamment dans le petit salon chinois et referma la porte avec une telle brutalité que plusieurs bibelots en porcelaine en tremblèrent. Oleg quitta aussitôt le fauteuil au coin du feu et reprit sa raideur de majordome stylé.

— J'ai pu joindre mon mari au téléphone, dit-elle. Il vient de se passer quelque chose d'extraordinaire : dans la nuit d'avant-hier, les bolcheviks ont pris d'assaut le palais d'Hiver et chassé les membres du gouvernement ! Le lamentable Kerensky est en fuite et les bolcheviks sont au pouvoir ! Il y a eu des morts, des blessés, Léonid ne sait pas encore combien !

Olga n'avait pas pris la peine d'enlever sa veste

doublée d'astrakan, ses gants et son béret. Elle allait et venait dans la pièce sans paraître remarquer le silence pétrifié de Xénia et Oleg. Les bibelots, autour d'elle, continuaient de trembler.

— C'est une chose excellente que les bolcheviks soient au pouvoir ! Ils ne tiendront pas une semaine ! Leur coup d'État va définitivement les isoler ! Ils ont déjà tous les partis contre eux !

Elle se jeta dans un fauteuil et ôta son béret, ses gants. Son visage resplendissait de joie. Que les deux autres continuent à se taire ne la gênait en rien. Elle ne remarquait ni l'expression soucieuse d'Oleg ni le regard affolé de Xénia qui se posait un peu partout sans parvenir à se fixer nulle part. En fait, Olga ne les voyait tout simplement pas. Elle finit par retirer sa veste et se rapprocha de la cheminée.

— Les nôtres vont revenir et tous les balayer... Les bolcheviks ne garderont pas longtemps le pouvoir. Je leur donne six jours, peut-être même quatre, et alors... Après, on en sera débarrassés pour toujours. Enfin... !

TRACT DIFFUSÉ
DANS TOUTE LA RUSSIE

AUX CITOYENS DE RUSSIE

Le Gouvernement provisoire est déposé. Le pouvoir est passé entre les mains du Comité militaire révolutionnaire, organe du soviet des députés ouvriers et soldats de Petrograd, qui se trouve à la tête du prolétariat et de la garnison de la capitale.

La cause pour laquelle le peuple a lutté — offre immédiate d'une paix démocratique, abolition de la grande propriété foncière, contrôle ouvrier de la production, création d'un gouvernement des soviets —, cette cause a triomphé.

Vive la révolution des ouvriers, des soldats et des paysans !

Comité militaire révolutionnaire
auprès du soviet des députés ouvriers
et soldats de Petrograd.

Lettre de Maya Belgorodsky
à Olga et Xénia

Petrograd,
16 novembre 1917

Mes chères filles,

j'écris sans savoir si cette lettre vous parviendra
un jour. Vous écrire me rapproche de vous et
m'apaise. Que vous soyez obligées de rester en
Crimée est une bénédiction, surtout pour les
enfants. La vie quotidienne ici voisine la folie.
Nous ne comprenons plus rien. Les bolcheviks au
pouvoir (pour combien de temps?) ont tous les
partis contre eux. La question agraire est au
centre de tout. Les paysans vont-ils s'allier aux
soviets ouvriers? Le congrès paysan a installé son
quartier général au 6, quai de la Fontanka, dans
l'École impériale de droit. Ce voisinage forcé est

éprouvant pour Nathalie et pour moi. Les rares fois où nous sortons de chez nous, nous ne pouvons nous empêcher de penser que parmi eux se trouvent peut-être les assassins d'Adichka. Pourtant ce sont souvent des hommes âgés, usés par le travail et les privations, dont la gravité tranche avec les excès en tout genre des soldats et des ouvriers.

Hier, tôt le matin, la neige est tombée pour la première fois, si épaisse, si dense, qu'on ne voyait rien au-delà de trois mètres. L'après-midi il faisait soleil, et la capitale, si sale, si boueuse, est devenue éblouissante de blancheur, avec cette beauté éternelle qui nous tient tant à cœur. Les gens sortaient dans la rue les bras tendus en avant, le visage tourné vers le ciel pour mieux sentir les flocons. Ils riaient et dansaient de joie et c'était comme si la révolution n'avait jamais existé.

Mais aujourd'hui, il semblerait que quelque chose de très grave, de tout à fait nouveau, soit arrivé dont je ne suis pas en mesure de comprendre les tenants et les aboutissants.

Tout a commencé par un va-et-vient incessant autour du 6, quai de la Fontanka. Des délégations s'y sont succédé toute la journée dans un grand climat d'exaltation. Il faisait nuit quand le congrès paysan et la foule d'hommes qu'il représente sont sortis en criant : « Vive la fin de la guerre civile ! Vive la démocratie unie ! » Un régiment en tenue de campagne est arrivé à leur rencontre avec en tête un orchestre qui jouait *La Marseillaise.* La jonction s'est faite juste sous nos fenêtres. Applaudissements de part et d'autre, cris de joie et de triomphe. Ensemble, paysans et ouvriers ont déployé une immense bannière rouge sur laquelle était brodée une inscription jamais vue jusque-là : « Vive l'union des masses laborieuses révolutionnaires. » La population civile arrivait de toute part avec des torches et des drapeaux rouges jusqu'à former un seul et unique cortège qui a fini par s'ébranler en direction du centre-ville. La tête du cortège est partie depuis plus d'une heure mais une foule gigantesque continue de défiler quai de la Fontanka, sous nos fenêtres. Le slogan le plus souvent crié est : « Vive l'armée révolutionnaire ! Vive la Garde rouge ! Vive les paysans ! »

C'était derrière d'autres fenêtres et dans une autre ville que se tenait Maya Belgorodsky. Épuisée par les difficultés du voyage en train entre Petrograd et Moscou, elle ne pouvait trouver le sommeil. Dans l'obscurité de l'appartement, elle allait et venait, silencieuse, attentive à ne pas réveiller Nathalie qui dormait, allongée tout habillée sur le canapé. Les bruits réguliers des pelles et des pioches et les voix de ceux qui les maniaient, pourtant lointains, parvenaient jusqu'à elle, amplifiés par le silence de la nuit. Cela durait depuis des heures.

Les dernières bûches achevaient de se consumer dans l'unique cheminée de l'appartement que des amis compatissants avaient prêté aux deux femmes. Malgré cela et le calfeutrage des fenêtres, il faisait froid. Maya recouvrit le corps de Nathalie d'une nouvelle couverture et s'emmitoufla dans un deuxième châle. À l'extérieur, la température était tombée très bas.

De la fenêtre, Maya tentait d'apercevoir les coupoles de Saint-Basile, les tours et les murs sombres du Kremlin. Elle avait tout d'abord été soulagée de constater que les rumeurs concernant la prise et la destruction de Moscou étaient des plus exagérées. N'avait-on pas parlé de milliers de morts ? de l'église Saint-Basile, du Kremlin et de la cathédrale de l'Assomption bombardés ? Les bâtiments devant lesquels elle et Nathalie étaient passées quelques heures auparavant ne paraissaient pas trop endommagés. Il n'empêche : après six jours de combats sanglants, les bolcheviks étaient maintenant les maîtres incontestés de Moscou. Quant aux morts de part et d'autre, personne n'était en mesure de les dénombrer.

Les coups de pelle et de pioche semblaient ne jamais devoir s'interrompre. Ce martèlement continu, effrayant, était de plus en plus insupportable à Maya depuis qu'elle en savait le pourquoi.

Près des murailles du Kremlin, des centaines d'ouvriers et de soldats creusaient d'immenses fosses, éclairés par des torches et des feux de bois. Des monticules de terre s'élevaient tout autour, attestant de la profondeur des trous. « Demain nous enterrerons là les héroïques prolétaires morts pour la révolution », lui avait fièrement expliqué une très jeune fille croisée dans la cage d'escalier de l'immeuble, peu après la tombée du jour. « Et les autres ? n'avait pu s'empêcher de demander Maya. — Les Junkers ? les Gardes blancs ? Quelle importance ? Ce sont des ennemis de la révolution », avait répondu la jeune fille avec un sourire apitoyé pour cette femme âgée, en deuil, d'aspect modeste, dont pas une minute elle n'avait soupçonné l'origine sociale.

Maya songeait qu'ailleurs dans Moscou, les vaincus devaient eux aussi creuser des tombes et des fosses pour enterrer leurs morts. Mais à l'inverse de ceux qu'elle entendait, cela devait se dérouler clandestinement, à la sauvette et, bien sûr, sans cérémonie religieuse. Combien étaient-ils ? Faute d'informations, Maya n'en avait pas la moindre idée. Mais parmi eux se trouvaient sans doute des parents, des amis ; peut-être les fils des amis qui leur avaient prêté l'appartement, des Junkers élèves officiers de l'École militaire.

En passant près de Nathalie, elle remit la couverture qui avait glissé sur le plancher. Nathalie dormait sur le côté, en chien de fusil, les poings exagérément serrés comme si elle devait ne plus jamais les ouvrir. Maya se rappela alors qu'il lui arrivait de se plaindre, au réveil, d'avoir des douleurs dans les mains. C'était donc cette terrible tension nocturne qui lui faisait mal. « Ma pauvre enfant », murmura Maya. Et elle qui souffrait déjà tant comprit qu'elle pouvait souffrir davantage encore du seul fait de la détresse de cette jeune femme endormie qu'avait tant aimée son fils Adichka. « C'est sans fin », dit-elle sans se rendre compte qu'elle avait parlé à haute voix.

Depuis qu'Olga était en Crimée, Maya lui écrivait presque quotidiennement. C'était ce qu'elle avait toujours fait avec Adichka. Lui mort, elle avait repris cette habitude avec sa fille et, parfois, ses belles-filles. Leur écrire l'apaisait, lui donnait le sentiment qu'Olga, Xénia et leurs enfants, même à des centaines de kilomètres, étaient proches et bien vivants. Pourtant les lettres atteignaient rarement leurs destinataires, se perdaient en route. Depuis quelques semaines, Maya ne tentait même plus de les expédier. Les lettres s'entassaient dans son sac ou bien s'allongeaient comme celle commencée quai de la Fontanka, la veille de leur départ pour Moscou. Elle alluma donc une bougie et s'installa devant une petite table basse afin de terminer la lettre inachevée.

Devait-elle raconter le voyage en train ? Les wagons pris d'assaut par des hordes de soldats qui défonçaient les vitres à coups de crosse et s'entassaient jusque sur les toits ? Les couloirs si bondés qu'il était impossible de circuler ? La puanteur de l'air ? La violence des gestes et des paroles ? Non, puisque Nathalie et elle avaient fini par arriver à destination. Elle relut ce qu'elle avait écrit quelques jours auparavant.

« Le juge avec lequel nous étions en contact ici nous a confirmé qu'il n'était pas de son ressort de traiter l'assassinat d'Adichka et nous renvoie au tribunal de Moscou. Son confrère nous attend pour reprendre l'affaire à zéro avec toujours cette terrible condition : faire passer ce qui est un assassinat politique pour une banale histoire criminelle. À l'idée qu'il lui faudrait raconter de nouveau pendant des heures la mort effroyable d'Adichka, Nathalie était sur le point d'y renoncer. C'est moi qui ai insisté pour entreprendre cette démarche : il faut que justice soit faite. Mais atteindrons-nous seulement Moscou ? »

Maya fouilla dans son sac et, à défaut de plume et d'encre, trouva un crayon. Elle reprit sa lettre.

« Nous sommes finalement arrivées. Je préfère passer sous silence ce que fut ce voyage afin de vous informer au plus vite de ce que nous avons entraperçu de Moscou après cette guerre fratricide de six jours. La gare était étrangement déserte et il n'y avait pas un fiacre en vue. Nous avons fini par en trouver un. La course qui avant la révolution coûtait deux roubles en coûte désormais cent. Après une âpre discussion, nous avons transigé à cinquante. À l'énoncé de l'adresse du juge, le cocher a paru sceptique car le juge demeure dans l'artère principale où se trouvent la plupart des grandes banques, un quartier particulièrement bombardé par les bolcheviks. "Quand ils ne trouvaient plus de Junkers et de Gardes blancs, ils détruisaient leur portefeuille", nous a-t-il dit. De fait, toutes les vitrines étaient brisées et les obus avaient creusé d'énormes trous dans les chaussées et dans les façades des immeubles. À l'adresse indiquée, il n'y avait plus de juge mais une maison en ruine. L'ensemble était effrayant. Sur ce qui avait été des trottoirs, quelques rares piétons se pressaient, se heurtant aux pavés arrachés, glissant sur la neige mouillée, gelée par endroits. Il soufflait ce vent glacial qui vient de la grande plaine. Pour vingt roubles de plus le cocher a consenti à nous conduire chez nos amis, près du Kremlin. La clef qu'on m'avait remise heureusement fonctionnait et nous voilà momentanément à l'abri. »

Une rumeur, sourde, continue, puis une musique militaire finirent par tirer Maya du profond sommeil dans lequel elle avait sombré alors qu'elle écrivait à sa fille. Sa nuque, ses épaules et son dos étaient si endoloris qu'elle mit quelques minutes avant de pouvoir bouger.

Il faisait jour dans la pièce et elle reconnut la musique militaire : c'était *L'Internationale* presque aussitôt reprise par des centaines de voix. Le chant, lent, solennel, résonnait comme un chant de deuil et non comme un chant de victoire.

En se relevant, Maya aperçut Nathalie appuyée contre la fenêtre et qui lui tournait le dos, emmitouflée dans une couverture écossaise. Elle dut sentir la présence de sa belle-mère car, sans se retourner, elle chuchota :

— Cela dure depuis deux heures. Il en arrive de partout qui portent leurs morts. Des flots humains comme je n'en ai jamais vu auparavant...

Maya se posta à ses côtés. Une foule innombrable surgissait des rues et des artères adjacentes et se dirigeait vers la place Rouge, les murailles du Kremlin, les fosses communes. Des bannières géantes se déployaient sur lesquelles on pouvait lire : « Aux martyrs de l'avant-garde de la révolution sociale universelle » et « Vive la fraternité des travailleurs du monde ».

L'appartement qu'on leur avait prêté était situé au premier étage et c'était presque comme si les deux femmes se trouvaient dans la rue. Elles distinguaient très bien les larmes sur les visages fatigués des hommes et des femmes; le pathétique souci de retenue des uns et les sanglots spasmodiques des autres. Des femmes hurlaient leur douleur, le corps cassé en deux, d'autres avançaient en silence, le regard fixe, halluciné. Les hommes portaient sur leurs épaules les cercueils, de sommaires caisses en bois hâtivement badigeonnées de rouge. Des drapeaux rouges, eux aussi, claquaient dans le vent glacial de novembre avec leur nœud de crêpe fixé à la hampe en signe de deuil. Au milieu, quelques rares drapeaux anarchistes, noirs, à lettres blanches.

C'était la population de la ville et de ses environs qui défilait pour enterrer ses morts dans les fosses communes. Mais pour Maya et Nathalie qui suivaient la cérémonie derrière la fenêtre du premier étage, c'était la Russie tout entière.

Quand l'orchestre entonna *La Marche funèbre*, Nathalie, doucement, lentement, sans même s'en rendre compte, se mit à pleurer. Les larmes glissaient sur ses joues creusées par le chagrin, les insomnies et les privations diverses des derniers mois. Elle massait machinalement ses mains endolories.

— Toute cette douleur, chuchota-t-elle. À voir ces femmes, ces hommes, j'oublie que ce sont nos ennemis...

— Mais ce sont nos ennemis.

— Peu importe.

Maya se rapprocha de Nathalie et haussa la voix :

— Ce sont nos ennemis et ce sont nos vainqueurs. Ils ont tué mes deux fils, Igor, Adichka...

Nathalie se recula dans la pièce comme pour échapper à sa belle-mère. Du revers de la main, elle essuya ses larmes et lui fit face.

— La souffrance est la même partout. Si vous ne le savez pas encore, vous finirez par l'admettre.

Maya, impressionnée par la nouveauté de ces propos, ne sut que répondre. Elle quitta à son tour la fenêtre et s'assit lourdement sur une chaise.

— Que devons-nous faire? demanda-t-elle enfin.

— Quitter Moscou et tenter de gagner la Crimée.

Nathalie se posta en face de sa belle-mère de façon à se faire bien comprendre. Ce qu'elle avait tout à coup à lui dire lui semblait si évident qu'elle s'étonna de ne pas y avoir pensé plus tôt.

— Cela ne sert plus à rien de s'obstiner à réclamer justice pour Adichka. Il n'y a plus de justice, il n'y a plus d'hommes pour la défendre...

Elle eut un geste en direction de la fenêtre.

— Il n'y a plus que ça... cette souffrance... cette folie... partout... Aujourd'hui, il convient de s'enfuir, de se regrouper en famille à Baïtovo. Plus tard, quand les choses s'apaiseront, nous reviendrons à Moscou...

Elle s'interrompit : dans la rue, l'orchestre attaquait pour la énième fois *La Marche funèbre*. Un hurlement de femme, strident et qui semblait ne jamais devoir s'arrêter couvrit un moment le bruit des cuivres.

— J'ai pris ma décision. Je ne rejoindrai pas mes parents et mes frères et sœurs. Je resterai avec vous.

— De quoi tu parles? dit Maya d'une voix faible.

— Ma famille, maintenant, c'est celle de mon mari, d'Adichka. Je lie mon sort au vôtre. Les miens sont à vingt-cinq kilomètres de Moscou. Je souhaiterais les embrasser et leur expliquer les raisons de ce choix, obtenir leur bénédiction. Après, tant bien que mal, nous gagnerons la Crimée.

Maya contemplait, stupéfaite, la métamorphose de sa belle-fille. Depuis la mort de son mari, c'était la première fois qu'elle exprimait une opinion, mieux : une conviction. Elle se souvenait de la jeune fille insouciante du début, du temps heureux des fiançailles; de la jeune femme brisée qu'elle ne quittait plus depuis trois mois. Elle décida de faire confiance à celle qui soudain prenait les décisions à sa place.

Nathalie était à nouveau debout contre la fenêtre. La foule continuait de défiler. Des groupes d'ouvriers des usines de Moscou s'intercalaient entre les escadrons de cavalerie. La plupart brandissaient des drapeaux rouges et des bannières sur lesquelles on pouvait lire : « Vive la IIIᵉ Internationale » ou « Nous voulons une paix générale juste et démocratique ». Il pleuvait et cela dura toute la journée et toute la nuit.

Au crépuscule l'orchestre cessa de jouer *La Marche funèbre* et la foule, toujours aussi nombreuse et soudée dans la souffrance, se tut. Les rares réverbères s'allumèrent et soudain, au loin, retentit le bruit des pelles et de la terre qu'on jetait sur les cercueils : on venait de commencer à combler les fosses communes.

Plus tard, on sut que cinq cents cercueils avaient été ensevelis ce jour-là.

Pour Tatiana, âgée de onze ans, l'horrible et interminable voyage en train entre Moscou et Sébastopol ne serait bientôt plus qu'un mauvais souvenir. Maintenant, sur le pont du navire vapeur en direction de Yalta, elle retrouvait sa joie de vivre et oubliait ce qu'elle avait eu le temps de voir avant d'embarquer : l'arsenal, le port, les bateaux de guerre russes et étrangers ; les soldats et les marins, tous armés ; les blessés attendant sur des civières posées à même le sol qu'on puisse les évacuer vers des hôpitaux de fortune.

La température, considérée comme fraîche, lui semblait exquise en comparaison de celle de Moscou. « Je suis passée du nord au sud », se disait-elle en se félicitant de l'idée qu'elle avait eue et qui avait su convaincre les adultes. Il est vrai que cela n'avait pas été trop difficile et que sa mère, puis son père, avaient très vite argumenté à sa place. Nathalie, sa sœur aînée, avait été plus lente à donner son accord.

L'idée était simple : puisque Nathalie partait se reposer quelques semaines chez sa belle-famille, en Crimée, pourquoi Tatiana ne l'accompagnerait-elle pas ? La vie quotidienne à Moscou, les privations alimentaires et sa scolarité interrompue par la prise de pouvoir des bolcheviks justifiaient que Tatiana, elle aussi, prenne des vacances.

Mais ce qui la motivait le plus profondément, c'était l'amour qu'elle éprouvait pour sa sœur aînée. Depuis la mort d'Adichka — une mort dont on lui avait caché les circonstances réelles —, Tatiana avait le sentiment que sa sœur était en danger et qu'elle se devait de l'accompagner, de veiller sur elle. Ce sentiment, elle l'avait gardé secret. L'exprimer n'aurait servi à rien : on lui aurait rappelé ses onze ans et conseillé de retourner jouer avec les autres enfants. Plaider pour une nourriture abondante et le doux climat de la Russie du Sud se révéla un meilleur argument. Même Nathalie avait fini par l'admettre. « Je ne te causerai aucun souci, avait promis Tatiana. Je serai sage comme une image et je t'obéirai en tout. Et puis, revoir Daphné me ferait tellement plaisir... » On décida alors que Tatiana quitterait momentanément ses parents, ses trois sœurs cadettes et son petit frère pour suivre Nathalie à Baïtovo. Quand une sorte de vie normale reprendrait à Moscou, il serait temps alors qu'elle retrouve sa place au sein de sa famille. Selon ses parents, c'était une question d'un ou deux mois.

Depuis plus d'une heure, le vapeur suivait les côtes de Crimée, luttant contre le vent et la houle. Il tanguait au gré des vagues et ce mouvement continuel amusait énormément Tatiana. Agrippée au bastingage, elle riait toute seule chaque fois qu'elle perdait l'équilibre. Elle n'éprouvait même pas les symptômes de ce dont Nathalie lui avait parlé avant d'embarquer : le mal de mer. Malgré le ciel gris et l'absence de soleil, la Crimée lui semblait verte, beaucoup plus variée que la campagne aux environs de Moscou où elle vivait avec sa famille. Les villages tatares accrochés au flanc des montagnes, les villas et les palais du bord de la mer lui plurent beaucoup.

Très peu de voyageurs se tenaient sur le pont. La plupart s'étaient réfugiés dans les quelques salons mis à leur disposition par la compagnie maritime qui assurait encore le service d'hiver entre Sébastopol et Yalta. Si les trains étaient partout pris d'assaut, il y avait peu de passagers à bord. Cela avait permis à Nathalie et à Maya, très fatiguées l'une et l'autre, de s'allonger sur les banquettes. Nathalie s'était endormie avant le départ du vapeur. Maya avait roulé un châle et l'avait glissé sous sa tête en guise d'oreiller, puis s'était un moment entretenue avec Tatiana. « Je suis heureuse que tu sois là, lui avait-elle dit. Ta grande sœur a besoin qu'on l'entoure... Mais ne lui en veux surtout pas de son silence, de ses absences. » Et comme Tatiana opinait gravement : « Nathalie est devenue mon enfant chérie et toi, ma petite fille, mon cœur t'est grand ouvert. » Sa main avait caressé les joues veloutées de Tatiana tandis que son regard, étrangement, se voilait. Au beau regard gris — le même que celui d'Olga — s'était substitué un regard de vieille dame. Puis ses paupières s'étaient abaissées. « Je vais dormir, maintenant... Tu peux aller sur le pont et faire connaissance avec les côtes de Crimée... Pas un instant on ne les perd de vue. »

Le vent diminuait et le vapeur tanguait moins. Tatiana fit quelques pas sur le pont, grisée par l'air marin et par les paysages nouveaux qu'elle découvrait. Elle avait le délicieux sentiment de se trouver loin, très loin de la Russie. « Une sorte de Côte d'Azur », disait-on souvent à propos de la Crimée. « Je suis en France », décida-t-elle. Mais le souvenir de Nathalie jeune fille, éprise de ce pays au point de franciser son prénom en y ajoutant un *h*, lui serra le cœur.

Nathalie, justement, avançait lentement dans

sa direction, donnant le bras à Maya. Quand elles la rejoignirent, Tatiana comprit tout de suite que ce paysage nouveau ne l'intéressait pas. Nathalie avait le visage lisse de quelqu'un qui vient de se reposer mais son regard ne reflétait rien d'autre qu'une totale indifférence à tout ce qui l'entourait.

— Nous allons passer devant Baïtovo, dit Maya.

Le vapeur sembla ralentir comme pour leur permettre de mieux contempler le palais. Nathalie et Tatiana, pour la première fois, virent la grande bâtisse de style mauresque, entourée de cèdres, de cyprès et de palmiers; le village au-dessous, le petit port, la plage; l'escalier, les terrasses et les six lions en marbre blanc.

— Ce que nous voyons, expliquait Maya, c'est la façade sud. Au nord, le palais est la reproduction exacte d'un château Tudor anglais... L'arrière-grand-père de notre Xénia était un grand homme et un original. Il a été vice-roi du Caucase puis gouverneur général de la Russie du Sud. Le Caucase, la Crimée et Odessa lui doivent beaucoup... Xénia est bien trop modeste pour vous faire elle-même l'éloge de sa famille...

Elle souriait, un moment distraite.

— La légende dit que son arrière-grand-père brûla les factures de façon que l'on ne sache jamais combien la construction du palais et de son parc de quarante hectares lui avait coûté... C'est un parc si grand, si varié qu'on peut s'y perdre. Ou faire comme si on était ailleurs, en Orient, en Angleterre... Je me souviens de fausses ruines gothiques et d'un lac artificiel sur lequel glissent des cygnes presque apprivoisés...

DÉCRET SUR L'ABOLITION DES ORDRES ET DES TITRES CIVILS RATIFIÉ PAR LE COMITÉ EXÉCUTIF CENTRAL DES SOVIETS OUVRIERS ET SOLDATS, DANS SA SÉANCE DU 23 NOVEMBRE 1917

Art. 1. Tous les ordres et toute subdivision des citoyens en ordres, qui existaient jusqu'à présent en Russie, les privilèges et les restrictions qui y étaient attachés, les organisations et les institutions qui s'y rapportaient, de même que les grades civils, sont abolis.

Art. 2. Toutes les qualifications (noble, marchand, petit-bourgeois, paysan, etc.), tous les titres nobiliaires (duc, comte, etc.) sont abolis et remplacés par la dénomination, commune à toute la population de Russie, de citoyen de la République russe.

Art. 3. Les biens des institutions de l'ordre de la noblesse sont, dans chaque localité, immédiatement remis aux zemstvos.

Art. 4. Les biens de l'institution de l'ordre des marchands et de celui de la petite-bourgeoisie sont, dans chaque localité, immédiatement remis à la disposition de la municipalité.

Art. 5. Tous les établissements appartenant aux ordres ainsi que leurs dossiers et archives sont, dans chaque localité, immédiatement remis à l'administration autonome municipale ou rurale compétente.

Art. 6. Toutes les dispositions des lois antérieures relatives à ces questions sont abrogées.

Art. 7. Le présent décret entre en vigueur le jour de sa promulgation; il est immédiatement mis en application par les soviets locaux des députés ouvriers, soldats et paysans.

JOURNAL DE XÉNIA

12 décembre 1917

Ma belle-mère, Nathalie et la petite Tatiana, malgré les difficultés d'un voyage très éprouvant pour les nerfs et la santé, sont arrivées hier soir de Moscou. Nous ne les attendions pas et ce fut une merveilleuse surprise que de les accueillir. Elles sont toutes les trois très amaigries, très fatiguées et vont sans doute dormir très longtemps. Nous avons remis à plus tard de les interroger sur l'état de Petrograd et de Moscou depuis la prise du pouvoir par les bolcheviks. J'ai été heureuse de leur annoncer que j'avais enfin des nouvelles de Micha : il a été blessé à la jambe et se remet dans un hôpital de la ville de Voronej. Quand donc serons-nous enfin tous réunis ? et où ?

Les récits de ma belle-mère sont terrifiants. Pourquoi les pouvoirs des bolcheviks ne s'étendraient-ils pas à toute la Crimée ? Pour l'instant le soviet de Sébastopol nous ignore. Mais la garde de matelots installée à Aï-Todor ne cesse de harceler l'impératrice douairière et les siens : vexations, fouilles quotidiennes, isolement. Il semble qu'on leur donne à peine à manger et mal. J'ai peur pour eux, j'ai peur pour nous. Ou plus exactement pour mes enfants. Je songe de plus en plus à les envoyer à Londres, chez ma mère. Ici rien n'assure leur protection. Ma belle-mère s'émerveille de leur bonne santé et de leur joie de vivre. Tatiana a séduit tout le monde. Elle est aussi rieuse et charmeuse que Nathalie est sombre et repliée sur elle-même. Aucune nouvelle de Catherine, la mère de Sérioja. Elle a dû accoucher et nous ne savons rien. Sérioja heureusement ne la réclame pas. Je m'attache à ce presque petit orphelin chaque jour davantage.

DÉCRET
SUR LA NATIONALISATION
DES BANQUES
DU 16 DÉCEMBRE 1917

Dans l'intérêt de l'organisation rationnelle de l'économie nationale et de la suppression définitive de la spéculation bancaire, pour mettre fin à l'exploitation par le capital bancaire des ouvriers, des paysans et de toute la population laborieuse, et en vue de créer une banque populaire unique de la République russe, qui serait véritablement au service du peuple et des classes les plus pauvres, le Comité exécutif central décrète :

1. Le système bancaire est déclaré monopole d'État.

2. Toutes les banques privées et tous les comptoirs bancaires existants sont fusionnés dans la Banque d'État.

3. La Banque d'État prend à son compte l'actif et le passif des établissements liquidés.

4. Les modalités de la fusion des banques privées dans la Banque d'État feront l'objet d'un décret spécial.

5. La gestion provisoire des affaires des banques privées est confiée au conseil de la Banque d'État.

6. Les intérêts des petits dépositaires sont entièrement sauvegardés.

Il pleuvait depuis la veille sans discontinuer. Une pluie froide, dense, qui annulait toute tentative de promenade dans les environs. Au palais de Baïtovo, chacun s'était retiré, qui dans sa chambre, qui dans le petit salon chinois, qui dans la bibliothèque. C'était encore l'heure de la sieste et les plus petits dormaient tandis que leurs nurses prenaient un peu de repos.

Seule Miss Lucy, chaussée de bottes en caoutchouc et emmitouflée dans son Burberry, avait tenu à se rendre à Yalta. Là-bas, dans l'arrière-salle d'un salon de thé, avait lieu une réunion d'urgence entre les gouvernantes anglaises de différentes familles russes. Beaucoup d'entre elles souhaitaient retourner en Angleterre, fuir au plus vite ce pays qu'elles avaient aimé mais qu'elles considéraient maintenant comme « un pays de barbares ». Miss Lucy, elle, se disait partagée entre le désir de partir et les liens, très forts, très réels, qui l'attachaient à la famille Belgorod-sky. Comme tout le monde en cette fin d'année 1917, elle craignait que la Crimée ne tombe complètement aux mains des bolcheviks ; les massacres et les pillages qui s'ensuivraient. Depuis quelques semaines, les rumeurs les plus effroyables circulaient et un début de panique gagnait tous les ressortissants étrangers.

Ce jour-là, Daphné et Tatiana, enchantées d'être à nouveau ensemble, jouissaient d'une exceptionnelle permission. Suite à leurs prières, Xénia avait consenti à ce qu'elles s'introduisent dans ce qu'elle nommait avec désinvolture son dressing-room. Les petites filles avaient l'autorisation d'essayer les robes et d'en choisir chacune une pour se déguiser.

S'il s'en fallait de peu pour que la plupart des vêtements aillent parfaitement à Tatiana, aucun ne convenait à Daphné. Celle-ci, très déçue, maudissait à haute voix ses sept ans et sa taille d'enfant. Toutefois, bonne joueuse, elle applaudissait les différentes tentatives de Tatiana et suggérait même certaines améliorations. Tatiana quittait alors une robe de satin blanc à la jupe brodée de perles pour une autre, encore plus élégante, en satin parme avec une longue traîne couleur crème.

— C'est une robe de réception, je pense, dit Tatiana. Tu peux me dire d'où elle vient ?

Daphné quitta le gros pouf oriental sur lequel elle était affalée depuis qu'elle avait renoncé à se trouver un vêtement adéquat et déchiffra ce qui figurait sur l'étiquette, dans le dos de la robe de Tatiana.

— Worth, Paris.

— Encore une robe française !

Elles avaient toutes deux remarqué que les robes les plus élégantes n'étaient pas russes ; que les différentes étiquettes indiquaient : Maison Roger, Le Bon Marché ou Magasin Moret à Moscou. Que ces vêtements soient d'origine étrangère rehaussait encore plus le prestige du dressing-room. Aucune des deux, jusque-là, n'avait eu l'idée d'aller fouiner dans la garde-robe de leurs mères respectives. Daphné gardait un souvenir bref mais précis de ses parents, en tenue d'apparat, sur le point de se rendre à une réception au palais d'Hiver ; du visage poudré de sa mère et de son parfum au jasmin. Un souvenir d'autant plus précieux qu'il était unique : trois ans de guerre avaient mis fin aux plaisirs de l'élégance et de plus en plus de femmes portaient le deuil.

Tatiana paradait, reflétée dans différents miroirs, en proie à une excitation qu'elle n'avait jamais éprouvée auparavant. Son image de petite fille déguisée annonçait, croyait-elle, la jeune fille qu'elle serait bientôt et cette future jeune fille lui plaisait beaucoup.

— Est-ce que je ressemble à ma sœur Nathalie ?
— Je ne sais pas.

Daphné, occupée à savourer le bref souvenir de ses parents en habit de soirée, ne faisait plus attention à son amie. Elle était sensible au parfum très féminin qui se dégageait des robes de Xénia et qui lui rappelait celui de sa mère. Mais comment était sa robe ? de quelle couleur ? Quelque chose qu'elle était bien incapable de nommer, soudain, l'oppressa.

— Tu as des souvenirs d'avant ?
— D'avant quoi ?
— La guerre.

Tatiana n'eut guère à réfléchir.

— Bien sûr, plein.
— Pas moi.

Tatiana perçut un peu de tristesse dans la voix de son amie. Elle se détourna de son reflet dans le miroir et contempla Daphné recroquevillée sur le pouf et qui tenait machinalement entre ses mains une paire de mules en velours vert, brodées d'or.

— Tu avais à peine quatre ans mais je suis sûre que tu as des souvenirs.

Elle poussa Daphné de manière à se faire une place sur le pouf.

— On va jouer. Je te pose des questions et tu réponds.

Daphné approuva, à nouveau joyeuse et pleine d'entrain.

— Vas-y, dit-elle en riant déjà.

— Le mariage de ma sœur avec ton oncle Adichka... Tu te souviens ?

Le dressing-room de Xénia faisait partie de son appartement privé, au premier étage du palais. Il se composait d'une vaste chambre, d'un boudoir et d'un petit bureau.

C'est dans ce petit bureau que se tenaient Xénia et Olga. L'une peinait à rassembler les différents comptes du domaine, l'autre tentait de lui venir en aide. C'était la première fois que Xénia faisait appel aux talents d'organisatrice de sa belle-sœur et elle s'en félicitait : Olga triait, classait, jetait, avec un savoir-faire précis, fondé sur de réelles connaissances.

Dehors, la pluie continuait de tomber, si dense qu'on se serait cru à la tombée de la nuit. Xénia alluma la lampe, vérifia la chaleur du poêle en faïence. Le silence qui régnait alentour l'apaisait. Ses enfants achevaient leur sieste, Daphné et Tatiana s'amusaient à se déguiser. Parfois le rire clair et bref de l'une brisait le silence. Maya et Nathalie s'étaient retirées chacune dans sa chambre. Depuis leur arrivée, elles ne se montraient guère qu'aux repas, soucieuses d'éviter aux autres le poids de leur chagrin.

— Terminé, annonça Olga en refermant le cahier des comptes.

Ce travail en commun, tout à coup, les rapprochait. Mise en confiance, Xénia entreprit d'avouer à sa belle-sœur ses craintes concernant le sort de ses enfants, leur survie dans un pays dévasté par la guerre. Elle évoqua l'appartement de sa mère à Londres; son désir d'y envoyer ses enfants.

— Et comment comptes-tu t'y prendre? dit Olga.

— Plusieurs gouvernantes anglaises que nous connaissons vont bientôt s'embarquer. Je pourrais leur confier mes enfants.

Tout en prononçant ces mots, cette séparation lui apparut soudain dans sa brutale réalité. Y songer était une chose, l'énoncer en était une autre.

— Non, le mieux serait que je parte avec eux, que je les amène chez ma mère et que je revienne chercher Micha.

Olga ne tentait même plus de dissimuler son agacement.

— Tu parles, tu penses comme si nous n'étions pas en guerre! À t'entendre, on croirait qu'il ne s'agit que d'une croisière!

Xénia suivait sa pensée sans s'apercevoir du changement d'humeur de sa belle-sœur.

— Nous devrions tous partir en emportant tout ce que nous pouvons... Si Micha était là, c'est ce que je lui demanderais.

Elle quitta le fauteuil et se planta devant la

fenêtre, le front collé à la vitre. Il pleuvait moins et on distinguait à nouveau les terrasses, l'escalier. La mer avait une couleur de plomb, semblable à celle du ciel.

— J'aime ma maison et mon pays plus que tout, mais il faut partir, murmura-t-elle. Un jour ou l'autre nous devrons nous y résoudre... J'aimerais que ce soit le plus vite possible.

— Partir reviendrait à déserter, dit sèchement Olga.

Elle aussi s'était levée. Mais à l'inverse de Xénia, elle se dirigeait non pas vers la fenêtre mais vers la porte.

— Tu fais preuve d'une désolante absence de patriotisme, ma chère, et elle se retira en claquant la porte.

JOURNAL DE XÉNIA

4 janvier 1918

Nous abordons cette nouvelle année avec crainte. Olga a beau s'insurger contre mon manque de patriotisme, je voudrais que mes enfants quittent la Russie. Si seulement la guerre pouvait s'arrêter et Micha revenir. D'avoir eu de ses nouvelles m'a un peu réconfortée sur le moment. Mais maintenant où est-il? La vie ici change tous les jours. Grâce à l'autorité d'Oleg, les serviteurs ont cessé leur grève. Il est vrai que j'ai encore augmenté leur salaire. Désapprobation d'Olga qui me reproche ma faiblesse. Mais comment faire autrement? Certaines de mes servantes flirtent ouvertement avec des soldats bolcheviques en faction au phare au-dessous de chez nous. Est-ce pour cette raison qu'ils nous laissent relativement tranquilles? Oleg en est persuadé. Les enfants sont tous en parfaite santé et ont fait de Tatiana leur petite reine. Nathalie fait peine à voir. Elle est devenue l'ombre de ce qu'elle était il y a quatre mois. Je n'ose lui exprimer ma tendresse et ma compassion. Micha saurait : lui et elle s'apprécient beaucoup.

JOURNAL DE TATIANA

5 janvier 1918

Tante Olga m'a offert un superbe cahier relié
en cuir rouge et m'a dit : « Tu as l'âge de tenir
ton journal intime. » Je commence tout de suite.

Mon séjour à Baïtovo est très amusant et tout
le monde est gentil avec moi. Tante Olga a organisé une salle de classe et nous travaillons de neuf
heures à midi. L'après-midi nous avons promenade au grand air, étude et enfin loisirs. Tante
Olga, tante Xénia et Miss Lucy nous donnent des
cours. Nathalie a refusé de nous apprendre le
piano. Elle se plaint d'avoir mal aux mains, passe
beaucoup de temps dans sa chambre. L'autre
jour, j'ai obtenu qu'elle vienne avec nous en promenade. Elle marchait en silence et sans s'intéresser à rien. Personne ne sait quoi faire pour elle.
Souvent quand je la regarde j'ai envie de pleurer.
Je ne dois pas. Hier, je n'ai pas pu me retenir et

j'ai dû quitter le salon où nous nous trouvions tous. Daphné m'a suivie et voyant mes larmes s'est mise à pleurer aussi. Ça nous a fait du bien. Après nous sommes descendues à Yalta avec Miss Lucy par un chemin qui s'appelle le sentier du Tsar parce que Nicolas II et sa famille avaient coutume de l'emprunter quand ils séjournaient dans leur palais de Livadia, maintenant occupé par des bandits libérés par les bolcheviks. À Yalta, j'ai pu admirer la magnifique voiture des Youssoupoff, une immense Delaunay-Belleville avec un fanion avec leurs armes surmontées d'une couronne. La voiture a provoqué un véritable attroupement!

Lettre d'Olga Voronsky
à Léonid Voronsky

5 janvier 1918

Léonid, mon cher époux,

Un de nos amis compte se rendre à Moscou et je tente ma chance avec cette lettre. J'espère qu'elle te trouvera en bonne santé, plein de force et de courage face à la nouvelle année. Celle qui s'achève m'a enlevé mes deux frères. À maman, à Nathalie, à tous, je cache ma souffrance. Mais à toi, je peux le dire : je ne me consolerai jamais de leur mort, je me sens meurtrie pour toujours. Je tremble pour Micha. Le revoir nous ferait à tous un bien immense. Dans son plus récent message, il nous faisait dire que son régiment allait transiter au début de l'année à Moscou ou dans ses proches environs. Peut-être allez-vous vous retrouver? Je prie Dieu pour que vous soyez tous deux au moins réunis. Nos enfants te réclament, s'ennuient de toi. « Papa travaille à réorganiser la Croix-Rouge de façon à soulager la souffrance de notre pays », ai-je tenté de leur expliquer. Ils ont très bien compris car ce sont de vrais petits patriotes! Ils sont tous en excellente santé, étudient avec bonne humeur et s'amusent beaucoup. L'arrivée de la petite Tatiana fait le bonheur de Daphné. Malgré leur différence d'âge — Tatiana a onze ans et notre fille sept —, ce sont les meilleures amies du monde. Maman fait preuve d'un courage extraordinaire. Les enfants lui sont d'un grand secours. Nathalie se comporte comme un automate. Il faudrait lui trouver une tâche, quelque chose qui lui occuperait le cœur et l'esprit. J'ai essayé de la convaincre de donner des leçons de piano aux enfants. En vain. Je ne renonce pas à lui trouver quelque chose à faire.

Il y a trois jours nous avons eu une perquisition « molle ». Des matelots envoyés par le soviet de Yalta ont fouillé le palais, interrogé les serviteurs. C'est Xénia qui les a reçus. Prévenue par Oleg, elle a eu la présence d'esprit de dissimuler son saphir et son émeraude — bagues que lui avait offertes maman et qu'elle refuse de quitter — dans une pelote de laine. Ces perquisitions dépendent du commissaire de Yalta. L'actuel, un Tatare du cru, semble plutôt indifférent à l'existence de notre petite communauté. Le précédent ne supportait pas que nous menions la vie d'avant la révolution et multipliait les fouilles, les brimades. Pourquoi a-t-il été muté ailleurs ? Mystère mais bon débarras ! Mais ces commissaires incultes et grossiers sont une vraie plaie, qu'on les appelle sous ce nom, comme ici, ou « instructeurs » ! Pour moi, ce ne sont rien d'autre que des agitateurs.

Comme tu le vois, ici, en Crimée, nous vivons dans un climat de totale incertitude. Un jour ce sont des bandes de brigands qui descendent des montagnes pour piller les villas les plus riches. Même les bolcheviks ont peur d'eux. Sur notre sort, nous « la communauté des ci-devant de l'ancien régime », comme ils disent, les bolcheviks sont divisés. Certains veulent nous égorger pour s'emparer au plus vite de nos biens, d'autres hésitent encore. Impossible de dire aujourd'hui quel courant l'emportera ! Heureusement la population tatare du coin, pour l'instant, demeure neutre. Une neutralité qui peut cesser du jour au lendemain.

Au début de la semaine nous avons eu la joie de voir arriver à Yalta Bichette, l'épouse de notre ami d'enfance Nicolas Lovsky. Leur domaine qui jouxtait presque Baïgora a été aussitôt après le nôtre pillé et incendié. Nicolas et elle n'ont eu la vie sauve que grâce à la complicité de leur métayer qui les a aidés à s'enfuir. Mais les paysans toujours menés par des agitateurs ont profané les tombes de leur famille. Le cercueil de la grand-mère de Nicolas a été arraché de la terre et a pourri sous les pluies d'automne. Une femme qui de son vivant était respectée par toute la population! Bichette nous a assuré que personne, Dieu merci, n'a touché à la sépulture d'Igor, enterré dans le caveau de l'église de Baïgora. Comme nous pour Micha, elle est sans nouvelles de Nicolas engagé dans l'armée. Bichette arrivait de Moscou et nous a raconté que la vie y était plus facile qu'à Petrograd, qu'on parvenait tout de même à se loger, que certains magasins d'alimentation étaient ouverts. Elle nous a dit encore que tous les cafés étaient pleins, qu'on y récitait de la poésie et qu'on y jouait de l'accordéon! Vu d'ici, difficile à imaginer! J'en conclus qu'il règne là-bas un esprit contre-révolutionnaire prudent plus vif qu'ailleurs. De savoir que l'air que tu respires est moins vicié est un vrai soulagement!

Mais tu vas encore me traiter de bavarde incorrigible et je vais arrêter ma lettre.

Je te quitte sur une jolie image. Dans le salon de musique, Miss Lucy dirige la dernière répétition de la chorale des enfants. Ils chanteront en russe et en anglais. J'ai oublié de te dire que beaucoup de gouvernantes anglaises effrayées par les événements s'embarquent demain pour l'Angleterre. Pour notre plus grand bonheur, Miss Lucy a finalement décidé de ne pas se joindre à elles et de rester avec nous. Nous avons une chance inouïe : cette fille est un monument de stabilité !

Cette fois j'arrête vraiment ma lettre. Tous se joignent à moi pour t'embrasser tendrement. T'ai-je dit à quel point la nuit je rêve de me blottir à nouveau dans tes bras ? Non, car tu le sais. Que Dieu te garde et nous réunisse vite, mon Léonid.

OLGA

P.-S. : Le commissaire local a beau être relativement indifférent, comme je te l'ai écrit plus haut, il vient encore de me refuser le laissez-passer qui me permettrait de quitter Yalta pour venir te voir à Moscou. Bientôt ils exigeront un laissez-passer pour descendre de Baïtovo à Yalta sous prétexte que le chemin que nous empruntons s'appelle le sentier du Tsar !

JOURNAL DE XÉNIA

7 janvier 1918

Presque le 8, car il est près de minuit. Malgré les menaces et les insultes d'un bataillon de soldats et de marins bolcheviques venus exprès pour empêcher la cérémonie religieuse, la messe de Noël a eu lieu. La cathédrale Alexandre-Nevsky de Yalta était pleine à craquer. Des plus pauvres aux plus riches nous avons tous communié dans une égale ferveur religieuse. Toute notre communauté s'est retrouvée là à l'exception de notre chère impératrice douairière toujours soumise avec les siens à l'isolement le plus complet. À la sortie, nous nous sommes très vite dispersés afin d'éviter les provocations et les affrontements. Aux vieux mendiants habituels connus de tous se joignent maintenant des soldats amputés d'un bras, d'une jambe et dont l'expression désespérée est insupportable. Devant leur uniforme en lambeaux et leur souffrance, j'ai eu du mal à ne pas éclater en sanglots. Ont-ils une mère, une épouse, une sœur, pour les aider ? Mais où ? Comment les retrouver ? Certains sont si jeunes ! Comment ne pas songer à mes deux frères Andreï et Dimitri ? À Micha ? J'ai particulièrement prié pour que Dieu nous le ramène vivant. Mais j'ai peur, si peur de le perdre lui aussi. Heureusement il y avait les enfants, leur gaieté et leur fierté après le succès de leur récital. Les serviteurs regroupés avec nous dans le grand salon réouvert pour la circonstance étaient ce soir leurs invités. Nos applaudissements communs ont annulé le temps d'une soirée tout ce qui maintenant nous sépare et nous avons tous goûté au traditionnel pudding de Noël. Bichette et ses parents étaient là. Nos deux maris retenus au front, nous tâchons ensemble de garder l'espoir de les retrouver bientôt. C'était une bien heureuse soirée et il convient de le noter.

8 janvier 1918

Immense succès de notre chorale hier soir!
C'était si amusant que nous voulons répéter tout
de suite un autre spectacle. Tante Olga nous a
suggéré une pièce de théâtre où nous pourrions
nous déguiser. Ce serait formidable! Surtout si on
pouvait aussi chanter et danser! Bichette Lovsky
(une amie de la famille) danse et chante très bien
et accepterait d'être notre professeur. Il ne reste
plus qu'à trouver une pièce. Les adultes s'en
chargent.

Hier à la sortie de la cathédrale, Nathalie s'est
arrêtée visiblement troublée devant des soldats
affreusement mutilés qui mendiaient. Il y en
avait un très jeune qu'elle a longuement regardé
avant de s'en aller. Comme je lui demandais
pourquoi, elle a répondu : «J'ai cru reconnaître
quelqu'un. — Qui? — Le jeune soldat qui m'a

conduite jusqu'au wagon où se trouvait le corps d'Adichka. » Puis elle s'est tue et n'a plus voulu répondre à mes questions. Je suis sûre qu'on me cache quelque chose et qu'il n'est pas mort comme on me l'a dit au cours d'un affrontement avec des agitateurs. Mais qui pourrait me dire la vérité si ce n'est pas elle ? Daphné ne sait rien.

Il fait frais mais soleil. Cet après-midi, excursion dans la montagne avec les adultes des villas voisines. Tante Olga s'active beaucoup pour organiser le pique-nique et Daphné et moi avons été enrôlées pour l'aider. On va sûrement énormément s'amuser !

Partout les mimosas sont en fleur, toute la Crimée embaume !

Le ciel était noir, les étoiles brillantes et glacées. Les cyprès se dressaient dans l'obscurité avec leur ligne géométrique parfaite, perpendiculaire à celle des terrasses. Seuls le bruit régulier des vagues sur la plage en contrebas et les aboiements de chiens, loin dans la montagne, troublaient le silence. Tout semblait dormir autour du palais de Baïtovo. Hommes et bêtes se taisaient et l'on aurait pu croire le lieu et ses environs désertés depuis longtemps. Quelques faibles lueurs, derrière les volets intérieurs fermés de la maison, signalaient une présence. Il régnait, cette nuit-là, une terrible atmosphère de deuil.

Depuis un moment déjà, Olga marchait de long en large sur la terrasse, les mains croisées dans le dos, une pèlerine jetée à la hâte sur ses épaules. Elle ne sentait pas le froid, elle n'entendait pas la voix douce et discrète de Maya, sa mère, qui l'appelait d'une fenêtre du premier étage.

Olga allait et venait, mécaniquement, le souffle court. Elle ne savait pas quoi faire, crier, éclater en sanglots ou rire furieusement.

Soudain le ciel si sombre s'illumina de couleurs dans un ahurissant tintamarre. Semblant obéir à un signal, des fusées partaient tirées de la côte, de Gourzouf à Yalta, des plages proches de Baïtovo. Partout au même moment commencèrent les feux d'artifice. Le paysage tout entier était éclairé comme en plein jour.

Alors Olga cria, pliée en deux. Un cri qui n'avait plus rien d'humain et qui alerta Maya, Xénia et Nathalie. Les enfants, eux, dormaient profondément. Daphné se réveilla un bref instant, croyant être la proie d'un cauchemar. Des années plus tard, Olga racontera à sa fille aînée pourquoi elle avait ainsi crié dans la nuit et Daphné aura la sensation qu'elle en avait conservé le vague souvenir.

Maya avait regagné sa chambre du premier étage escortée de sa fille et de ses deux belles-filles. Xénia avait demandé qu'on leur fasse du thé et une servante déposa le plateau. Mais c'est un verre de vodka qu'Olga but en premier. Ensuite, sous l'effet apaisant de l'alcool, les traits de son visage se détendirent. Elle alluma une cigarette.

154

— Je suis désolée de m'être ainsi donnée en spectacle, dit-elle.

Son regard croisa celui si détaché de Nathalie. Olga se détourna, doublement gênée : par le comportement qu'elle venait d'avoir mais aussi par la présence glacée et glaçante de sa plus jeune belle-sœur. Xénia, beaucoup plus compatissante, lui tendait une tasse de thé.

— Je ne suis pourtant pas amateur de mélodrame, dit encore Olga en s'efforçant de rire.

Sa mère s'était assise dans un fauteuil près de la fenêtre. Tout son être exprimait une tristesse et une lassitude sans fin. Parfois Olga se demandait si sa mère avait encore assez de forces pour continuer à vivre. Elle en concevait une telle angoisse que seule une activité immédiate, n'importe laquelle, parvenait à l'apaiser. Se pouvait-il que ce nouveau désastre portât un coup fatal à sa mère ? Celle-ci, justement, rompit le silence qui peu à peu s'installait. Sa voix était nette et tranchante.

— Ce qui arrive à notre pays est épouvantable.

Malgré les volets tirés et l'épaisseur des murs, le fracas des pétards et des feux d'artifice parvenait jusqu'à la chambre du premier étage. Les quatre femmes, sans se le dire, pensaient à des fusillades, à des exécutions.

Depuis quelques jours déjà des rumeurs, de

155

plus en plus précises, couraient dans toute la Russie. Si tous, à Yalta, savaient ce vers quoi on allait, chacun, sincèrement, de tout son cœur, se refusait à le croire. Puis, le 3 mars, l'information tomba, officielle et implacable : le gouvernement bolchevique venait de signer une paix séparée avec l'Allemagne. Parmi les différentes clauses du traité de Brest-Litovsk, les vaincus offraient aux vainqueurs la Pologne, la Finlande, les pays Baltes. Cela signifiait la perte d'immenses ressources économiques et le départ d'une partie importante de la population. Quant à l'Ukraine, elle devenait indépendante. Mais pour beaucoup de patriotes russes, ça ne représentait pas le pire.

— Ce traité est un acte majeur de trahison, dit Maya avec amertume. Pas seulement envers nous mais aussi envers les libéraux, les démocrates et surtout nos alliés occidentaux auprès de qui nous combattons depuis presque quatre ans.

— Les clauses de cet abject traité sont incompatibles avec l'honneur de n'importe quel Russe ! s'emporta Olga. Pas la peine d'être noble ou libéral, ou démocrate, pour le savoir !

— Alors comment expliques-tu le délire de joie qui secoue la population en ce moment même ? Les feux d'artifice ?

Nathalie debout devant la cheminée, les mains tendues vers les flammes, venait de s'exprimer pour la première fois, d'une voix étrangement enrouée : la voix de quelqu'un qui depuis des mois s'est tu. C'était si inattendu qu'aucune des trois femmes présentes ne se risqua à lui répondre.

— Depuis le début, le peuple réclame partout la terre et la fin de la guerre. Eh bien voilà, on leur accorde ce qu'ils veulent. Les bolcheviks ont bien joué, le peuple va les suivre.

— Mais...

De stupéfaction Olga en bafouillait. Que sa belle-sœur s'exprime avec tant de sûreté sur un sujet aussi complexe la dépassait.

— ... Mais cela reste une intolérable trahison, la honte de la Russie ! parvint-elle à articuler.

Nathalie eut pour elle ce regard indifférent qui impressionnait tant les siens. Puis elle quitta la cheminée et se dirigea vers la fenêtre dont elle écarta le volet intérieur. Dehors le calme revenait avec la fin des feux d'artifice. De loin en loin, une fusée illuminait brièvement le ciel.

— La population fête sa victoire, dit-elle. Des bals et des beuveries vont se poursuivre jusqu'au matin. Et peut-être pire. Nous devrions vérifier si le palais est bien fermé et monter la garde à tour de rôle. Et surtout être très vigilants dans les jours qui viennent. Les soldats démobilisés vont affluer de partout... les meurtres et les pillages vont reprendre de plus belle...

Xénia se gardait bien d'intervenir. En bonne

patriote russe, elle partageait l'indignation des siens. Mais une joie immense l'avait envahie dès l'annonce de la signature du traité ; une joie qui, plusieurs heures après, ne la quittait pas : Micha allait revenir et cela comptait plus que tout. Elle avait discrètement observé sa belle-mère. Elle aussi devait penser au retour de son fils, le dernier qui lui restait. Mais la honte et le sentiment d'avoir été trahie semblaient, chez elle, plus forts que tout. Xénia ne pensait pas : « Ma belle-mère est patriote avant que d'être mère » car c'eût été porter un jugement, elle pensait : « Je ne suis pas une bonne patriote. » Sans s'inquiéter davantage.

JOURNAL DE XÉNIA

9 mars 1918

Trois jours de suite nous avons eu droit à des fouilles et des perquisitions. On a renforcé la garde des matelots autour du phare et interdit de s'en approcher sous peine d'être abattus sans sommation. Nos voisins de la villa Ondine ont été brutalisés parce que l'un d'entre eux s'était opposé à une énième perquisition nocturne. Sans raison aucune le soviet de Yalta les a tous assignés à résidence. Ce même soviet a réclamé l'exécution immédiate de tous les Romanoff résidant en Crimée. Le soviet de Sébastopol s'y est opposé et l'impératrice douairière et les siens ont dû quitter le palais d'Aï-Todor pour le domaine de Dulber, « geôle » plus sûre, paraît-il. Ils sont gardés par des soldats armés et personne ne peut plus les approcher. Des affiches placardées partout sur les murs de Yalta par les bolcheviks nous apprennent l'arrestation du grand-duc Michel, frère cadet du Tsar, dans sa ville de Gatchina; celles de la grande-duchesse Élisabeth, sœur aînée de la tsarine, du grand-duc Serge, de leurs fils les princes Jean, Constantin et Igor, du prince Wladimir Paley. Si je note aussi précisément ces terribles nouvelles c'est pour n'oublier jamais ce que nous traversons. Aujourd'hui je n'ai même pas le cœur de noter que ma petite Hélène sait presque lire et que son frère est le plus délicieux enfant du monde.

Nous ne savons toujours rien de Micha. Des journaux et des affiches placardés sur les murs de Yalta ont annoncé la naissance d'une nouvelle armée : l'Armée rouge.

11 mars 1918

Les lourdes charges fiscales imposées aux propriétaires de domaines et villas en février dernier s'accentuent encore. L'argent commence à manquer, comment allons-nous faire? Les perquisitions continuent à « la tête du client », toujours sous le prétexte de trouver des armes. Hier, un soldat a voulu arracher la croix que ma belle-mère porte au cou. Olga s'est emportée : « La croix de son défunt mari? La croix d'une veuve de guerre? » Le soldat a rendu la croix mais s'est retiré en disant qu'il reviendrait. Olga pense que sous le prétexte de chercher des armes, ils veulent faire main basse sur nos bijoux. Elle parle d'enterrer les siens dans le jardin.

13 mars 1918

Micha est là. Il dort.

Xénia ne se lassait pas de regarder son mari. Comme il dormait depuis des heures, elle faisait des aller et retour entre son appartement du premier étage et le reste de la maison, affairée, riant toute seule, réclamant aux uns le silence, autorisant les autres à venir sur la pointe des pieds vérifier la présence de Micha dans leur lit. Les enfants, Nathalie et Olga n'eurent droit qu'à une visite de quelques secondes; Maya bien davantage. Devant son fils endormi, elle s'était agenouillée et avait prié longtemps avec ferveur et humilité. Puis, toujours agenouillée, elle l'avait contemplé intensément. Xénia, debout derrière elle, croyait deviner que sa belle-mère, sur le visage amaigri de son dernier fils, retrouvait les traits des deux autres. Elle ne se trompait pas.

— En lui revivent Igor et Adichka, murmurat-elle.

Elle peinait à se relever et Xénia dut lui venir

en aide. Une fois debout, elle se pencha au-dessus du lit pour écouter la respiration du dormeur, faible mais régulière. Le visage se détachait sombre sur l'oreiller blanc, si émacié qu'on n'en voyait plus que l'ossature : un visage d'adolescent après une longue maladie. Ses épaules, très maigres, pointaient d'entre les draps.

— Tu devrais lui mettre un vêtement, souffla Maya.

— J'ai peur de le réveiller...

Maya alors remonta doucement le drap, arrangea les couvertures et se tourna, souriante, vers sa belle-fille.

— Je vous laisse maintenant. Quand il se réveillera, c'est de toi en premier qu'il aura besoin. Donne-lui tout cet amour dont il a été si privé depuis si longtemps. Et ne vous pressez pas de venir nous rejoindre...

Elle esquissa sur le front de Xénia et sur celui de Micha le signe de croix.

— Je vous bénis, mes enfants chéris.

Puis elle se retira. Dehors la lumière commençait à baisser. Les jours rallongeaient depuis peu et les premiers crocus apparaissaient. Le printemps s'infiltrait partout, dans l'azur parfait du ciel, dans les timides bourgeons des arbres, dans les prairies et les parterres de fleurs ; dans les rires de Tatiana et de Daphné qui lançaient une balle de tennis, en bas, aux deux cockers préférés de

Xénia, le noir et blanc et le feu. Les oiseaux revenaient et la Crimée, au sortir de l'hiver, s'apprêtait à prendre, comme chaque année, comme
toujours, des airs de paradis.

Xénia, posément, tira les rideaux sur cette
splendide fin d'après-midi, se déshabilla et se
glissa entre les draps. « Tant pis pour le dîner »,
pensa-t-elle avec insouciance. Elle attendit un
moment, le temps que son corps nu se réchauffe
dans la chaleur du lit et doucement, enfin, se rapprocha du corps endormi de Micha.

Les jours qui suivirent le retour de Micha furent si heureux que le temps parut s'être arrêté. Le sort de plus en plus incertain de la Russie passa presque au second plan. On apprit tout de même avec effroi que les Allemands occupaient l'Ukraine. Un témoin raconta que cela s'était déroulé dans le calme et qu'un ordre parfait régnait à Kiev. Ce témoin précisa : « Tous les mauvais éléments ont disparu comme par enchantement. N'eût été la foule des femmes en deuil, on aurait pu penser que Kiev avait été épargné par la guerre. »

Chez les Belgorodsky, si on considérait toujours le traité de Brest-Litovsk comme une infamie, on en parlait moins. Micha s'y refusait. Ce qu'il avait vécu au front, il le taisait : le soulagement d'être vivant et d'en avoir fini avec la guerre semblait l'emporter sur tout. À peine arrivé, à peine reposé, il faisait des projets, parlait de quitter la

Crimée et de s'en aller vivre à Moscou, récemment promue capitale par les bolcheviks. Il songeait à proposer ses services au nouveau gouvernement dans un domaine où ses compétences étaient indiscutables : l'élevage des chevaux de course. Par ailleurs, il restait à la famille Belgorodsky trois chevaux de course, dans un haras de Moscou, dont on était sans nouvelles depuis l'automne. Avaient-ils survécu au terrible hiver russe ? à la révolution d'Octobre ? Pour Micha, les retrouver était d'une importance capitale. C'était aussi le dernier bien dont disposait peut-être encore sa famille.

À Olga qui s'effarouchait de ses projets, il répondait avec sérieux que la vie devait reprendre et qu'il fallait s'adapter. La perte d'une partie de ses biens ne faisait que le confirmer dans son désir de retourner à la vie civile, de travailler et d'assurer de ce fait le quotidien des siens. Maya, sa mère, et Xénia, son épouse, semblaient le comprendre et l'approuver. Olga les soupçonnait de taire par commodité leur véritable opinion et s'en irritait. Quant à Nathalie, il était impossible de savoir ce qu'elle pensait vraiment et cela aussi choquait Olga. Quand donc la jeune femme consentirait-elle à sortir pour de bon de son mutisme ?

Et puis le printemps était là et une énergie nouvelle s'emparait de tous. Les flancs de la montagne étaient tapissés d'anémones et d'orchidées sauvages, roses et mauves ; les arbres fruitiers commençaient leur floraison ; le ciel, sans aucun nuage, était si bleu, si frais, que chacun croyait le voir pour la première fois. Les promenades et les pique-niques reprirent et les adultes, pourtant inquiets et meurtris, se joignirent aux bandes de jeunes gens, aux groupes d'enfants. L'insouciance des uns finissait par gagner les autres. On se gaussait des sempiternelles perquisitions, de l'ignorance des commissaires locaux et de leur inaptitude à se mettre d'accord. En fait, eux aussi étaient sensibles à ce merveilleux printemps de Crimée et la surveillance, certains jours, se relâchait.

Au début des années cinquante, exilée en Suisse, à Lausanne, Olga tentera de rédiger à l'intention de ses enfants et petits-enfants ses souvenirs de 1918 et 1919. La maladie l'empêcha de poursuivre jusqu'au bout et le manuscrit resta sous forme de Mémoires inachevés. À propos de la brève période d'accalmie qui eut lieu au printemps 1918, elle écrivit : « Les Russes, habitués à de très rudes hivers, ont une manière très spécifique de fêter le retour du printemps. Mais ce printemps 1918 à Yalta nous avait littéralement ressuscités. Nous vivions au jour le jour, inconscients du danger ou habitués à vivre avec. Nous avions des appétits d'adolescents. Il est vrai qu'à

167

ce moment-là, hormis la génération de ma mère, aucun de nous n'avait trente ans. » Plus tard encore, elle écrira : « Le printemps 1918, à Yalta, était aussi beau que le sera, en France, le printemps 1940, aussi trompeur. »

Peu avant Pâques, il fut décidé que Micha partirait pour Moscou. Un témoin lui avait assuré que trois de ses chevaux avaient survécu et se trouvaient toujours dans le haras, près du parc Petrovsky. C'étaient trois pur-sang de la race Orloff — deux étalons et une pouliche — qu'Adichka avait mis en vente en juin 1917. Cette décision qui à l'époque avait tant choqué Micha, leur avait en fait sauvé la vie. Les dix autres chevaux de la prestigieuse écurie des Belgorodsky restés à Baïgora, avaient été torturés puis massacrés lors du pillage du domaine, fin août 1917. Le rapport de police sur ce point-là aussi avait été très précis : « Les paysans conduits par des agitateurs et des soldats mutins ont arraché les langues des chevaux et leur ont crevé les yeux avec des fers chauffés au rouge. » Ce document faisait partie du dossier concernant l'enquête sur le meurtre d'Adichka Belgorodsky.

Des rumeurs parlaient du retour progressif d'acheteurs étrangers dans la capitale. La plupart d'entre eux étaient friands de la fameuse race Orloff et beaucoup, avant la déclaration de guerre, étaient en contact régulier avec Micha

Belgorodsky, très apprécié dans le milieu hippique international. Reprendre contact avec eux semblait dans l'ordre des choses possibles. Selon Micha, les bolcheviks ne s'étaient pas encore implantés dans le monde si particulier des courses et il fallait les y précéder et s'y faire une place.

Micha fut donc chargé officiellement de rentrer en possession des trois chevaux, de les vendre au meilleur prix et avec l'argent obtenu d'obtenir un logement décent pour les siens. Ces opérations accomplies, Xénia et Olga pourraient alors le rejoindre. Le sort de Maya, de Nathalie et des enfants restait, pour l'instant, en suspens. Tout dépendrait de ce que Micha découvrirait à Moscou...

Depuis la veille, la circulation ferroviaire entre la Crimée et le Nord s'était interrompue sans que l'on sache pourquoi. Mais Micha avait un début de solution : un bateau le conduirait à Sébastopol et de là il en prendrait un autre pour Odessa. Une fois dans le grand port d'Ukraine, il pensait trouver plus aisément un moyen pour gagner Moscou. Les difficultés de ce voyage, loin de le préoccuper, le stimulaient. « C'est un défi ! », répétait-il à Xénia que ce départ imminent chagrinait.

Xénia avait tenté à deux ou trois reprises de lui faire part de son désir d'envoyer leurs enfants à l'abri, en Angleterre. Mais Micha avait été formel : ses enfants étaient russes et seraient élevés en Russie.

Le bateau vapeur qui devait le conduire à Sébastopol partait à l'aube, le lendemain. Micha, consciencieusement, s'entretenait donc une dernière fois avec sa famille, donnant des conseils ou en recevant.

Pour l'instant, il était dans la chambre de ses deux enfants. Le petit Sérioja, fils de son frère Igor, regardait passionnément ce jeune oncle qui lui rappelait son père. Conscient de l'importance qu'il revêtait à ses yeux, Micha s'arrangeait toujours pour évoquer Igor. Ce n'était d'ailleurs pas difficile, il suffisait de raconter des souvenirs de leur enfance commune. Ceux qui concernaient les étés à Baïgora avaient la préférence d'Hélène et de Sérioja. Pétia, âgé d'un an et demi, trop petit pour bien comprendre, était toujours content. Et c'était sûrement ce qu'il y avait de plus attachant chez cet enfant que sa façon d'accueillir, avec confiance et bonheur, n'importe quel événement, qu'il s'agisse d'un nouveau jeu, d'une chanson ou d'une soudaine averse.

— Le petit lion de papa, réclamait Sérioja.

Dans sa hâte, il avait bafouillé. Son regard désolé, ensuite, fit de la peine à Micha. Il sortit le petit garçon de son lit et l'installa sur ses genoux. Non sans avoir auparavant adressé à Hélène un discret clin d'œil complice : Hélène, déjà crispée de jalousie, se détendit immédiatement et lui rendit son clin d'œil. Micha raconta alors comment des amis de leurs parents avaient offert à son frère Igor âgé de dix ans un adorable lionceau de quelques mois. C'était au début de l'été, la famille se trouvait à Baïgora. Le lionceau y grandit sous le nom d'Athanase Léo, compagnon de jeu favori des enfants.

— Mais c'était le lion d'Igor, insistait Micha. C'est à lui qu'il obéissait, à lui seul. On l'adorait ! Dans nos prières du soir, il venait toujours en tête. « Seigneur, daigne bénir le petit lion », commençait Igor. « Seigneur, daigne bénir le petit lion », reprenions-nous en chœur. Après seulement venaient nos parents.

— Seigneur, daigne bénir le petit lion, répéta d'une traite Sérioja les yeux illuminés de bonheur.

Olga, dans sa chambre, était en train d'écrire à son mari. Micha lui avait promis d'aller le voir dès qu'il serait arrivé à Moscou. La lettre, pour une fois, avait des chances d'atteindre son destinataire.

« J'enrage que les autorités locales m'aient encore refusé un laissez-passer pour Moscou ! Quand serons-nous enfin réunis ? Si on continue à m'empêcher de quitter Yalta, ne pourrais-tu pas, toi, venir ? Les enfants te réclament de plus en plus ! Ils étaient fous de joie de retrouver leur oncle Micha mais trouvent injuste d'être privés depuis si longtemps de leur père. Fin de mes jérémiades, tu n'aimes pas ça et moi non plus.

Micha part donc pour Moscou. J'aimerais que tu le surveilles et l'empêches de se livrer à je ne sais quelles extravagances. Quatre ans de guerre ne l'ont pas changé : il reste insouciant, optimiste et bravache. Nous l'avons chargé de vendre nos trois chevaux. Il a accepté mais à son air contrarié j'ai bien vu que cette idée le révulsait. À mon avis, il fera tout son possible pour les garder alors que nous avons tellement besoin d'argent !

Cet après-midi avec les enfants et nos voisins de la villa Ondine, nous avons gravi le mont Aï-Petri, en ce moment couvert de fleurs, une merveille ! Tu te souviens du magnifique panorama sur les côtes de Crimée ? Eh bien, aujourd'hui, il y avait sur la mer une circulation totalement inhabituelle : un nombre incroyable de bateaux à moteur sans pavillon particulier filaient en direction de Sébastopol. Quand nous sommes redescendus les bras chargés de bouquets de fleurs, nous avons croisé une multitude de camions bâchés sur la route côtière qui roulaient eux aussi vers Sébastopol. Qu'est-ce que cela veut dire, impossible de le savoir. Micha parle d'un "mouvement de troupes". Mais quelles troupes ? »

Micha, dans la chambre des enfants, contemplait son fils Pétia, à présent endormi, sa fille Hélène dont les yeux imperceptiblement se fermaient. Il avait déposé Sérioja dans son lit mais le petit garçon le retenait par la main, les paupières lourdes de sommeil, une expression suppliante sur le visage. Micha se laissait faire, étonné d'être aussi ému par cette demande d'amour. Il s'étonnait aussi de constater que l'enfant semblait avoir oublié sa mère. Micha et Xénia s'étaient concertés à ce sujet. Devaient-ils lui parler de Catherine? Mais comment lui expliquer qu'ils étaient sans nouvelles d'elle et de l'enfant qu'elle avait dû mettre au monde? Micha avait juré à sa femme qu'une fois à Moscou il mettrait tout en œuvre pour la retrouver. Non pas qu'il l'aimât particulièrement, mais c'était la veuve d'Igor et il se devait de la protéger.

La pression de la petite main de Sérioja sur la sienne s'accentua.

— Le petit lion de papa, chuchota-t-il.

— Je t'ai déjà raconté... Le petit lion a grandi... Il était plutôt d'un tempérament pacifique mais il faisait peur...

De crainte de réveiller ses deux enfants endormis, il lui parlait presque à l'oreille.

— ... alors nous avons dû le donner au zoo de

173

Petrograd... Il y avait sur sa cage une pancarte qui indiquait : « Athanase Léo Belgorodsky ». Nous allions souvent le voir.

— Papa était triste ?

— Très. Ce qu'il a le plus regretté, c'est de ne pas avoir vu pousser sa crinière... La crinière du lion met beaucoup de temps à pousser...

À l'évocation de ce souvenir, l'émotion à nouveau s'empara de Micha. Il se souvenait de tout : des discussions avec leurs parents afin de garder quelque temps encore le lion ; des plaintes des servantes que sa présence dans le parc effrayait ; de l'obstination de son frère Igor qui voulait voir se « développer la crinière du lion ».

La porte de la chambre s'entrouvrit silencieusement et un rayon de lumière traversa le plancher. Micha se retourna et aperçut la silhouette mince et sombre de Nathalie en contre-jour. Au même moment résonna la cloche qui annonçait qu'on allait bientôt servir le dîner.

La pression de la petite main s'était relâchée et Sérioja, maintenant, dormait, un sourire émerveillé aux lèvres. Micha se releva et rejoignit Nathalie dans le couloir.

Ainsi qu'il le faisait jadis, il passa son bras autour de la taille de sa belle-sœur. Celle-ci, pourtant rétive aux contacts physiques, le laissa faire. Mieux, elle inclina un instant sa tête sur son épaule et murmura quelque chose qu'il ne comprit pas.

174

— Parle distinctement, dit-il.

— Je regrette que tu doives partir demain.

C'était dit avec naturel et il répondit sur le même ton.

— Comment faire autrement? On ne va pas passer le reste de notre vie ici à attendre je ne sais quoi. La Russie change, nous devons trouver notre place.

Comme elle ne répondait pas, il lui serra brièvement la taille.

— Je n'ai plus envie de rien, finit par dire Nathalie.

— Tu changeras, toi aussi.

Il eut un timide coup d'œil pour le visage douloureux, pour le corps amaigri qui tenait à peine debout. Il lui revenait des images de Nathalie disputant furieusement un match de tennis; canotant sur le petit lac de Baïgora; suspendue au bras d'Adichka qui la contemplait éperdu d'amour. Il eut alors l'impression que seul son bras passé autour de sa taille la soutenait et qu'elle s'abandonnait à ce soutien.

— Je serai toujours là, à tes côtés, dit-il.

— Je sais.

Elle leva les yeux vers lui. Son regard était calme, franc, sans aucune ambiguïté.

Micha, qui s'apprêtait à lui baiser le front, ne le fit pas. À l'inverse de Nathalie, il se sentait un peu troublé et ne comprenait pas pourquoi.

30 mars 1918

Les adultes sont descendus à Yalta pour accompagner oncle Micha à son bateau. Daphné et moi, de la terrasse, avons longuement agité un drap blanc de manière à saluer le passage de son bateau. Comme nous lui avions parlé de notre projet il nous a promis de regarder en direction du palais. Nous croyons l'avoir distingué parmi les voyageurs mais sans en être complètement sûres. Je commence en anglais la lecture de *Nicolas Nickleby* de Dickens.

JOURNAL DE XÉNIA

30 mars 1918

Micha a réussi à s'embarquer sur le seul vapeur autorisé à faire le trajet Yalta-Sébastopol. Les autres — c'est-à-dire peu! — sont restés à quai. Plus aucun train ne part, plus de courrier, nous sommes coupés du reste du monde. Oleg me dit qu'on parle en ville « d'une armée en route vers la Crimée ». Quelle armée ? Impossible de savoir. Nos plus proches voisins se sont réfugiés dans la montagne. À mon chagrin d'être à nouveau séparée de Micha, s'ajoute une terrible angoisse devant ce qui se prépare et que nous ignorons. Même Olga devient nerveuse.

13 avril 1918

La rumeur d'un raid bolchevique meurtrier a terrifié notre petite communauté. Chacun dans notre demeure, nous avons instauré des tours de veille. J'ai pris la première partie de la nuit avec Oleg et Olga la deuxième avec Nathalie. Ceux qui se sont couchés ont dormi habillés au cas où il aurait fallu s'enfuir. Il n'y a que les enfants pour se réjouir d'une telle situation. Tatiana et Daphné ont dérobé des couteaux de cuisine pour défendre les plus petits et j'ai eu beaucoup de mal à les récupérer ! Si j'ai encore la force de rire, c'est que cette nuit qui nous faisait à tous si peur s'est déroulée sans problème.

16 avril 1918

Règlements de compte entre les bolcheviks locaux et les bolcheviks venus d'ailleurs dans l'intention de nous massacrer. Il semblerait que ces derniers aient projeté une sorte de Saint-Barthélemy où tous les nôtres devaient périr, y compris les enfants. Ce complot sanguinaire a échoué faute de voitures, croit savoir Oleg. Nous avons conscience ici d'être passés tout près d'une immense catastrophe. Si seulement Micha était

178

là ! Aucune nouvelle de lui. Est-il arrivé jusqu'à Odessa ? Nous sommes coupés de tout, abandonnés du reste du monde.

Lettre d'Olga à son mari

Mon chéri, mon Léonid, que plus aucun courrier ne parte ne m'empêchera pas de t'écrire : cela m'aide à y voir clair et à garder mon sang-froid. Et il en faut !

Nous vivons la semaine la plus insensée de notre séjour. Lundi, l'animation maritime avait encore augmenté sans que nous sachions pourquoi. (Après nous avons appris qu'il s'agissait de la fuite précipitée des bolcheviks.) Le plus grand désordre régnait à Yalta vidé de ses commissaires, soldats, marins, etc. La population livrée à elle-même craignait le pire. Une réunion composée d'éléments divers (principalement les semi-radicaux évincés à la fin de l'année par les bolcheviks et qui semblaient avoir disparu) s'est tenue à l'hôtel de ville. Je m'y trouvais avec certains de nos amis. Un homme revêtu de l'uniforme ukrai-

nien est arrivé annonçant « que l'armée ukrai-
nienne venue pour délivrer la Crimée du joug
bolchevique s'approchait de Yalta ». Une délégation décida de marcher à sa rencontre. Mais en
sortant de Yalta, ladite délégation se heurta à...
un escadron de la cavalerie allemande !

Hier leurs troupes sont entrées dans Yalta.
Aujourd'hui mercredi, nous les avons croisées
acheminant vers Sébastopol leur artillerie lourde
et leurs convois de ravitaillement. Leur tenue est
impeccable et leurs chevaux ont l'air de bêtes de
concours ! De les voir défiler dans un ordre parfait, souriant, visiblement satisfaits de se trouver
là, a stupéfié la population locale et notre
communauté qui s'attendait à tout sauf à ça. Tu
imagines ? Avoir la vie sauve grâce à nos ennemis
de presque quatre ans ? Car pour nous ce sont et
ce seront toujours des ennemis ! L'ignoble traité
de Brest-Litovsk est l'affaire des bolcheviks, pas la
nôtre ! J'espère que notre communauté saura garder ses distances et la Crimée se comporter en
pays occupé, même si (il convient de se l'avouer
avec honnêteté) nous sommes tous terriblement
soulagés. Les plus troublées sont les petites,
Daphné et Tatiana. Quand nous regardions défiler en ordre parfait les troupes allemandes,
Daphné qui tenait ma main serrée dans la sienne
ne cessait de murmurer : « Ils sourient, ils ont l'air
gentil, mais ils font semblant, maman ! Ils font

semblant ! » Tatiana, elle, s'étonnait : « Ils sont si propres, avec des vêtements repassés, les joues rasées, les cheveux courts ! Ce n'est pas possible qu'ils aient fait la guerre ! » Il est vrai que comparée à ce qui reste de notre armée en guenilles, meurtrie dans son âme et dans sa chair, l'armée allemande semble avoir passé toute la guerre à l'abri dans une caserne ! Aux dernières nouvelles, le gros de leurs troupes se regroupe à Sébastopol et Simferopol et seule une partie demeure à Yalta pour y « ramener l'ordre ».

Premier résultat positif : les accès aux plages sont de nouveau autorisés. Il fait un temps magnifique. D'ici quelques jours, je compte bien aller nager en entraînant mes deux frileuses belles-sœurs. Les enfants, eux, pataugent déjà sous la garde de leur gouvernante. L'idée de recommencer à nager m'enchante et pour un peu j'oublierais que je dois cette liberté retrouvée aux forces allemandes ! Garder sans cesse à l'esprit que nous sommes un pays occupé me paraît le premier principe à adopter...

JOURNAL DE XÉNIA

26 avril 1918

Cela fait dix jours que les forces allemandes occupent la Crimée et l'ordre règne. Ceux qui nous persécutaient hier ont disparu ou ont été arrêtés et exécutés s'ils avaient auparavant commis des meurtres. Les marins en faction devant le phare sont venus me trouver pour me demander de témoigner en leur faveur. Je l'ai fait bien volontiers ne serait-ce que parce qu'ils ne se sont pas enfuis avec leurs camarades bolcheviques. J'ai dû expliquer à un officier allemand que leurs flirts avec nos servantes nous avaient en quelque sorte protégés. Certains parmi les nôtres n'ont pas eu cette « honnêteté » et des Rouges ont été injustement exécutés. L'esprit de vengeance existe partout et c'est une chose terrible. Il est vrai que nous savons maintenant de source sûre que nous devions tous être massacrés lors d'un raid fixé la nuit des Rameaux. La consigne donnée par les bolcheviks de Moscou était de ne laisser aucun survivant, de n'épargner ni les femmes, ni les enfants, ni les vieillards. C'est donc bien l'intervention inopinée des Allemands qui nous a sauvé la vie. Je ne peux m'empêcher de trouver cela humiliant et je ne suis pas la seule. La famille impériale, toujours consignée à la villa Dulber, se déclare, elle, carrément germanophobe.

28 avril

Hier, un général allemand escorté de quelques officiers est venu chez moi avec l'intention de réquisitionner une dizaine de chambres. J'étais horrifiée à l'idée de les héberger et dans l'impossibilité de refuser. En définitive, ils ont finalement opté pour la villa Ondine dont le général m'a dit préférer la disposition « plus spartiate » des chambres. Olga prétend qu'impressionné par la « splendeur » du palais, il n'a pas osé y loger ses troupes. Les enfants ont poussé des cris de joie en le voyant partir.

JOURNAL DE TATIANA

30 avril 1918

Aujourd'hui pique-nique dans la campagne avec nos gouvernantes et Miss Lucy. Nous étions confortablement installés dans l'herbe avec un délicieux repas quand nous avons eu la peur de notre vie. Tout à coup des soldats allemands à cheval sont arrivés sur la route et nous apercevant sont venus vers nous. Hélène a eu si peur qu'elle s'est enfuie en criant. Un Allemand a voulu la rattraper, Hélène est tombée. Alors le soldat allemand est descendu de son cheval, l'a relevée et malgré ses hurlements l'a prise dans ses bras et ramenée vers nous. Il lui parlait en allemand et plus il lui parlait, plus Hélène hurlait. Les autres soldats, toujours à cheval, se sont rapprochés et tout à coup nous étions encerclés. Miss Lucy en anglais nous exhortait au calme. Elle a récupéré Hélène des bras du soldat allemand et l'a froidement remercié. Le soldat s'est excusé d'avoir troublé notre pique-nique et nous a assuré, dans un très mauvais russe, que nous ne devions pas avoir peur d'eux. Puis ils sont repartis. N'empêche, la journée était gâchée. Daphné et moi les détestons, ce sont nos ennemis et nous ne voulons pas les considérer autrement. Heureusement aucun d'entre eux n'occupe Baïtovo.

Lettre de Micha Belgorodsky
à sa famille

Moscou,
10 mai 1918

Ma chère petite femme, chère maman, chères
Olga et Nathalie, j'ai eu la chance de rencontrer
à Moscou notre ami d'enfance Nicolas Lovsky,
comme moi démobilisé, qui s'apprête à rejoindre
Bichette à Yalta et qui vous remettra cette lettre.

J'ai retrouvé nos chevaux et notre écurie sans
problème. Les chevaux sont seulement assez
maigres (mais moins que moi!) et manquent
d'entraînement. Je me fais une grande joie de
faire d'eux de futurs champions aussi je vous
annonce qu'il serait absurde de les vendre. Le
monde si fermé des courses et de l'élevage est un
monde à part où rien n'a changé, si incroyable
que cela puisse paraître! Et puis c'est tout ce qui

nous reste et nous devons protéger notre dernier bien. Je m'engage à faire de notre écurie une entreprise rentable qui nous fera tous vivre. En plus je dispose d'un petit logement tout à côté avec vue sur le parc Petrovsky, donc Xénia, ma chère petite femme, je t'engage vivement à venir me rejoindre au plus vite. La vie quotidienne à Moscou est beaucoup plus aisée qu'à Petrograd : on peut se promener le soir sans se faire assassiner à chaque coin de rue, on n'y meurt pas de faim, les tours du Kremlin sont intactes ainsi que les aigles qui les couronnent ! J'y ai même suivi la messe de Pâques dans une grande ferveur religieuse. C'était comme avant : toutes les cloches sonnaient partout dans la ville et sous un merveilleux ciel étoilé la procession a fait le tour de l'église et est retournée dans la cathédrale en chantant « Christ est ressuscité ». À côté, les tirailleurs lettons qui montent la garde devant le Kremlin se chauffaient devant de grands feux. Aucune agressivité à notre égard. Puisque je me lance dans des descriptions (j'espère que vous remarquez le soin que j'y mets !), j'avoue avoir aimé les manifestations du 1er Mai. Chaque maison, chaque appartement avait son drapeau rouge, même les plus « bourgeoises » ! Dans les rues, une foule immense regardait passer les cortèges des soldats et des ouvriers. Sur la place Rouge, les troupes de l'infanterie, de l'artillerie et les chefs d'unités à cheval ont défilé dans le calme. C'est la nouvelle armée et tous portent sur leur casquette l'étoile à cinq branches. Je crois voir le visage de ma chère sœur se crisper de contrariété! Ne t'inquiète pas, Olga, je ne suis pas en train de me laisser séduire par les bolcheviks! J'essaie juste de vous dire qu'on peut vivre à Moscou et que je te souhaite à mes côtés, ma Xénia. Léonid doit être en train de t'écrire la même chose, Olga. Il a trouvé à se loger chez un parent moyennant une modeste participation financière. Cela s'appelle ici la « compression des appartements ». Avoir pour soi plusieurs pièces est désormais interdit! Tout le monde doit pouvoir se loger et ceux des nôtres qui possèdent un grand appartement sont trop contents de le sous-louer à des parents ou amis de leur choix plutôt que de se faire imposer des locataires inconnus. Les commissaires de quartiers et les commissaires d'immeubles font la loi mais on peut toujours s'arranger, tous ne sont pas de mauvais bougres ou des criminels! Donc, mes chères Xénia et Olga, on vous attend! Et vous, chère maman et chère Nathalie, j'espère pouvoir vous faire venir au début de l'automne, avant que l'hiver ne rende complètement impraticable ce qui reste de notre épouvantable chemin de fer.

J'arrête ma lettre car Nicolas piaffe d'impatience et veut prendre le premier train pour Kiev.

(Quand? C'est une question qu'on ne se pose plus : on va à la gare et on attend. C'est comme ça, il faut s'y faire.) Passer par Kiev pour rejoindre Yalta semble maintenant plus « facile » grâce à l'importante présence des forces allemandes.

Du plus grand au plus petit, je vous serre tous sur mon cœur.

MICHA

10 juin 1918

Plus d'un mois d'occupation allemande a suffi
pour ramener le calme et l'ordre en Crimée.
Nous vivons presque comme avant. Les nouvelles
de Moscou ont l'air plutôt bonnes. Nicolas Lovsky a retrouvé Bichette ici après un séjour de dix
jours à Kiev où beaucoup de nos parents et amis
se sont réfugiés. Il semblerait qu'ils oublient un
peu vite que nous sommes dans un pays occupé
par les Allemands! Nicolas apportait différentes
lettres pour nous tous dont une de ma belle-sœur
Catherine : elle a accouché d'une petite fille et
tente de rejoindre sa famille en Lituanie. Elle
nous demande de garder Sérioja jusqu'à ce que
les moyens de transport s'améliorent. Sait-elle
à quel point elle fait mon bonheur? Sérioja
s'adapte, s'attache à Hélène qui le considère
comme son deuxième frère. S'il a tendance à tou-

jours se tenir en retrait des autres enfants, je le vois plus attentif, plus curieux. Nathalie le traite avec tendresse et mon Sérioja paraît y être sensible. Micha me réclame à ses côtés à Moscou. Selon lui je dois confier mes enfants à sa mère et tenter de le rejoindre. Olga est devant le même dilemme. Alors, nos maris ou nos enfants ? C'est aux Allemands maintenant de nous délivrer les laissez-passer nous autorisant à circuler en Russie. Nous avons fait hier une demande en ce sens.

16 juin 1918

Olga et moi nous sommes rendues à la « Kommandantur » retirer nos deux *Ausweis*. Même si tout le monde ici nous exhorte à ne pas entreprendre un voyage aussi difficile, nous sommes néanmoins résolues à gagner Moscou. Pour éviter Odessa, « zone particulièrement dangereuse », nous passerons par Kiev.

18 juin 1918

Nous avons des places dans le train Yalta-Kiev pour le 21 juin. Olga est persuadée qu'une fois à Kiev nous trouverons un autre train pour Moscou. Je m'en remets à elle, plus résolue et plus débrouillarde que moi. Varvara, ma fidèle femme de chambre, sera du voyage. Nous allons aussi à Moscou pour tâcher de retirer des banques un peu d'argent et quelques objets de valeur que nous pourrions vendre. À Yalta, beaucoup de choses commencent à manquer. Les vêtements et les chaussures, par exemple. Or, les enfants grandissent sans arrêt. Me séparer d'eux est un crève-cœur même si je les sais en de très bonnes mains. Ils sont tous heureux et en bonne santé.

19 juin 1918

Nos amis, ici, sont horrifiés de nous voir quitter le « paradis » de Crimée pour l'« enfer bolchevique » de Moscou ; de renoncer à la confortable protection allemande. Ils appellent ça se « jeter dans la gueule du loup ». Surtout quand Olga leur a confié qu'elle tenterait aussi d'aller à Petrograd pour prendre dans notre maison du quai de la Fontanka des objets de première nécessité et de faire dire une messe pour son frère Adichka enseveli à la laure Alexandre-Nevsky. Toutes les rumeurs et tous les témoignages prétendent que Petrograd est devenu en quelques mois un véritable coupe-gorge. Olga les accuse de dramatiser. Je me sens, moi, ce soir, faible et indécise, à deux doigts de renoncer à partir.

20 juin 1918

Nous partons demain. Appréhensions de toutes sortes à l'idée de laisser ce que j'aime tant — mes enfants et ma maison — pour l'inconnu. Sans la présence d'Olga et de Varvara à mes côtés, je n'aurais jamais osé envisager un tel voyage. Elles sont d'ailleurs d'un calme qui fait mon admiration. J'ai passé la journée à m'empêcher de pleurer chaque fois que mes yeux se posaient sur mes enfants. Nathalie m'a promis qu'elle veillerait particulièrement sur eux. Depuis quelques semaines, elle fait preuve avec eux d'une étonnante bonne volonté et je lui en suis très reconnaissante. J'ai confié la propriété à Oleg qui sait mieux que moi ce qu'il faut faire. Où en serais-je sans lui ?

MOSCOU

Si le voyage dura six jours, il se déroula néanmoins mieux que prévu. Malgré les nombreux arrêts, la foule entassée dans les couloirs et les compartiments, les fouilles et le manque d'eau et de nourriture, Olga, Xénia et Varvara finirent par arriver à Moscou. Grâce à leurs *Ausweis* pourvus du sceau allemand, les trois femmes passèrent sans encombre les nombreux barrages. C'était une belle matinée de juillet, il ne faisait pas encore trop chaud et Moscou, dans un premier temps, ne leur apparut pas trop changé.

Cette impression ne tarda pas à se dissiper.

Naguère apprécié pour ses restaurants, sa gastronomie raffinée et ses théâtres, Moscou, à présent, périclitait. La nourriture, sur les marchés, se faisait rare et les prix atteignaient des records. Les restaurants n'étaient plus fréquentés que par ceux que l'on appelait les « nouveaux dirigeants ». Quant aux théâtres, ils étaient sales, mal entretenus et on y voyait un nouveau public, débraillé, bruyant et agressif. Et c'est ce qui choqua le plus Xénia et Olga. Quelques mois auparavant, les spectateurs de toutes les classes sociales aimaient à s'habiller pour aller au théâtre. Cela faisait partie de leur plaisir et témoignait de leur respect pour l'art dramatique et pour ceux qui l'incarnaient : les acteurs. Cette tradition si prisée des Russes avait volé en éclats. On se rendait au théâtre dans ses habits de tous les jours, on y fumait, on y bavardait et on apostrophait parfois très grossièrement les acteurs quand le spectacle, pour une raison ou une autre, déplaisait.

Rien de ce qu'avait vécu Xénia depuis son enfance ne l'avait préparée à cette nouvelle vie et s'y adapter lui demandait d'énormes efforts. Heureusement, Varvara était là pour pallier certaines de ses insuffisances ; elle s'y employait avec le même respect qu'elle lui avait toujours manifesté.

Une année entière passée en Crimée les avait dotées l'une et l'autre d'une excellente santé et d'une résistance physique que les Moscovites n'avaient plus depuis longtemps. Par souci d'économie, on se déplaçait le plus souvent à pied. Xénia se surprit elle-même. Jusque-là rétive à la marche, elle suivait maintenant Varvara partout dans l'espoir de dénicher des aliments de meilleure qualité. Elle n'en considérait qu'avec plus d'effroi la population moscovite qui semblait n'avoir plus que la peau sur les os. Une pauvreté quasi générale, qu'elle n'avait jamais imaginée auparavant et qui la laissait très désemparée. Varvara, plus à même de comprendre les changements de société, avait d'emblée trouvé les mots : « Il n'y a plus de riches. Il n'y a plus que des pauvres et des très pauvres. »

Les plus malheureux étaient les enfants.

On les rencontrait dans les parcs et les jardins publics, aux abords des gares. Abandonnés, affamés, ils se regroupaient en différentes meutes et tentaient de survivre dans un univers hostile dont ils n'espéraient plus rien. Mendicité, vols et agressions étaient leurs seuls moyens. Certains étaient devenus de vrais délinquants capables du pire. Les autres, plus faibles, leur obéissaient. Tous avaient le regard d'animaux traqués. Des animaux dont plus personne ne se souciait hormis la milice qui avait remplacé l'ancienne police et qui parfois, à la suite de plaintes, les expulsait. Les enfants s'enfuyaient et se terraient alors dans un autre parc ou un autre jardin.

Xénia en voyait beaucoup autour du parc Petrovsky en bordure duquel Micha avait son écurie. Ce n'étaient pas les chevaux qui les attiraient mais la présence de visiteurs apparemment plus fortunés. Les lads s'en méfiaient et les chassaient dès qu'ils pénétraient dans l'enceinte privée de l'écurie. Même Micha n'éprouvait aucune pitié à leur égard. D'une grande gentillesse avec tout le monde, il pouvait se montrer brutal avec les enfants qu'il surprenait en train de rôder autour de ses chevaux. Xénia l'avait vu un matin expulser à coups de gifle deux garçons qui s'approchaient du box de sa pouliche.

— Ils sont comme toi, ils aiment les chevaux, avait-elle plaidé.

— Ils sont à la recherche d'un mauvais coup, oui !

Micha avait aussitôt convoqué et sermonné les cinq lads qui travaillaient sous ses ordres depuis son retour à Moscou. Il avait suffi d'une semaine pour que les lads éprouvent pour lui une admiration mêlée d'affection, faisant de Micha le maître incontesté de l'écurie. Sans s'être concertés entre eux, ils l'appelaient « citoyen prince », ce qui représentait un compromis acceptable entre ce qui se pratiquait jadis et ce qu'il convenait de dire maintenant, d'après les nouveaux règlements.

Micha ne s'était pas trompé. L'univers des chevaux de course existait, identique à ce qu'il était naguère, avec les mêmes codes et les mêmes valeurs.

Si les courses de trot avaient cessé un peu avant l'été 1917, c'était à cause des multiples privations et d'une vie de jour en jour plus difficile. La révolution n'y était pour presque rien et Micha était persuadé que les bolcheviks accueilleraient avec enthousiasme leur remise en route : la reprise des paris représentait une fortune dont ils seraient les principaux bénéficiaires. C'est pourquoi il rédigeait un projet dans ce sens où il leur proposait de tout reprendre en main. Que les nouveaux dirigeants le nomment « commissaire général de la gestion des chevaux de course et de leur élevage » lui semblait aussi normal que justifié. « Je suis le meilleur de la jeune génération dans ce domaine. Le meilleur ! » répétait-il à Olga qui dénonçait avec fureur « sa volonté de collaborer avec les bolcheviks ». Bien sûr, la réouverture de l'hippodrome de Moscou ne pouvait avoir lieu dans l'immédiat. Il fallait au préalable recenser le nombre de chevaux de course encore vivants, les remettre sur pied, choisir les meilleurs et les entraîner. La population russe raffolait des courses et se rendrait en masse à l'hippodrome dès le premier jour de réouverture ; les paris afflueraient de toutes parts et l'argent, à nouveau, remplirait les caisses de l'État. « Et moi, en tant que directeur général des courses, je deviendrai quelqu'un de très important : celui qui redonnera à la Russie sa place dans le monde hippique. Et quelle place ! la meilleure ! la première ! Et je gagnerai suffisamment d'argent pour nous faire tous vivre ! Voilà comment je vois les choses si je suis nommé directeur général des chevaux de course et de leur élevage. » Par peur de se disputer une fois de plus avec sa sœur Olga, Micha évitait d'employer le mot « commissaire »… En fait Micha voulait proposer aux bolcheviks d'appliquer à tout le pays le programme qu'il avait mis au point avec ses trois chevaux. Ce qui était valable pour les siens l'était aussi pour tous les autres.

Si, en juin 1917, son frère Adichka avait choisi de les vendre, c'est qu'il les avait jugés les plus parfaits, les plus prometteurs. Les événements en avaient décidé autrement et les trois chevaux avaient passé un an dans l'écurie, près du parc Petrovsky. Personne ne payant plus leur pension, il s'était trouvé des lads et deux propriétaires pour qui l'amour des chevaux surpassait tout et qui les avaient pris en charge. Tandis qu'une société s'effondrait, la vie de l'écurie s'était poursuivie, difficile, sujette elle aussi à l'absence de nourriture et au rude hiver. Mais les combats et les bombardements qui avaient mis à feu et à sang la nouvelle capitale n'avaient pas eu lieu dans cette partie de la ville. L'écurie avait formé un microscopique État dans l'État.

Certains propriétaires de chevaux étaient de riches industriels que la révolution n'avait pas encore chassés et qui ne désiraient pas s'enfuir à l'étranger. Ils étaient donc demeurés à Moscou, prêts à renoncer à quelques-uns de leurs privilèges pourvu qu'ils puissent exercer leur métier en Russie. Parmi eux, il y en avait qui, génération après génération, avaient constitué d'extraordinaires collections d'œuvres d'art; d'autres des écuries de chevaux de course. C'est grâce à deux de ces derniers que l'écurie du parc Petrovsky avait survécu. Ils avaient réussi à pourvoir à l'alimentation de leurs chevaux mais aussi à celle des autres, dont les propriétaires, morts ou absents, ne se manifestaient plus. Cette solidarité entre propriétaires, peu fréquente dans le monde hippique, dur, fermé et obsédé par la concurrence, permit de sauver bien des chevaux dont ceux de la famille Belgorodsky.

C'est avec une immense émotion que Micha avait retrouvé leurs trois pur-sang Orloff, nés à Baïgora, et qui lui avaient paru très vite exceptionnels.

Il y avait Brave Cheyenne, un étalon noir classé dans les cinq premiers au derby de 1914 et à qui on prévoyait un avenir de champion; Valet de Cœur, un étalon de deux ans, qui n'avait pas encore couru mais dont la lignée prestigieuse autorisait tous les espoirs. Il y avait surtout Cambrioleuse, une pouliche de quatre ans, fine, émotive et racée, qui dès sa naissance avait été la préférée de Micha. Quand il avait reçu au fond d'une tranchée le message par lequel Adichka l'informait de la mise en vente de Cambrioleuse, il avait oublié la guerre, les Allemands à quelques mètres dont le feu incessant les fauchait presque tous. Et devant ses compagnons stupéfaits, il avait lâché son fusil et s'était mis à sangloter. Ce n'est que lorsque son voisin le plus proche — un officier aimé de tout son régiment et dont l'intelligence et le courage les avaient tirés d'affaire quelques jours auparavant — s'était effondré criblé de balles, que Micha avait repris ses esprits et son fusil.

La veille et toute la nuit, il avait plu. Le ciel, chargé de nuages sombres et bas, annonçait d'autres averses. Les orages d'été faisaient leur apparition au-dessus de Moscou. Pour ceux qui avaient la chance de posséder un abri, les pluies d'orage apportaient enfin un peu de fraîcheur, la possibilité de dormir la nuit; pour les autres, c'était une calamité de plus. Il avait fait particulièrement chaud durant cette dernière semaine du mois de juillet, à Moscou. L'air, dans certains quartiers, était devenu irrespirable à cause des ordures qui s'amoncelaient et qu'une voirie inexistante négligeait de ramasser.

Ce n'était pas encore le cas autour du parc Petrovsky où les nombreux arbres assuraient un semblant de fraîcheur. L'hygiène à l'intérieur de l'enceinte privée de l'écurie était strictement respectée et la piste d'entraînement à nouveau entretenue. D'ici peu, espérait Micha, on pourrait atteler les sulkys, former des driveurs. Plus tard, sur l'hippodrome remis en état, on simulerait des courses entre les meilleurs trotteurs. Plus tard encore... Micha était tellement heureux et confiant en l'avenir, que tout lui paraissait possible.

Ce jour-là, le temps était si incertain qu'il hésitait encore à sortir les chevaux. Il se promenait entre les box avec Olga et Xénia venues lui rendre visite.

— Que le sol de la piste d'entraînement soit boueux ne devrait pas m'empêcher de les sortir, expliquait-il. Au contraire, c'est mieux que le sol si sec de ces dernières semaines... Mais ils n'ont pas tâté de la boue depuis longtemps... Je les sortirai en fin de journée, à la fraîche.

Olga semblait contrariée.

— Je me sentais d'humeur hippique, ce matin.

— Reviens ce soir.

— Ce soir, je suis de service à l'hôpital.

— Fais-toi remplacer.

— Impossible.

Olga, sur les conseils de son mari Léonid, assurait la direction d'un des services de l'hôpital. Cela s'était décidé dès son arrivée à Moscou et sans qu'elle ait à hésiter. Son désir de venir en aide aux malades et aux blessés, l'absence de personnel qualifié avaient ainsi mis fin à ses confortables habitudes de vacancière. Elle s'exaspérait que son frère ne comprenne pas la nécessité de cet engagement et lui propose de « se faire remplacer ». Selon elle, son amour des chevaux commençait à lui faire oublier un peu trop souvent le monde dans lequel, tous, ils se débattaient.

— Je voudrais monter Cambrioleuse tout de suite, dit-elle.

— Monter Cambrioleuse !

Micha était indigné.

— Mais on ne monte pas Cambrioleuse ! Et puis Cambrioleuse est mon cheval !

— Cambrioleuse m'appartient autant qu'à toi !

De taille nettement plus petite que son frère, Olga se dressait maintenant sur la pointe des pieds comme pour mieux le foudroyer de son terrible regard gris-bleu. Mais dans le domaine des chevaux, Micha se savait le meilleur.

— Ah oui ? demanda-t-il en affichant ce sourire faussement niais qui depuis leur enfance avait le pouvoir de la mettre hors d'elle et dont il testait, ce jour-là encore, l'efficacité.

Il ne lui laissa pas le temps de répondre et émit un bref sifflement. Aussitôt, une ravissante tête de pouliche se tendit au-dessus de la porte d'un box. Une tête fine, grise, avec une tache blanche en forme d'étoile, des naseaux frémissants et des oreilles dressées. Ses yeux doux, grands et tendres, s'étaient fixés sur Micha et ne voyaient plus que lui.

Micha du plat de la main lui caressa avec délicatesse le front, les naseaux. Puis, tout aussi délicatement, il l'embrassa. La pouliche en frémit d'émotion.

— Cambrioleuse, ma belle...

La pouliche frémit encore. On aurait dit que des soubresauts nerveux parcouraient son pelage. Ses yeux s'embuaient d'un émoi amoureux. Les deux femmes, un peu en retrait, la contemplaient, émues et troublées. Olga, qui connaissait bien la mentalité des chevaux, comprit que cette pouliche était si attachée à Micha que désormais elle lui appartenait. Elle en oublia sur-le-champ ses griefs et se rapprocha du box, respectueuse et de la pouliche et de son maître.

— Elle est tombée amoureuse de toi du premier coup ?

Micha perçut le changement d'attitude et décida de se confier à elle sincèrement, modestement. Si quelqu'un parmi ses proches était capable de comprendre les liens qu'il avait su tisser avec la pouliche, c'était bien Olga.

— Non. Tu te rappelles comme elle était nerveuse et émotive ? Quand je l'ai retrouvée, c'était pis encore. Les lads m'ont affirmé qu'elle ne se laisserait jamais atteler et qu'elle n'avait pas les nerfs pour faire de la compétition... Ils ne lui voyaient qu'un avenir de poulinière.

Micha avait tendu ses mains en forme de coupe et la pouliche y enfouit ses naseaux. Ses grands yeux exprimaient l'attention qu'elle portait à tout ce qu'il disait.

— Elle sait qu'on parle d'elle, commenta Olga attendrie.

— Bien sûr qu'elle le sait.

Nouveau baiser, nouveaux frémissements. Micha reprit son récit.

— Avec elle, j'y suis allé prudemment. Il fallait l'apprivoiser, gagner sa confiance. Quelques visites... quelques caresses... quelques mots chuchotés... jamais longtemps. Elle a commencé à se rassurer, à se familiariser. Mais je me suis bien gardé d'en profiter... Je l'ai laissée s'approcher, encore et encore, jour après jour. C'était merveilleux de la voir s'ouvrir ! Maintenant je ne lui cache plus rien de mes sentiments et elle des siens... Il me semble que grâce à cet amour partagé, son hyperémotivité s'efface peu à peu.

— Que comptes-tu en faire ?

Là encore, Micha perçut la curiosité toute nouvelle de sa sœur et décida de la mêler à ses projets. Quelques coups d'œil à Xénia lui avaient permis de vérifier à quel point sa femme demeurait étrangère à ce domaine qui leur était si cher à lui et à sa sœur. Xénia paraissait plongée dans la lecture d'un petit carnet, loin, très loin de leur discussion, du parc et des écuries.

Xénia, en fait, songeait aux repas qu'elle devait préparer, aux aliments qui manquaient et au peu d'argent dans son porte-monnaie. Elle venait de relire la liste des dépenses consignées dans son nouveau carnet de ménagère. Ainsi celles de la veille :

« Repassage et empesage col de Micha : 1 rouble 75.

Pommes de terre nouvelles : 2 roubles la livre.

Pain sans la carte : 10 roubles la livre.

Cerises noires : 6 roubles la livre. »

C'était décourageant.

— Depuis janvier, expliquait Micha, Cambrioleuse a officiellement quatre ans. C'est l'âge délicat : l'âge où l'on passe de la condition de pouliche à celle de jument... Sa croissance est terminée. S'il n'y avait pas eu la guerre et si j'avais pu m'en occuper normalement, j'aurais pu commencer plus tôt le débourrage.

— Le débourrage ? demanda Xénia un instant distraite de ses comptes.

Olga faillit lui répondre : « Ne fais pas semblant de t'intéresser à ce que de toute façon tu ne comprendrais pas » mais se retint. « C'est le dressage préparatoire du cheval... la base de son éducation », dit-elle avec son ton de maîtresse d'école qui froissait souvent Xénia.

— ... Donc, reprit Micha sans se soucier de cette interruption, je vais commencer bientôt son

210

dressage... À mon avis, cela ira très vite. D'ici à la fin de l'été, je pense l'atteler. Et pour que cela se passe en douceur, c'est moi qui la driverai...

— Magnifique programme, dit sincèrement Olga. Ta pouliche-jument me plaît beaucoup.

— Et tu n'as pas encore tout vu !

Micha entrouvrit la porte du box et à voix basse appela : « Cambrioleuse... ma belle... »

D'un coup de tête prudent, la pouliche poussa la porte et fit deux pas à l'extérieur de son box. Aucun lien ne la retenait. Micha se recula et la pouliche le suivit. Sa robe grise, ses pattes fines et encore fragiles qui effleuraient du bout des sabots le sol de la cour plurent beaucoup à Olga.

— Ni grande ni petite... Ni forte ni faiblarde. C'est qu'elle est joliment proportionnée, ta Cambrioleuse !

— N'est-ce pas ?

Micha fit rentrer la pouliche dans le box, fouilla dans une poche de sa veste et à la surprise de tous en extirpa une pomme. Des différents regards braqués sur lui, il ne voulut voir que celui de sa pouliche : un regard où la convoitise se mêlait à l'amour. Il la lui tendit, elle l'avala, et Olga et Xénia ne purent retenir un gémissement de dépit. À quand remontait leur dernière pomme ? Sur les marchés c'était devenu un fruit très rare. Micha ne leur laissa pas le temps de se plaindre.

— Xénia, ma chérie, essaie de nous trouver quelque chose de convenable pour le dîner de ce soir. Quant à toi, Olga, je vais maintenant te présenter Valet de Cœur, notre benjamin dont j'attends aussi beaucoup. Il n'a rien à voir avec ma Cambrioleuse : deux ans, malléable, toujours de bonne humeur, souple au dressage par peur des réprimandes. L'élève idéal, quoi! N'importe quel lad en vient à bout.. C'est leur chouchou!

Xénia avait réussi le tour de force de dénicher de quoi nourrir à peu près correctement ses invités. Aidée de Varvara, elle avait tenté de donner un petit air de fête au deux-pièces qu'elles habitaient avec Micha. C'était un logement exigu, sans confort et sans charme, avec une autre pièce minuscule sur le même palier où dormait Varvara. Mais personne n'aurait songé à se plaindre : par rapport à beaucoup de Moscovites, ils faisaient encore figure de privilégiés.

Faute d'avoir trouvé des fleurs, Xénia avait composé un bouquet à l'aide de feuillage. Trois châles Fortuny d'inspiration byzantine recouvraient les quelques meubles. Une icône de la Vierge de Kazan devant laquelle brûlait une bougie, une gravure représentant l'hippodrome et des photos récentes de ses enfants constituaient la décoration. Sur les rebords des fenêtres, dans de petits bacs en bois, elle faisait pousser des oignons.

Ce soir-là, ils étaient trois couples à se partager une potée aux choux, une miche de pain obtenue grâce à la carte d'alimentation et une livre de cerises noires, sucrées, juteuses, achetée sur le marché au prix fort. Il y avait Xénia et Micha, Olga et Léonid, Basile et Nina Annenkov, amis de longue date et qu'ils avaient perdus de vue depuis le début de la guerre.

Basile était un officier de carrière démobilisé qui ne savait plus quelle orientation donner à sa vie. Depuis la décomposition de l'armée russe, seule subsistait ce qu'on appelait la Garde rouge, sans savoir-faire militaire, sans hiérarchie et sans discipline. Le 10 juillet, à la clôture du Congrès des soviets, Trotsky avait exposé son plan de formation de cette Garde rouge. Lui n'ignorait pas que les compétences militaires se trouvaient du côté des officiers de l'ex-empereur, maintenant rendus à la vie civile, à qui il proposait de venir encadrer sa nouvelle armée. Il avait résumé ainsi les grands principes de la nouvelle morale militaire : « Le Travail, la Discipline, l'Ordre ». Cela ressemblait tellement à ce qu'avait connu Basile qu'il était tenté de répondre positivement à l'appel de Trotsky. Participer en tant qu'officier instructeur à la création d'une nouvelle armée correspondait aussi à son idéal patriotique. Mais comment ne pas voir que partout, désormais, l'Armée blanche s'organisait, bien décidée à renverser les bolcheviks et à reprendre le pouvoir ? Les jours passaient et Basile ne savait toujours pas que décider.

— Laisse tomber la carrière militaire, disait Micha. Tout ça, c'est le passé... Viens plutôt m'aider à réorganiser les courses de trotteurs.

Faute de chaises, il était assis par terre ainsi qu'Olga. Celle-ci déjà s'énervait.

— Tu nous ennuies avec tes chevaux ! Basile devrait partir vers le sud rejoindre l'Armée des volontaires de Denikine ! Si je n'avais pas perdu mes deux frères et si tu n'étais pas le seul qui me reste, c'est ce que je te demanderais de faire ! Pourquoi toutes ces hésitations, Basile ? Le choix est clair pourtant !

Xénia, assise sur le lit entre Nina et Basile, sentait le désarroi de son invité. Un désarroi teinté d'une souffrance sincère qui le lui rendait très proche. Si elle avait osé, en bonne maîtresse de maison, elle aurait changé de sujet. Pour évoquer quoi ? Les prix qui augmentaient sans cesse ? Les sacs de farine et de sucre échangés contre une bague au marché noir et que Varvara avait dissimulée sous les lattes du plancher ? Les rumeurs de l'exécution de Nicolas II, si persistantes depuis quelques jours ? Oui, c'est de cela qu'ils devaient s'entretenir, ce soir. On ne savait rien du sort de l'empereur et de sa famille.

Mais Basile, dans son désir d'être honnête avec

lui-même comme avec ses amis, tentait de
répondre à Olga.

— Bien sûr, je songe à rejoindre Denikine...
Mais la guerre civile n'a pas de sens... Je le sais,
j'en suis intimement convaincu... Être russe et
tirer sur des Russes... Non, je ne peux m'y
résoudre.

— Entrer dans l'Armée rouge en tant qu'officier instructeur, c'est faire la guerre aux nôtres !

— C'est pourquoi je ne peux m'y résoudre
non plus.

Basile était un homme grand, trop maigre,
avec de longues jambes et de longs bras dont il
semblait ne pas savoir que faire. Son visage portait une large cicatrice due à un éclat d'obus.
Tous connaissaient sa bravoure et son intelligence
militaire, tous étaient émus par sa détresse. Même
Olga.

— Pardon de me mêler encore une fois de ce
qui ne regarde que toi...

Elle mordit dans une tranche de pain et eut
une grimace de dégoût.

— Non seulement le pain est rationné en
quantités de plus en plus restreintes, non seulement c'est devenu un affreux mélange de farine et
de son... Mais aujourd'hui, c'est pis !

Léonid, son mari, qui fumait en silence près de
la fenêtre grande ouverte, l'approuva :

— Bien vu. Le pain a franchi une nouvelle

étape : c'est un mélange de farine et de sciure de bois. Très mauvais au goût, très mauvais pour la santé.

Des petites filles entonnèrent une chanson, en bas, dans la cour. Si elles aussi souffraient de la pénurie alimentaire, elles avaient au moins une famille, un toit. Leurs voix étaient celles de petites filles heureuses de vivre, déjà habituées aux difficultés et que l'avenir n'effrayait pas encore. Maintenant, elles commençaient un jeu et les cris et les rires emplissaient le petit deux-pièces. Un moment on les écouta en silence. Puis Léonid, à voix basse, comme pour s'excuser de ce qu'il allait devoir annoncer, reprit la parole :

— Il semble certain, à présent, que le Tsar a été assassiné.

— Depuis le temps qu'on propage ces horribles rumeurs ! protesta Olga.

— Les rumeurs, malheureusement, précèdent toujours la réalité. J'ai soigné tout à l'heure un ouvrier imprimeur à qui la machine avait sectionné un doigt. Avant qu'on ne me l'amène, il a vu le titre que ses camarades composaient pour le journal de demain : « Exécution de Nicolas Romanoff ».

Plus personne dans la pièce n'osait mettre en doute l'information. Chacun se repliait sur soi, pudiquement, douloureusement. Même s'indigner semblait vain. Dans la cour, quelqu'un jouait de l'accordéon. Une mélodie populaire et mélancolique que reprirent les petites filles, puis des hommes et des femmes venus les rejoindre. Une fête spontanée s'organisait sans que l'on sache pourquoi. Micha se redressa et sortit de dessous le matelas une bouteille d'eau-de-vie de cerise.

— Xénia, des verres ! Mes amis, ma sœur, il faut chanter aussi, et rire ! Sinon on va mourir !

Et il se mit à chanter à tue-tête, n'importe quoi, n'importe comment, tout entier tendu par le désir de ne pas pleurer, de ne pas s'effondrer, de ne pas céder au désespoir. Les autres avaient baissé la tête pour ne pas le voir. Enfin Olga se leva et l'enlaça tendrement, presque amoureusement. «Mon frère, mon petit frère, tais-toi, arrête de chanter... pas ce soir... pas après une nouvelle aussi affreuse... ». Elle couvrait son visage de baisers.

Xénia qui venait d'apporter les verres les regardait le cœur serré. Elle eut alors une brève vision que jamais elle n'oublia. Elle voyait une autre petite pièce, aussi pauvrement meublée, avec ses châles Fortuny, des photos, une icône ; Olga qui tentait de consoler son frère comme elle devait déjà le faire quand ils étaient enfants ; une fenêtre ouverte au-dessus d'une cour d'où montaient les paroles d'une chanson. Xénia savait que les paroles de la chanson n'étaient pas russes et

218

qu'elle venait d'entrevoir une image de leur futur exil. Un exil qu'elle seule pressentait inévitable.

Plus tard dans la soirée, elle sortit son cahier et écrivit à la date du 19 juillet 1918 :

« Nous étions là brisés par l'annonce de la mort de notre Tsar, minuscule noyau dans une Russie où nous n'avions plus notre place. Et j'ai su qu'il faudrait bien un jour la quitter pour de bon puisque déjà nous n'y étions plus. »

TRACT DU COMITÉ
EXÉCUTIF CENTRAL
PANRUSSE

diffusé dans toute la Russie en juillet 1918

Ces jours derniers, Ekaterinbourg, la capitale de l'Oural rouge, était menacée par l'avance des bandes tchécoslovaques, en même temps que l'on découvrait un complot contre-révolutionnaire ayant pour but d'arracher au pouvoir soviétique le bourreau couronné. En raison de cela, le Comité régional de l'Oural décidait de fusiller Nicolas Romanoff, ce qui fut fait le 16 juillet. La femme et le fils de Nicolas Romanoff sont en lieu sûr.

Le Comité exécutif central panrusse a jugé que la décision du Comité régional était juste.

« En réalité, cette mesure était non seulement opportune, mais nécessaire. La sévérité de cet acte sommaire prouvait au monde que nous étions déterminés à poursuivre la lutte, impitoyablement, sans nous arrêter à aucun obstacle. L'exécution du tsar offrait l'avantage non seulement d'effrayer l'ennemi, de lui inspirer de l'horreur, de le démoraliser, mais encore de frapper nos propres partisans, de leur montrer qu'aucun retour en arrière n'était possible et qu'il n'y avait pas d'autre alternative que la victoire complète ou la ruine complète... Cela, Lénine l'avait très bien compris. »

TROTSKY, *Journal d'exil*, 1935.

Lettre d'Olga à Maya Belgorodsky

21 juillet 1918

Chère maman,

que sait-on en Crimée de l'assassinat de notre Tsar ? Je pense au désespoir de sa mère, l'impératrice douairière. J'imagine qu'un deuil national a été instauré à Yalta. Ici, à Moscou, on doit hélas se contenter de faire dire des messes en catimini, en évitant de se rassembler en trop grand nombre. Nos amis monarchistes et libéraux sont aussi indignés qu'épouvantés. Les gens du peuple semblent indifférents. Il est vrai que la guerre civile et les difficultés du quotidien prennent le pas sur tout. Moi-même, je suis préoccupée par autre chose que l'assassinat de notre Tsar. Les autorités bolcheviques demandent de plus en plus fermement aux anciens officiers de l'Armée impériale de se laisser recenser. Cela me paraît dangereux, j'ai essayé d'avertir Micha et il m'a accusée de me faire du souci pour des broutilles. La vérité, c'est que Micha ne voit pas plus loin que les naseaux de ses trotteurs et qu'il est envoûté par le charme (réel) de sa pouliche Cambrioleuse ! Il serait plus prudent que Xénia et lui quittent Moscou et retournent à Baïtovo. Mais comment le décider ?

Mon *Ausweis* ne m'autorisant pas à circuler ailleurs que sur le trajet Yalta-Moscou, c'est Léonid qui est parti à ma place pour Petrograd. Il ira chez nous, quai de la Fontanka, prendre du linge, des vêtements, etc. Pourra-t-il sortir de l'argent de nos deux banques ? Je crains que non : les bolcheviks ont tout pouvoir sur les banques et nos comptes sont bloqués. Pourtant je continue à croire qu'ils vont finir par « sauter ». Leur champ d'action se rétrécit et leurs adversaires sont de plus en plus nombreux. On ne compte plus les partis qui s'opposent à eux : le parti constitutionnel démocrate, l'Union pour la Russie qui rassemble dans une même colère des socialistes de droite et des cadets de gauche, etc. À la « gauche » des bolcheviks, ce sont les anarchistes qui maintenant se révoltent ! Hier, je les ai vus défiler suivis par la population affamée, avec leurs drapeaux noirs et ce slogan : « Révolte contre les commissaires » ! Ils avaient même repris les mots d'ordre des S.R. de gauche : « Dissolution de la Tcheka et suppression des brigades de réquisition de blé à la campagne » !

Grâce à votre longue lettre, je sais que mes enfants se portent bien. Pour Xénia et pour moi c'est une souffrance que d'être privés d'eux. La vie quotidienne à Moscou est plus difficile que ce que Micha nous annonçait. Nous vivons Léonid et moi dans une seule petite pièce de l'appartement d'une de ses tantes. Les autres pièces sont occupées par des nobles expulsés de leur demeure à présent occupée par les bolcheviks. Une de vos cousines est là, à moitié folle de chagrin depuis la mort de son fils unique, en janvier 1918. Par moments, il lui arrive de perdre complètement la tête et d'appeler tous les hommes qui passent dans l'appartement du prénom de son fils. Et c'est une triste chose que de l'entendre appeler : « Volodia, Volodia. » Il y a beaucoup de passage car c'est la seule façon de faire circuler les lettres et les informations. Mais on dirait que les nôtres n'ont que ça à faire ! Quand je rentre fourbue de l'hôpital, j'ai du mal à supporter ces conversations interminables, toujours les mêmes, sur nos biens confisqués, notre grandeur disparue et sur la nourriture dont nous sommes privés. Surtout les jours où comme ce soir j'ai faim !

La personne qui doit se rendre en Crimée et vous apporter cette lettre ne partant que dans deux jours, je l'arrête et la reprendrai demain quand j'aurai, j'espère, des choses plus « amusantes » à vous raconter.

Ce soir, grande soirée — la première depuis si longtemps... — à l'ambassade de Turquie, la seule ambassade qui existe encore à Moscou. Xénia, Micha et moi allons faire un effort d'élégance. Savez-vous ce qui me réjouit le plus ? La perspective du buffet ! Je suis sûre que nous allons y manger à notre faim !

Xénia et Olga, dont l'essentiel de la garde-robe se trouvait toujours à Petrograd, empruntèrent à leurs amies moscovites les vêtements qui leur manquaient. Xénia portait une robe en mousseline grise sur fond de soie avec une ceinture vert cru. Olga la même en mauve. Toutes deux avaient relevé leur longue chevelure en un chignon élaboré, piqué de fleurs pour l'une et d'étoiles en strass pour l'autre. « Vous voilà redevenues très ancien régime ! » s'était moqué Micha. Lui portait un costume d'été en lin blanc qui, à cause de sa maigreur, flottait un peu aux épaules et à la taille.

Il faisait chaud en cette fin d'après-midi. Un vent venu de la plaine soufflait sur la capitale, soulevait la poussière et les papiers qui jonchaient le sol. Les quelques arbres de l'avenue, déjà, perdaient leurs feuilles prématurément grillées par le soleil. Les gens déambulaient, mornes, fatigués, indifférents les uns aux autres. Certains avançaient courbés sous le poids d'un gros sac de victuailles reçu à la campagne en échange de leur dernier bien. Ils se hâtaient de rentrer chez eux pour mettre leur trésor à l'abri. C'étaient la plupart du temps des enfants et des vieillards.

Des enfants, il y en avait encore, affamés, silencieux, regroupés autour d'une cantine populaire qui venait de fermer ses portes. Tous les vivres disponibles avaient été distribués et les femmes chargées de ce travail essayaient de les chasser. « Il n'y a plus rien... revenez demain... rentrez chez vous... » On aurait dit que les enfants ne comprenaient pas : ils restaient là, immobiles, muets, le regard fixe. « Allez-vous-en... rentrez chez vous... »

— C'est épouvantable de dire ça, murmura Xénia. Comme s'ils avaient un endroit où aller...

Elle avait ralenti et Micha la prit par le bras :

— Je t'en prie, ce soir, rien que ce soir, oublie...

Ils furent tout d'abord surpris par la foule des invités ; par la profusion de nourriture et de boissons que des serveurs en tenue proposaient ; par la richesse des tentures et de l'ameublement. Mais ce premier moment de surprise passé, sans se concerter, tous trois, en même temps, se précipitèrent sur le buffet le plus proche. « Nous étions en vérité si affamés, racontera plus tard Olga à ses enfants, que nous avons mangé comme des ogres. Après, seulement, nous nous sommes souciés de redevenir des êtres civilisés. »

Micha, très vite, abandonna les jeunes femmes pour rejoindre un groupe d'officiers démobilisés. Un verre à la main, ils fêtèrent joyeusement leurs retrouvailles. Tous étaient déterminés à profiter du moment présent et personne ne se risqua à évoquer la guerre civile qui commençait à s'étendre partout, la menace qui pesait sur eux depuis que le gouvernement leur avait demandé de se faire recenser. Ils accueillirent avec chaleur un groupe de soldats de la Garde rouge, portant l'étoile à cinq branches sur leur casquette, et qui comme eux n'avaient pas trente ans.

Olga et Xénia avaient été saluer l'ambassadeur de Turquie et, après un court et aimable entretien, poursuivaient la visite des lieux au milieu d'une foule cosmopolite où toutes les nationalités étaient représentées. Elles goûtaient à tous les mets, excitées par le champagne et le luxe inouï de la réception. Très vite elles repérèrent des amis et connaissances. On se félicita de se trouver là ; on loua le raffinement et l'abondance de nourriture ; on évoqua l'époque pas si lointaine où ce genre de soirée faisait partie du quotidien. Et très vite on en revint aux conversations courantes sur les difficultés de la vie, la perte des biens et des privilèges. À nouveau circulaient les sempiternelles recettes quant à la meilleure façon de cacher ses bijoux, son argenterie et ses valeurs. Olga se pencha vers sa belle-sœur et lui chuchota : « Libre à toi de continuer à écouter ces radotages... moi, je me sauve. » Et après avoir adressé à l'assistance le plus exquis des sourires, elle s'éclipsa.

La bibliothèque, vaste, haute de plafond, l'attira tout de suite par le nombre impressionnant de livres qu'elle paraissait contenir. Il y en avait dans toutes les langues et sur tous les sujets. Olga les contempla avec avidité : depuis son arrivée à Moscou, elle n'avait plus aucun contact avec les livres. « À croire que j'avais même oublié leur existence... », racontera-t-elle en rentrant à Léonid. Elle feuilleta successivement un ouvrage de médecine et un recueil de poésie orientale traduit en anglais. Des invités entraient et sortaient, bruyants et affairés. Sur un canapé une jeune fille dormait, une assiette encore à moitié pleine de nourriture à ses pieds. À côté, assis derrière une table de bridge, un homme lisait la presse étrangère. Olga le reconnut aussitôt.

Il s'agissait d'un banquier roumain, renommé pour ses connaissances en économie et aussi, plus curieusement, pour ses dons de voyance. Olga l'avait côtoyé à plusieurs reprises et aimait à s'entretenir avec lui de finance et de politique. De le retrouver tout à coup dans la bibliothèque de l'ambassade de Turquie lui fit si plaisir qu'elle l'appela à voix haute. À son tour, il la vit et se leva pour la saluer.

— Quelle chance de se rencontrer !

— N'est-ce pas ?

Il l'invita à s'asseoir à ses côtés, derrière la table de bridge. Ensemble, ils évoquèrent de la façon la plus légère possible le sort de la Russie, ses rapports avec les autres États, les chances de survie du gouvernement bolchevique. S'il était relativement précis en ce qui concernait la politique internationale et la capitulation prochaine de l'Allemagne, ses jugements sur la Russie demeuraient réservés. Olga s'en aperçut et insista. En vain. Son ami le banquier n'avait rien à ajouter.

— Mais vos dons de voyance ! protesta Olga.

Il lui sourit, gentiment moqueur au souvenir de leurs anciennes querelles à ce sujet.

— Ainsi donc vous y venez...

Puis, comme il la sentait attentive :

— Ce n'est pas la même chose. Il y a ce que je pense en état de conscience et ce que je vois... Ce sont deux états très différents qui, heureusement, n'interfèrent jamais l'un avec l'autre. Je ne suis pas en mesure de répondre à une question d'ordre général telle que : « Quel sort pour la Russie ? » Mais je peux répondre à une question précise concernant une personne, par exemple. Vous voulez essayer?

Olga s'était toujours méfiée de tout ce qui avait trait à l'occultisme et éprouvait même à ce sujet un certain mépris teinté parfois d'agressivité. Mais ce jour-là, dans la bibliothèque de l'ambassade de Turquie, tout lui semblait si irréel, si loin de ses références habituelles, qu'elle fut soudain tentée.

— Nous vivons dans un univers dément, dit-elle. Alors pourquoi pas?

Il lui expliqua qu'elle devait formuler une question par écrit sur un bout de papier, puis le plier de façon qu'il ne puisse pas la lire. « Je vais le piéger », décida Olga. Et plutôt que d'écrire le nom d'une personne, elle écrivit celui de leur propriété pillée et détruite durant l'été 1917 : Baïgora. Elle plia ensuite le papier, le posa au centre de la table de bridge et fixa avec curiosité son ami banquier. Allait-il prendre des airs de médium inspiré? Entrer en transe? Elle se trompait. Le comportement de son voisin ne se modifia pas. À ceci près qu'il avait posé ses mains bien à plat devant lui, de chaque côté du bout de papier. Ses yeux restaient obstinément baissés. Une, puis deux minutes passèrent qu'Olga trouva fort longues.

— Il y a quelque chose que je ne comprends pas, dit-il.

D'autres minutes s'écoulèrent et Olga

commençait à s'impatienter. À ses côtés, le banquier demeurait très concentré, indifférent au brouhaha des invités qui ne cessaient d'entrer et de sortir de la bibliothèque, de plus en plus joyeux et bruyants. On aurait dit qu'il ne les entendait pas. Enfin, il reprit la parole.

— C'est de toute façon très mauvais. S'il s'agit d'une personne, elle est morte... S'il s'agit d'un lieu ou d'une maison, il n'en reste plus rien... De la poussière... des cendres... beaucoup de cendres...

Son regard chercha celui d'Olga.

— J'ai répondu à votre question ?

— Oui, dit-elle très troublée.

Au même moment elle entraperçut le groupe constitué par les officiers et les soldats. Blancs et Rouges, déjà assez éméchés, formaient une joyeuse bande apparemment très unie. Micha se trouvait parmi eux. Cela emplit Olga d'épouvante : les amis d'un soir de son frère seraient ceux qui, tôt ou tard, viendraient l'arrêter. Il avait tort de se montrer aussi confiant, de se faire remarquer, de rappeler son grade d'officier dans l'Armée impériale désormais dissoute.

— Je peux poser une autre question ?

Il acquiesça, elle reprit le bout de papier et y écrivit : « Micha ? » Comme la fois précédente, elle le plia et le posa au centre de la table de bridge. Son ami, à nouveau parut s'absenter, les yeux baissés, les mains à plat.

— Vous n'avez rien à craindre pour cette personne.

— Vous êtes sûr ?

Il ne répondit pas mais ses lèvres esquissèrent un sourire amusé. Olga se sentit immédiatement rassurée. Était-ce les quelques coupes de champagne avalées auparavant ? Une sorte de fièvre la gagnait, liée à l'envie d'en savoir plus, à l'excitation de quitter le domaine du rationnel pour celui de l'irrationnel. Son interlocuteur le devina.

— Une autre question ?

Sur le même bout de papier, Olga écrivit : « Notre famille ? » et attendit anxieusement la réponse. Celle-ci tarda un peu. Les yeux toujours baissés et les mains posées à plat de chaque côté du morceau de papier, son ami banquier hésitait.

— Il s'agit d'une personne ? de plusieurs ?

— De plusieurs.

La réponse alors vint aussitôt.

— Ces personnes vont vivre un grand deuil suite à une grande perte... il ne s'agit pas de perte de vies humaines... mais d'une autre perte et d'un autre deuil, peut-être plus douloureux encore... ces personnes vont quitter la Russie... toutes ensemble... puis elles vont se disperser aux quatre coins du monde et leurs enfants grandiront sous d'autres nationalités...

Olga se sentit devenir livide. Ce qu'elle venait d'entendre l'avait dégrisée, ramenée dans le présent qu'elle détestait. Elle prit en horreur la fête maintenant absurde qui continuait à se dérouler tout autour ; les premiers accords d'une valse, au loin ; l'abominable et scandaleuse insouciance des invités. Alors, posément, avec la force de caractère qui si souvent lui venait en aide, elle décida d'oublier la prédiction.

Mais le banquier roumain avait encore quelque chose à lui communiquer.

— Je sens en vous une telle énergie et une telle détermination que vous obtiendrez toujours ce que vous désirez... toujours.

Une semaine s'écoula à propos de laquelle, plus tard, Olga pourra dire : « C'était l'accalmie qui précède les grandes tempêtes. » Léonid était revenu de Petrograd très impressionné par l'état d'abandon dans lequel se trouvait l'ancienne capitale. « Je n'aurais jamais cru qu'en quelques mois une ville puisse autant changer... sombrer dans une telle misère. » Il avait raconté l'extrême pauvreté, la désolation des lieux et des habitants ; les chaussées défoncées, les devantures condamnées au moyen de planches clouées et les vitrines vides ; les cadavres de chevaux morts de faim qui pourrissaient le long de l'artère principale, la si prestigieuse perspective Nevsky.

La demeure familiale du quai de la Fontanka était à présent occupée par une administration de la santé publique, ce qui, pour Léonid, était un moindre mal. « J'y fus accueilli par le responsable, un médecin bolchevique, installé là depuis le printemps et qui me fit les honneurs de notre maison comme si celle-ci était dorénavant aussi la sienne. Il a attiré mon attention sur certains dégâts datant d'avant son arrivée et dont il n'est pas selon lui responsable. » Léonid avait décidé d'arrêter là son récit mais Olga l'avait pressé de poursuivre. « Notre maison dégageait une tristesse poignante qui me rappelait les maisons abandonnées que j'avais vues au début de la guerre, en Prusse-Orientale... Les meubles et les tapis que nous avions laissés ont été enlevés et remisés je ne sais où... Le sol était jonché de livres et de photos enlevées de leur cadre... » Léonid avait ramassé les photos et, grâce au médecin bolchevique, eu accès aux placards du premier étage où se trouvaient rangés vêtements, chaussures et linge de maison. Il avait rempli deux grosses valises et était retourné à la gare, pressé de quitter Petrograd et de regagner Moscou. « Mais que va devenir notre maison ? avait demandé Olga. — Comment veux-tu que je le sache ? » Il avait vu sa détresse, l'avait serrée dans ses bras, longuement, tendrement, sans pouvoir lui cacher son découragement. « Pour tout te dire... j'ai eu le sentiment que nous ne reviendrons jamais quai de la Fontanka... Nos enfants, peut-être... »

Léonid n'avait rien à ajouter et Olga renonça à son projet de se rendre sans autorisation à Petrograd comme elle l'avait un moment envisagé.

Moscou, en comparaison, lui parut une ville relativement civilisée et pour un peu elle aurait donné raison à Micha : peut-être devait-on oublier le passé et recommencer là une nouvelle vie.

Au mois d'août la chaleur devint insupportable. Parfois de brefs et violents orages éclataient en fin de journée et apportaient un peu de fraîcheur. L'appartement dans lequel Olga et Léonid louaient une chambre était calme, sans le passage habituel des visiteurs. On avait tiré les volets et chacun gisait, écrasé par la chaleur, sur son lit ou dans un fauteuil.

Olga, de congé ce jour-là, était plongée dans la contemplation des photos que Léonid avait ramassées dans leur demeure de Petrograd. Il y en avait une douzaine où on la voyait grandir entourée de ses trois frères, Adichka, Igor et Micha. Des photos banales, comme on en trouvait dans toutes les familles. Mais la mort des deux aînés les rendait plus précieuses que tout. « Maman sera si contente », pensait Olga. Elle songeait avec émotion que sur ces quatre enfants heureux, unis ensemble pour la vie pouvait-on croire, deux maintenant manquaient à l'appel. Elle avait beau le savoir dans son cœur et dans sa chair, cela continuait à être irréel. Une part d'elle-même, secrète et butée, se refusait encore à admettre leur disparition définitive.

Dans le silence feutré de l'appartement, la sonnette de la porte d'entrée retentit soudain. Les habitués avaient coutume d'appuyer trois fois de façon un peu espacée : un code qui avait au moins le mérite d'empêcher qu'on ait peur d'ouvrir. Mais cette fois-ci, ce n'était pas le cas.

Olga se redressa, immédiatement sur le qui-vive, prête à envisager le pire. Elle savait que les autres locataires de l'appartement réagissaient comme elle. Depuis quelque temps des arrestations arbitraires et imprévisibles avaient lieu. Les bolcheviks ne semblaient plus faire le tri entre les nobles, les démocrates et les membres des autres partis politiques : ne pas être de leur bord constituait en soi un délit.

La sonnette de la porte d'entrée retentit une deuxième fois puis une troisième, insistante, prolongée. Un bruit qui finirait par attirer l'attention de tous les habitants de l'immeuble. Olga pensa très vite que la personne qui sonnait était peut-être un des leurs, pressé de se réfugier : cela s'était produit quelquefois durant l'été.

Elle connaissait de vue le jeune homme qui se tenait sur le palier et qui par courtoisie retirait sa casquette. Il s'appelait Youri et travaillait en tant que lad à l'écurie de Micha.

— Il faut que vous m'aidiez, dit-il aussitôt. Votre frère est en danger, il doit quitter Moscou au plus vite.

L'expression inquiète de son visage, les mots

qu'il venait de prononcer, eurent sur Olga un effet immédiat. Elle griffonna à la hâte un mot à l'intention de Léonid lui demandant de la rejoindre au plus vite au parc Petrovsky et sortit à la suite de Youri.

Dans la rue, il lui désigna les affiches fraîchement collées sur les murs, les palissades et les troncs d'arbre : ce qu'elle craignait avec raison depuis des semaines venait de se concrétiser. « Tous les ex-officiers de l'ex-Armée impériale âgés de 16 à 66 ans doivent se présenter pour enregistrement à l'École d'équitation dans les vingt-quatre heures. Le délai expire demain à la tombée du jour », lut-elle. Et se tournant vers Youri :

— C'est un piège pour rafler ceux qui se trouvent encore à Moscou, n'est-ce pas ?

— C'est pour ça que je suis venu vous chercher. Votre frère ne veut pas voir le danger... Vous devez le convaincre de quitter immédiatement Moscou avec sa femme.

« Mais comment ? » se demandait Olga. Micha ne disposait d'aucun laissez-passer et ses papiers prouvaient qu'il avait été officier de l'Armée impériale. Au premier barrage, au premier contrôle, il serait arrêté et jeté en prison pour délit de fuite. La suite était facile à imaginer : il serait jugé coupable de haute trahison et exécuté. Elle songeait au comité national lituanien qui fonctionnait à la manière d'une ambassade. Son mari connaissait bien celui qui le présidait, un homme généreux et indépendant qui accepterait sûrement de rédiger un document certifiant que Micha était un sujet lituanien. Mais comment le joindre à cette heure-ci ?

Soudain le ciel s'obscurcit et l'orage éclata, violent, suivi d'une pluie torrentielle. Dans les rues les rares passants couraient dans tous les sens à la recherche d'un abri. Youri continuait d'avancer, Olga sur ses talons. C'est à peine si les coups de tonnerre la faisaient sursauter, si elle sentait la pluie. Une grosse voiture montée sur pneus les dépassa et les aspergea de boue. Dans sa précipitation, Olga était sortie chaussée de ses mules d'appartement récupérées quelques jours auparavant par son mari, quai de la Fontanka. C'étaient de délicates chaussures de soie brodée rouge et or qui très vite prirent l'eau. Olga les enleva et continua sa course pieds nus, une mule dans chaque main.

Le document qui ferait de Micha un sujet lituanien ne serait valable que cosigné par les Allemands. Il fallait donc qu'Olga rencontre au plus vite le consul général d'Allemagne. Mais celui-ci aurait-il l'audace de valider un document illégal ? Elle espérait que munie du certificat qui ferait de Micha un sujet lituanien, elle saurait le convaincre. La Lituanie aux mains des Alle-

240

mands, l'ambassade ne devait-elle pas protéger ses ressortissants ? Mais cela suffirait-il ? Elle repensait aux avis de mobilisation des bolcheviks. Le document lituanien cosigné par le consul général d'Allemagne ne devrait-il pas spécifier que Micha, à cause dudit document, n'était plus soumis à la mobilisation ? Elle essayait désespérément de se convaincre que cela permettrait de le sauver. Puis elle se rappela que l'ambassadeur de Turquie, dans trois jours, partait pour Kiev. Deux wagons entiers avaient été réservés pour lui et sa suite. Il accepterait volontiers de faire passer Micha pour un de ses secrétaires, voire pour son interprète. Mais où cacher Micha durant ces trois jours ? Et comment lui fabriquer un faux passeport ?

L'orage s'était éloigné, la pluie avait cessé et les rues de la capitale, lavées, brillaient sous les derniers rayons du soleil. Ceux qui avaient pu trouver un abri réapparaissaient, étonnés par la rapidité des changements climatiques. Partout des affiches rappelaient le drame qui se préparait. « Des milliers de personnes ont dû les coller simultanément », pensait Olga. Des inconnus se retournaient sur son passage et la suivaient des yeux. Olga surprenait ces regards et s'en inquiétait. Se pouvait-il qu'ils aient deviné ce vers quoi elle courait ? Sa volonté de faire évader son frère ? Olga ne réalisait pas qu'elle était trempée, échevelée, et que dans son désir d'avancer plus vite, elle avait relevé haut sa jupe. C'étaient ses jambes, fines, musclées et ses pieds nus qui attiraient l'attention. Quelques jours après une amie de sa mère lui dira : « Tu es passée près de moi sans me voir, dans une tenue incroyable, les cheveux défaits... Une sauvageonne... une bohémienne... Tu ne m'as même pas entendue quand je t'ai appelée ! — Ce n'était pas moi, répondra Olga avec assurance. Vous vous êtes trompée. »

Le soleil avait disparu et la lumière baissait doucement. Les abords du parc Petrovsky embaumaient après l'averse et ses arbres s'égouttaient encore quand Olga et Youri pénétrèrent dans l'enceinte des écuries. C'était le moment où les lads nourrissaient les chevaux et Micha participait au travail, discutant avec les uns, plaisantant avec les autres. Il entrait dans un box, flattait le cheval, l'embrassait entre les naseaux, sortait et recommençait dans le box suivant. Certains chevaux l'accueillaient avec un hennissement de joie.

Une heure venait de s'écouler durant laquelle Olga s'était épuisée à plaider, argumenter, menacer. En vain. Micha ne se sentait pas en danger, il souhaitait même se présenter dès le lendemain à la convocation des bolcheviks. « Je serai ainsi en règle avec eux, j'aurai fait preuve de ma bonne

foi et mon travail ici en sera facilité. » Seul Youri
parvint un instant à ébranler sa confiance quand
il lui rapporta que depuis quelques jours on
enquêtait sur lui. Des lads avaient été interrogés
par des individus qui se disaient policiers et qui
connaissaient son identité et son grade dans
l'Armée impériale.

Olga, Micha et Youri se trouvaient dans le
bureau d'accueil des visiteurs où l'on avait ras-
semblé tout ce qui concernait les chevaux, l'écurie
et l'hippodrome. Un grand calme régnait alentour. Seuls quelques cris d'oiseaux, de plus en
plus espacés, troublaient le silence. La nuit venait
et Youri avait allumé une lampe.

Sur une étagère, des trophées et des médailles
côtoyaient les sous-verre des chevaux gagnants.
Micha les contemplait, les touchait, comme pour
se convaincre de son bon droit. Le portrait d'un
magnifique étalon noir à l'encolure tendue au-
dessus d'un poitrail strié d'écume l'attendrissait
particulièrement.

— Brave Cheyenne, classé dans les cinq premiers au derby de 1914. À sa première course !
Tu te souviens, Olga ? Nous étions tous là pour le
voir courir... Notre joie ! notre fierté !

— Il me reste un seul frère et c'est le plus stupide !

Brusquement, Olga ne pouvait plus contenir sa
colère et sa révolte. Dans un même mouvement,

elle arracha le portrait des mains de son frère et le jeta avec une stupéfiante vigueur en direction de l'étagère. Les coupes en argent roulèrent sur le sol et le verre qui protégeait la photo de l'étalon se brisa en mille morceaux. Micha, pétrifié par la violence de sa sœur, la regardait fixement, incapable de lui répondre, de réagir. Il était redevenu le petit dernier de la famille, celui qui toujours pliait devant l'autorité de ses aînés.

À cet instant, on frappa à la porte.

« Entrez ! » cria Olga sur le même ton furieux. C'était Léonid, alerté par le message qu'elle lui avait laissé dans leur chambre. Il avait vu les avis de mobilisation et aussitôt compris le pourquoi de cette réunion. Son visage tendu exprimait à la fois sa peur et sa détermination.

Bien des années plus tard, Olga écrira à l'intention des siens : « J'en ai voulu longtemps à Micha de ne pas m'avoir écoutée et de s'être laissé convaincre par les arguments de Léonid et Youri qui étaient exactement les mêmes que les miens : cette convocation était un piège pour se débarrasser des officiers de l'Armée impériale. Micha, dans sa stupide naïveté, allait s'y précipiter la tête la première. Être au comble de l'angoisse et néanmoins se vexer, voilà qui me surprend encore ! Bref, Micha enfin convaincu, le problème restait entier. Comment organiser sa fuite et celle de Xénia ? Nous avions si peu de temps devant nous ! Faire appel au président du comité national lituanien, au consul général d'Allemagne ou à l'ambassadeur de Turquie était irréaliste. Il ne restait plus qu'une seule solution, la plus dangereuse : tenter de leur faire passer la frontière sans papiers. Youri connaissait quelqu'un qui, moyennant une somme d'argent par ailleurs raisonnable, pourrait les guider. L'opération était horriblement compliquée et dangereuse. Il s'agissait de monter dans le train pour Petrograd, de le quitter au cours de la nuit à proximité d'une certaine petite gare de campagne. Là, il fallait attendre et monter dans un autre train sans se faire surprendre, en descendre près de la frontière estonienne, la franchir à pied à un endroit perdu et sans surveillance. "Si nous arrivons jusque-là, nous sommes sauvés", avait affirmé à Youri le paysan estonien qui allait servir de guide. Une telle fuite était si risquée... Pris sans papiers, mon frère, ma belle-sœur et leur guide seraient immédiatement fusillés. Mais encore une fois, il n'y avait pas d'autre solution que de faire confiance à ce guide inconnu. S'il y a quelque chose que j'ai appris durant cette époque maudite, ce fut de prendre des décisions rapides. Par sécurité, mon frère cette nuit-là dormit chez Youri où Xénia le rejoignit au matin. Ils devaient rester cachés là jusqu'à la tombée du jour. Je passai la journée à courir pour rassembler la somme d'argent nécessaire. Léonid, pour ne pas attirer l'attention, s'était rendu comme d'habitude à son travail. Tout était très minuté. À dix-neuf heures, je devais déposer l'argent à tel endroit; à dix-neuf heures trente, passer prendre mon frère et ma belle-sœur et partir avec eux à pied à la gare

246

Nikolaïevsky où, à un point fixé d'avance, attendrait notre guide estonien accompagné de Youri. Bien entendu mon frère et sa femme ne devaient emporter aucun bagage car ils étaient supposés revenir à Moscou le surlendemain. »

En se dirigeant vers la gare Nikolaïevsky, Olga, Micha et Xénia n'échangèrent que peu de paroles. Chacun à sa façon, ils s'efforçaient de ressembler à de quelconques bourgeois en promenade. Seules leur absence de conversation et la rigidité de leur démarche auraient pu, peut-être, éveiller l'attention. Mais le jour déclinait et la foule, aux abords de la gare, était si dense qu'ils passèrent totalement inaperçus.

Cette foule était constituée de voyageurs en attente d'un train, de rôdeurs, de sans-abri, de soldats et de citadins guettant l'arrivée des paysans venus vendre au marché noir leur précieuse marchandise. Quand ceux-ci arrivaient, c'était une bousculade générale. Il fallait se battre, jouer des coudes et surtout agir au plus vite : la milice réprimait sévèrement toute forme de marché noir. Mais la pénurie alimentaire était telle que les Moscovites étaient prêts à prendre tous les risques pour trouver de quoi manger.

Comme cela était convenu, Youri et le guide estonien se trouvaient sur le perron de la gare. Ils se saluèrent et Youri s'esquiva. Le guide invita Micha et Xénia à le suivre et sourit amicalement à Olga. Quelque chose en elle dut l'inquiéter car il s'approcha et dans un murmure demanda : « Il y a un problème ? — Aucun », s'efforça de répondre Olga.

En fait, elle était terrifiée : c'était près de cette même gare qu'une balle perdue avait tué son frère Igor lors des premières émeutes de mars 1917 ; c'était aussi dans une gare, celle de Volossovo, en Russie centrale, qu'on avait assassiné Adichka, son autre frère, son aîné. Et maintenant Micha, le dernier, le seul qui lui restait, se trouvait à son tour dans une gare. Cette coïncidence, horrible, effrayante, à laquelle elle n'avait pas songé auparavant, lui donnait la nausée. Son estomac se tordait de douleur et elle avait le sentiment que son cœur allait cesser de battre. Une main se posa sur son bras.

— Allez devant avec votre frère, je vous suis avec l'autre dame, dit le guide estonien. Et à voix basse, presque à son oreille : Je comprends que cette séparation vous chagrine... Mais ressaisissez-vous, on dirait que vous allez vous trouver mal...

La plupart des lampadaires de la gare étaient brisés. On se déplaçait comme on pouvait, dans la semi-pénombre précédant la nuit. Bientôt les quelques lanternes disposées de loin en loin sur les quais s'allumeraient. La foule était compacte, lente.

Olga avançait agrippée au bras de son frère, son visage tourné vers le sien. Elle le contemplait avec avidité pour en retenir tous les traits : les yeux très bleus, le nez un peu fort, les oreilles décollées, dont elle se moquait jadis et qui soudain l'attendrissaient aux larmes. Elle revoyait Micha aux différents âges de sa vie et elle priait pour que cette vie ne soit pas brutalement brisée. Elle se demandait ce qu'il éprouvait, s'il pensait lui aussi à la mort tragique de leurs deux frères. Mais Micha ne desserrait pas les lèvres et quand enfin il parla, ce fut pour lui demander d'écrire. « Youri s'occupera très bien des chevaux, mais pour ce qui est de rédiger des lettres, je préfère compter sur toi... Fais de fréquentes visites à Cambrioleuse et surtout sois douce avec elle : c'est une tendre. »

Ils étaient arrivés sur le bon quai et progressaient lentement le long du train à la recherche de leur wagon. Des gardes rouges arrêtaient des personnes, au hasard, semblait-il, et fouillaient leurs bagages. Olga et Micha passèrent sans être inquiétés. Olga gardait les yeux baissés de crainte que son regard angoissé ne la trahisse. Elle était si tendue qu'elle ne s'apercevait pas de la force désespérée avec laquelle elle serrait le bras de Micha ; de ses tentatives à lui pour se dégager. Quelques heures plus tard, elle réalisera qu'elle avait, à ce moment-là, complètement oublié l'existence de Xénia, les risques terribles qu'elle aussi encourait en fuyant avec son mari. Et elle aura ce commentaire : « Xénia a fait preuve d'une stupéfiante bravoure. Il ne faut pas que j'oublie de la féliciter quand nous nous retrouverons. »

Le train pour Petrograd s'éclaira, les portes s'ouvrirent et toutes les personnes présentes sur le quai prirent d'assaut les wagons. C'est à peine si Olga eut le temps de tracer le signe de croix sur le front de son frère, de l'embrasser. « Que Dieu te garde », crut-elle l'entendre dire. Puis il monta à son tour dans le train où Xénia et le guide se trouvaient déjà, serrés parmi tant d'autres dans l'embrasure d'une fenêtre.

— Que faut-il rapporter de votre domicile ? cria le guide.

Olga comprit que c'était une façon de lui rappeler son rôle : elle ne devait en aucun cas laisser deviner sa détresse mais au contraire afficher une souriante désinvolture. Si elle rencontrait avant le départ du train une de leurs connaissances, la version officielle consistait à dire que Micha et Xénia faisaient un voyage éclair dans l'ex-capitale. Et de se comporter en conséquence.

— Des manuels scolaires pour les enfants et mon manteau de fourrure ! cria-t-elle au hasard.

Le train peu à peu s'ébranla dans le tintamarre des roues. Micha et Xénia, écrasés dans l'angle de la fenêtre avec une foule de voyageurs inconnus, tentaient de sourire. Un pauvre sourire crispé, tremblant, où elle lut le reflet exact de sa propre peur. « C'est peut-être la dernière fois que je les vois », pensa-t-elle. Et elle savait de façon certaine que c'était aussi ce qu'ils ressentaient.

Olga resta longtemps immobile sur le quai, regardant sans les voir les wagons qui défilaient dans un nuage de poussière et de suie. Elle songeait avec stupeur qu'elle seule était responsable de cette fuite. « Micha ne voulait pas partir et je l'y ai obligé », se disait-elle le cœur serré, au bord des larmes. Il faisait comme la veille une chaleur accablante.

Lettre d'Olga
à Maya Belgorodsky

Moscou 31 août 1918

Maman, chère maman,

Je crois avoir trouvé un moyen de vous faire
parvenir cette lettre et j'ai besoin de vous dire
tout de suite ma joie, mon immense soulagement !
Un témoin digne de foi a rencontré Micha et
Xénia qui venaient d'arriver à Kiev, épuisés par
un voyage insensé, mais vivants ! Ils se sont enfuis
il y a plus de deux semaines sans papiers, sans
autorisation de quitter Moscou et grâce à un pas-
seur estonien inconnu à qui nous avons dû faire
confiance. Actuellement ils doivent tenter de
gagner la Crimée et vous risquez de les revoir
avant que ma lettre ne vous parvienne. Ils vous
raconteront en détail cette fuite démente, impro-

visée en vingt-quatre heures, qui leur a vraiment
sauvé la vie, plus tout ce qu'ils ont vécu depuis et
que j'ignore. Dites à Micha que sa grande sœur
une fois de plus a vu juste ! C'est bien un piège,
un abominable piège, que les bolcheviks ont
tendu aux officiers de l'Armée impériale. Ceux
qui se sont rendus à la convocation ont été som-
més de s'engager immédiatement dans l'Armée
rouge et de s'en aller combattre les nôtres, au sud.
La plupart ont refusé et ont été fusillés le jour
même. Parmi eux un de nos amis, Basile Annenkov, que nous avions souvent vu au cours de l'été.
Sa femme, Nina, a été arrêtée et je cours d'une
administration à l'autre pour demander sa libération. Quant à ceux qui ont compris et qui se sont
cachés, ils sont pourchassés comme du gibier.
Beaucoup ont été retrouvés et massacrés. Les
autres se terrent. Et c'est une grande pitié que de
savoir ces hommes connus pour leur courage et
leur dévouement patriotique réduits à de telles
conditions de survie, à un tel désespoir. Mais
Micha et Xénia sont sains et saufs et pour ce soir,
c'est la seule chose qui compte !

À Moscou, tout devient plus difficile. Il est clair
que les bolcheviks veulent se débarrasser de tous
ceux qui s'opposent à leurs idées. Les arrestations
se multiplient partout. Si Léonid et moi, pour
l'instant, ne sommes pas inquiétés, c'est parce que
nous occupons des postes utiles à la santé des

habitants de cette maudite capitale. Des cas de typhus et de choléra apparaissent en ville. La chaleur, la famine et les détestables conditions d'hygiène ont fragilisé au maximum la population. Léonid craint les épidémies. Nous pensons quitter Moscou dès que nous le pourrons par le biais d'un train-hôpital et venir vous rejoindre. Nous n'avons plus rien à faire ici et nous devons nous réunir et mettre en commun ce qui nous reste, matériellement et spirituellement. À Yalta, nous attendrons tous ensemble que nos armées, aidées par une population civile et paysanne en révolte, abattent enfin les bolcheviks. Ils ont tous les partis contre eux puisque le sang coule partout ! Ils ne peuvent plus tenir longtemps ! Mais je n'ai plus l'énergie de vous écrire, chère maman. Ces deux semaines d'angoisse à propos de Micha et Xénia m'ont complètement épuisée. Si je n'avais pas mes heures à l'hôpital, la recherche d'aliments et les démarches pour sortir notre pauvre Nina de prison, je crois que je dormirais une semaine d'affilée. Toutefois je me contenterai d'une nuit et je vous embrasse, chère, chère maman ainsi que mes petits, Nathalie et les autres enfants.

OLGA

P.-S. : Et Micha et Xénia quand vous les retrouverez !

P.-S. *bis* : Léonid arrive avec d'extraordinaires nouvelles ! Après le meurtre commis sur la personne de l'immonde Ouritsky, c'est le tour de Lénine. Il aurait été attaqué au sortir d'un meeting et on ne sait s'il est vivant.

« Lénine lutte contre la maladie. Il la vaincra. Ainsi le veut le prolétariat, telle est sa volonté ; ainsi il l'ordonne à la destinée. »

TÉLÉGRAMME DU SYNDICAT DES OUVRIERS DU CUIR À MADAME LÉNINE

« Avec vous, nous attendons la guérison du chef prolétarien. Elle aura lieu : telle est la volonté du prolétariat. »

TÉLÉGRAMME DU DÉTACHEMENT DE L'ARMÉE ROUGE DE LA POUDRERIE DE TAMBOV

« Nous déclarons que, pour une goutte de son sang, nous verserons des rivières du sang des ennemis de la classe ouvrière. Nous réclamons une nuit de la Saint-Barthélemy. Mort à tous ceux qui empêchent le peuple travailleur de bâtir sa vie. »

MÉMOIRES INACHEVÉS
D'OLGA

Pour le grand malheur de la Russie, Lénine vécut. L'auteur de l'attentat était une jeune femme juive, Dora Kaplan, qui prétendait avoir agi seule « pour permettre à son pays de vivre une vraie révolution ». Mais elle avait fait un passage chez les anarchistes avant de se lier au mouvement socialiste révolutionnaire, lui aussi opposé à Lénine et à Trotsky. Elle fut très vite exécutée. C'est alors que commença ce qu'on appela plus tard « la terreur rouge ». Un décret du début du mois de septembre 1918 donna tout pouvoir à la Tcheka. Cela justifia les arrestations en masse, les exécutions sans procès, les prises d'otages et les déportations. La Tcheka désormais pouvait agir sans couverture légale et s'attaquer à tous ceux qu'elle estimait hostiles au régime bolchevique. Les nobles, les Blancs, les prêtres et les propriétaires sont les premiers concernés mais aussi les démocrates, les libéraux, les menchevistes, les anarchistes et les socialistes révolutionnaires. Le mot d'ordre de Lénine : « Tuez! Pendez! Fusillez! » fut appliqué à une très grande échelle et pour longtemps. De même que sa volonté d'exterminer tous les Romanoff. Ce n'est qu'en 1919 que le pouvoir reconnut avoir massacré non seulement le tsar mais aussi les membres de sa famille et ceux qui les avaient suivis dans leur exil. On connaît à présent tous les détails de l'horrible massacre perpétré dans la nuit du 16 juillet 1918 à Ekaterinbourg, en Oural, et les noms de leurs bourreaux, tous membres de la Tcheka. Mais en septembre 1918, malgré la terreur rouge qui se mettait en place et à laquelle nous assistions de plus en plus impuissants, nous avions encore la candeur de croire que les bolcheviks avaient épargné l'impératrice et ses enfants.

YALTA

Dans la lumière nacrée du petit matin, Xénia regardait défiler les côtes de Crimée et retrouvait le pays de son enfance, pareil à celui qu'elle avait toujours connu. Il ne manquait pas un palais, pas une villa; les villages accrochés au flanc des montagnes commençaient à peine à s'éveiller; les premières barques de pêche s'éloignaient du rivage et les pêcheurs, de loin, saluaient le passage du navire en route vers Yalta.

Micha et la plupart de leurs compagnons de voyage dormaient encore couchés à même le pont, bercés par la houle, écrasés de fatigue. Seuls quelques-uns telle Xénia se tenaient accoudés au bastingage, respirant avec avidité l'air pur et vif qui leur donnait le sentiment de renouer avec la vie. Parfois ils échangeaient entre eux un bref et timide regard pour vérifier qu'ils ne rêvaient pas. Puis, rassurés, ils se tournaient à nouveau vers le paysage.

Qui étaient-ils? D'où venaient-ils? Personne n'aurait su le dire. En deux semaines, dans ce qui avait été la grande Russie, Xénia et Micha n'avaient cessé de passer d'un monde à un autre, brutalement, sans jamais les comprendre. Ils avaient vu des villages en ruine, des domaines et des églises incendiés; des cultures ravagées. Ils avaient surtout vu des milliers d'êtres humains qui s'en allaient les uns vers le sud, les autres vers le nord, à la recherche d'un abri, des membres de leur famille dispersés à travers le pays et dont ils ne savaient s'ils étaient morts ou vivants. Il n'y avait plus ni riches ni pauvres mais des fuyards animés du seul désir de survivre, d'échapper à la peur, à la faim, aux massacres.

Xénia n'oublierait jamais le choc qu'elle avait éprouvé en arrivant en Ukraine; la petite gare frontalière gaie, si propre, où des jeunes filles, en costume traditionnel et rayonnantes de santé, proposaient du thé, des fruits et du pain blanc. Ensuite, assise avec Micha sur le rebord du wagon dont on n'avait pas fermé les portes à glissière, ils avaient regardé, stupéfaits, incrédules, défiler les champs déjà fauchés; les hameaux paisibles; les prés où paissaient des vaches tachetées aux poils soyeux, des chevaux et des moutons; les paysans qui interrompaient leur travail pour regarder, eux aussi stupéfaits et incrédules, passer le train chargé de bétail humain.

Et maintenant qu'ils étaient enfin arrivés sains et saufs en Crimée, c'était encore et toujours l'émerveillement. Tout semblait calme et inchangé, sans rapport aucun avec ce qu'ils avaient vu à Moscou et durant leur périple. Xénia savait qu'elle devait ce miracle aux Allemands et elle éprouvait à leur égard un sentiment voisin de la gratitude. Ils avaient ramené l'ordre en Crimée et personne ne songeait plus à se plaindre de leur présence. Elle espérait seulement qu'ils n'occupaient pas sa demeure.

Micha s'était réveillé et se tenait à ses côtés. Ensemble ils virent les cimes escarpées du mont Aï-Petri qui se détachaient sur l'azur parfait du ciel ; le petit port Saint-André, les plages de galets. Et au-dessus, resplendissant dans la lumière dorée du matin, le palais de Baïtovo avec les terrasses, le grand escalier et les six lions en marbre blanc. Dans ce qui leur apparaissait un paradis de fleurs, de cyprès et de palmiers, des silhouettes s'affairaient. Une nouvelle journée commençait, paisible, semblable aux précédentes. Leurs enfants bientôt s'éveilleraient et continueraient leur vie d'enfants heureux en ignorant le monde chaotique d'où leurs parents venaient de s'échapper.

— En avril, quand je suis parti, je me souviens d'avoir vu Tatiana et Daphné agiter un drap à l'une des terrasses de Baïtovo, dit Micha.

— En avril ? Comme cela me semble loin !

Pourtant cinq mois à peine venaient de s'écouler.

La fosse venait d'être creusée et les cinq enfants se recueillaient en silence dans la pénombre humide de la grotte. Tatiana portait dans ses bras la dépouille d'un chat inconnu trouvé mort devant le portail de Baïtovo. Elle l'avait préalablement enveloppé dans un châle et s'étonnait que son corps fût si léger. Daphné tenait un cierge dérobé dans la cathédrale de Yalta. Derrière, les trois plus petits devaient se contenter d'un bouquet de fleurs. C'est Daphné qui dit la prière mise au point lors des enterrements d'autres animaux.

— Chat inconnu, nous t'accueillons dans notre cimetière comme nous t'aurions accueilli dans notre maison si tu étais vivant. Repose en paix pour l'éternité au milieu de tes frères et sœurs les bêtes.

— Chat inconnu, repose en paix pour l'éternité, reprirent les quatre autres enfants.

Tatiana s'agenouilla devant la fosse et y déposa la dépouille. Puis Anton, Hélène et Marina leur bouquet de fleurs. Daphné tenait toujours le cierge pour les éclairer, indifférente à la cire qui coulait sur ses sandales. Ensuite chacun à leur tour ils jetèrent de la terre à l'aide d'une pelle. Le trou une fois comblé, Tatiana fixa la stèle. C'était un gros galet sur lequel elle avait tracé à la peinture blanche : Chat tigré, 12 septembre 1918. Les enfants observèrent une minute de silence, le visage grave comme il convient en de pareilles circonstances. Puis Tatiana donna le signal du départ et à la queue leu leu ils quittèrent la pénombre de la grotte pour retrouver la lumière et la tiédeur du dehors.

— Vous pouvez nous laisser et reprendre vos jeux, les petits, dit-elle.

Les petits clignaient des yeux sous l'effet du soleil haut dans le ciel et firent semblant de ne pas entendre.

— Allez... dit encore Tatiana sans même élever la voix.

Ses douze ans lui assuraient un pouvoir absolu sur les autres enfants. Elle en usait sans jamais en abuser, consciente de ses devoirs d'aînée, soucieuse de les mêler parfois aux jeux qu'elle inventait avec Daphné mais capable aussi de les maintenir à distance. Les plus petits partirent avec dignité, bien décidés à cacher leur déception.

Quelques semaines plus tôt, en explorant les recoins les plus éloignés et secrets du domaine de Baïtovo, Tatiana et Daphné avaient découvert, dans une clairière dissimulée derrière un rideau d'arbres et de buissons, un ensemble étrange de grottes artificielles et de fausses ruines gothiques. Ce mini-paysage leur évoqua aussitôt Walter Scott, leur romancier préféré du moment : elles le baptisèrent « Little England ».

En se glissant dans l'une des trois grottes, elles virent une petite tombe en pierre qu'elles prirent tout d'abord avec effroi pour celle d'un bébé. Puis elles lurent l'inscription gravée si profondément que le temps n'était pas parvenu à l'effacer : « Ci-gît Dolly, ma chienne chérie, 1845-1856. » Après une enquête, elles conclurent que la chienne avait appartenu aux premiers maîtres de Baïtovo, les arrière-grands-parents de Xénia. Le même jour, sur la plage, elles avaient trouvé le cadavre d'une mouette. L'idée de créer un cimetière d'animaux dans la grotte, autour de la tombe de la lointaine chienne Dolly, fut pour elles une évidence. Quelqu'un, jadis, avait commencé quelque chose, à elles, aujourd'hui, de poursuivre son œuvre. Aidées des plus petits, elles avaient ainsi enterré deux mésanges, une corneille, quelques mulots, des insectes et des lézards.

Mais leurs activités animalières ne s'arrêtèrent pas là. L'une eut l'idée de créer un hôpital, l'autre un cirque. L'hôpital, pour l'instant, n'avait pas de malade et demeurait en veilleuse. C'est donc le cirque qui mobilisait le plus leur énergie. Après une tentative infructueuse auprès des cockers de Xénia qui opposèrent une immédiate et totale résistance, Daphné suggéra les lézards. Il y en avait partout dans la propriété, des verts, des gris; les plus gros devinrent leurs proies favorites. Très vite, elles furent expertes dans l'art de les attraper. Elles les guettaient quand ils se chauffaient au soleil et les saisissaient à mains nues, sans l'aide de filet. Les lézards hébétés se retrouvaient ensuite prisonniers derrière un fin grillage, dans une grande cage fabriquée pour eux. Un tapis d'herbe, de feuilles et de mousse était supposé adoucir leur séjour. La principale question concernait les numéros de cirque. Que pouvait-on envisager de leur apprendre? Tatiana parlait de les atteler à un jouet d'enfant, Daphné de les faire avancer au son d'une flûte.

— Mais tout d'abord, il faut les apprivoiser.

— En les sortant tous les jours un peu plus de leur cage?

— Pourquoi pas?

Elles se trouvaient à présent dans une grande clairière, particulièrement ensoleillée, bordée de chênes verts et de magnolias. À l'ombre des arbres coulait une source qui venait de la montagne. Deux silhouettes agenouillées dans l'herbe s'y abreuvaient.

— Des vagabonds ?

— Allons les voir.

Ni l'une ni l'autre n'étaient peureuses et elles s'avancèrent confiantes pour s'arrêter brusquement incrédules. Ceux qu'elles avaient pris pour des vagabonds s'étaient redressés et marchaient à leur rencontre en les appelant par leur prénom.

Devenue adulte, Tatiana aimait à se souvenir de cet instant : « Tante Xénia et oncle Micha étaient sales, vêtus pauvrement, avec des mines à faire peur. C'est en les voyant que j'ai eu conscience qu'il y avait un autre monde que le nôtre. Cela faisait plus de six mois que je me trouvais à Baïtovo et j'avais fini par oublier ce que j'avais connu à Moscou. Tante Xénia et oncle Micha ressemblaient à des fantômes. Pour nous les enfants et pour les adultes, ils faisaient figure de rescapés de l'enfer ! Dans les jours qui suivirent leur retour, tous les voisins ont défilé pour les interroger. Les pauvres ont dû raconter mille fois Moscou, leur fuite, les trois semaines d'errance pour venir nous rejoindre. La curiosité à leur égard était d'autant plus grande que nous venions d'apprendre le sort des officiers de l'Armée impériale. Nous étions tous terriblement affectés. L'impératrice douairière Marie Fedorovna qui connaissait Xénia depuis toujours a demandé qu'elle vienne lui raconter de vive voix tout ce qu'elle avait vécu. Quant à moi, à douze ans, j'avais appris que l'enfer existait, que nous étions des sortes de miraculés et que rien ne prouvait que cela allait durer. C'est à partir de ce moment-là que j'ai commencé à avoir peur. Les événements n'allaient pas tarder à me donner raison. Quelques semaines encore de trêve et puis... »

Xénia suivait un chemin côtier qui passait tantôt en bordure des propriétés, tantôt par les plages. Il n'y avait pas de vent et la température lui semblait particulièrement exquise en cette fin d'après-midi. Parfois elle croisait des connaissances et il fallait s'arrêter, échanger les dernières informations. C'est ainsi qu'elle apprit qu'à Moscou, les arrestations continuaient. Deux de ses amis qui s'étaient opposés aux gardes rouges avaient été immédiatement fusillés. Un autre s'était enfui et tentait à son tour de gagner la Crimée. Beaucoup de jeunes gens de la noblesse, des libéraux et des démocrates, réfugiés avec leur famille dans les environs de Yalta, voulaient s'engager dans l'armée du général Denikine.

L'odeur poivrée des œillets nains en bordure du sentier lui fit un moment oublier ce qui se passait à Moscou. Elle s'arrêta à l'ombre d'un figuier et contempla la mer étale, bleue et pure, que pas un souffle de vent ne troublait. Des enfants remontaient des plages, surveillés par leur gouvernante. Les siens, un peu plus loin, devaient faire de même après toute une journée au grand air. Puis elle repensa à l'entrevue qu'elle avait eue avec l'impératrice douairière, Marie Fedorovna, et le trouble à nouveau la gagna.

L'impératrice douairière l'avait reçue avec chaleur et simplicité à la villa Kharax où elle vivait entourée des quelques Romanoff qui avaient pu s'échapper à temps. Elle l'invita à prendre le thé et l'interrogea longuement sur les conditions de vie à Moscou, l'état d'esprit des habitants. Peu habituée à ce qu'on la consulte, Xénia répondit du mieux qu'elle put, soulagée de n'avoir pas à évoquer l'exécution de Nicolas II, annoncée partout par les bolcheviks. Ce n'est qu'en la raccompagnant au seuil de sa villa que l'impératrice douairière avait demandé : « Et qu'avez-vous entendu dire à propos de mon fils aîné ? » Surprise par la légèreté du ton, Xénia avait hésité, puis avec prudence, en cherchant à ne rien évoquer de précis, avait avoué que « des rumeurs alarmantes circulaient à son sujet ». L'impératrice douairière alors avait voulu la rassurer : « Je suis au courant de ces rumeurs mais je suis convaincue qu'elles sont fausses... J'ai d'autres informations. Si mon fils aîné s'est évadé, les bolcheviks ont tout intérêt à le prétendre mort. » Et comme

Xénia était demeurée muette, incapable d'ajouter quoi que ce soit à ce qu'elle venait d'entendre, l'impératrice douairière l'avait serrée dans ses bras. « Je n'oublie pas que je vous ai connue enfant, ma petite Xénia... Vous souvenez-vous que vous avez souvent accompagné vos parents à Livadia ? Je me rappelle vous avoir entendue chanter... Une voix très prometteuse de contralto... » Puis après l'avoir embrassée avec une affection non feinte : « Revenez me voir. »

Maintenant, assise sous le figuier, Xénia repensait à cette entrevue et son trouble s'accentuait. Elle avait eu devant elle une mère qui refusait obstinément de croire à la mort de son fils aîné. Malgré ce qui avait été dit, écrit et que tout le monde, hormis elle, pensait. Et le doute, lentement, s'insinuait : « Se pourrait-il que l'impératrice douairière ait raison et que son fils le tsar soit toujours en vie ? » Dans la douceur de cette fin d'après-midi, Xénia l'espérait. Autour d'elle, tout semblait vouloir contribuer à l'apaiser : les parfums mêlés des giroflées, des héliotropes et des pois de senteur ; la pureté de l'air ; le chant des merles et les cris des martinets. Xénia contemplait la mer, le soleil qui déclinait, les cimes du mont Aï-Petri. Quand on se sentait si protégé, comment ne pas croire à la providence ?

Si les journées, en septembre, étaient encore chaudes et ensoleillées, les soirées devenaient plus fraîches et c'est à l'intérieur désormais qu'on se tenait une fois la nuit venue.

Les enfants avaient pris congé et étaient en train de se coucher. Nathalie avait profité de leur départ pour se retirer dans sa chambre. Dans le salon mauresque, Maya, debout devant une table de bridge, tentait de rassembler les morceaux d'un gigantesque puzzle censé représenter une chasse au renard dans une campagne anglaise. Mais ce jeu qui jadis l'absorbait tout de suite ne l'intéressait guère. Elle était distraite et songeait, elle aussi, à monter se coucher. Seul le désir de ne pas affliger par son départ son fils et sa belle-fille la retenait encore dans le salon mauresque.

Micha, affalé entre les coussins bariolés du sofa, fumait une cigarette et parcourait un traité d'équitation trouvé dans la bibliothèque. Ses rares commentaires restaient le plus souvent sans écho car ni Maya ni Xénia n'avaient les compétences nécessaires pour lui répondre. « Ah, si ma sœur était là ! », dit-il sur un ton faussement dramatique. Puis plus sincèrement : « J'espère qu'elle veille sur Cambrioleuse, Valet de Cœur et Brave Cheyenne... »

Xénia travaillait à un ouvrage de tapisserie et son esprit, sans cesse, revenait à l'entrevue qu'elle avait eue l'après-midi avec l'impératrice douairière. Elle en avait fait le récit à sa famille au cours du dîner mais éprouvait le besoin d'en reparler. Maya, découragée par les difficultés du puzzle, vint s'asseoir à ses côtés, un ouvrage de Lermontov à la main.

— Je comprends ton trouble, dit-elle. Il y a quelques jours, je me suis attardée à bavarder avec sa fille cadette la grande-duchesse Olga qui m'a dit textuellement : « Je sais que tout le monde pense que mon frère a été assassiné mais maman est convaincue qu'il est vivant. »

— Et elle, la grande-duchesse, que pense-t-elle ?

— Je l'ignore.

Xénia revoyait le visage très poudré de l'impératrice douairière, son regard si calme et si direct.

— Quand la nouvelle de la tragédie d'Ekaterinbourg est arrivée en Crimée, reprit Maya, la famille impériale en bloc a refusé d'y croire. Aucun d'entre eux n'a pris le deuil et l'impératrice douairière a refusé qu'on célèbre une messe. Nous et quelques autres avons assisté à un service pour les défunts dans la chapelle de la villa Ondine...

Maya appuya sa tête sur le dossier du fauteuil. Son beau visage fatigué semblait vieilli malgré le repos des dernières semaines. Des rides nouvelles autour des yeux et de la bouche s'étaient creusées depuis peu et Xénia s'en émut. Elle prit dans ses

274

mains la main amaigrie où quelques taches brunes commençaient à apparaître.

— Peut-être ont-ils raison? dit-elle timidement.

Maya retira sa main dans un geste involontairement brusque.

— La sauvagerie des hommes est sans limites. Depuis la mort d'Adichka, je sais que tout est possible.

Quelque part au rez-de-chaussée, une horloge sonna dix coups. Maya, soudain, ouvrit l'ouvrage de Lermontov et lut à haute voix :

L'heure sonnera, noire pour la Russie
Où tombera la couronne des tsars
La populace oubliera l'amour qu'elle leur portait
Et beaucoup n'auront pour pitance que le sang et la mort

Puis elle referma le livre et précisa :

— C'est l'exemplaire d'Adichka. Ces vers de Lermontov ont été soulignés de sa main et dans la marge il a écrit : Baïgora, août 1916.

Un long silence suivit ces paroles. Micha avait refermé son traité d'équitation et regardait sa mère avec anxiété. Devait-il se lever, la prendre dans ses bras, lui dire à quel point il partageait sa détresse? L'immense respect qu'il éprouvait à son égard souvent le paralysait. Devant elle, il était toujours le petit garçon, le dernier de ses enfants, celui qu'on console en priorité. La pensée qu'il était devenu le chef de famille demeurait saugrenue, abstraite. Pour se donner une contenance, il caressa machinalement les cockers de Xénia endormis à ses pieds. Peut-être parce que ce silence durait, Maya parut se ressaisir.

— Pardon, mes enfants chéris, dit-elle. J'ai tort, il ne faut jamais mettre en doute la miséricorde de Dieu.

Elle secoua la tête comme pour en chasser les pensées les plus sombres et à voix basse, pour elle-même, murmura : « Mais quel saint courage il faut avoir pour ne pas maudire la vie. » Autour de son cou, brillait une chaîne en or et quatre pierres précieuses offertes à chacune des naissances de ses quatre enfants. Micha connaissait par cœur ce qu'elles signifiaient : le diamant célébrait la naissance d'Adichka, le rubis celle d'Igor, le saphir celle d'Olga et l'émeraude la sienne.

— Je vais sortir les chiens, dit-il précipitamment.

Dehors, sur la terrasse, il contempla un long moment le ciel chargé d'étoiles, la mer, la masse sombre de la montagne. Puis il siffla les chiens et descendit avec eux sur la plage.

JOURNAL DE XÉNIA

20 septembre 1918

La température se rafraîchit et les arbres jaunissent à vue d'œil. Micha voudrait rejoindre le général Denikine et l'Armée des volontaires. Il supporte mal d'être ici et de ne rien faire. À Moscou ou à Petrograd, il serait immédiatement arrêté et fusillé. Seule sa mère parvient à le raisonner : elle a perdu ses deux autres fils, il est le dernier qui lui reste, nous avons besoin de lui. Pour l'instant, elle a toute autorité sur lui. Mais je tremble à l'idée qu'il cesse de lui obéir. Aucune nouvelle d'Olga et de Léonid : nous sommes inquiets, tout est possible y compris le pire. Avec nos voisins de la villa Ondine, Bichette et quelques autres amis, nous avons décidé de former un chœur. Seuls nos enfants sont un peu déçus : aucun d'entre eux n'a été jugé digne d'en faire partie.

27 septembre 1918

Nous nous réunissons presque quotidiennement sur la scène de la chapelle de la villa
Ondine et nous chantons des chants russes et
ukrainiens. C'est le vieux général Passinkoff qui
dirige le chœur. Au noyau d'origine se sont joints
des collégiens de Yalta, des palefreniers et des servantes, tous sélectionnés pour la pureté de leur
voix. Bichette et moi sommes considérées comme
les « vedettes » féminines du groupe : elle à cause
de sa voix de soprano et moi de contralto. Je
regrette que Nathalie refuse de se joindre à nous.
Toujours pas de nouvelles d'Olga et de Léonid.

2 octobre 1918

Pas de nouvelles d'Olga et de Léonid, nous
sommes très inquiets. Bichette a reçu un message
de son mari qui combat au sud, aux côtés du
général Denikine : il est persuadé que les Blancs
l'emporteront sur les Rouges. On apprend avec
retard que la France, l'Angleterre et les autres
pays alliés ont signé, à la demande de l'Allemagne
vaincue, un armistice. Cela ne peut pas être sans
conséquences pour nous. Mais lesquelles ? Ici,

tout le monde y va de son hypothèse. Pourquoi ai-je toujours cette impression que ça ne peut que mal se terminer pour nous ? On parle de la présence à Yalta d'une sainte femme qui aurait des dons de voyance exceptionnels : j'ai envie d'aller la consulter.

6 octobre 1918

Enfin des nouvelles d'Olga et de Léonid : ils vont bien et voudraient nous rejoindre. Micha a fait venir des poneys et a organisé dans la clairière du haut un manège. Il est fier de notre fille Hélène qui paraît très douée et qui, à cinq ans, n'a peur de rien. Sérioja, par contre, est terrorisé et pleure dès qu'on le met en selle. Les fils du chef jardinier sont ses meilleurs élèves. Il a plus de mal avec Daphné qui disparaît des heures entières avec Tatiana, elle-même complètement indifférente aux chevaux. Nous continuons à mener ici une vie paisible alors que d'après les rumeurs et les rares témoignages directs qui arrivent jusqu'à nous, la Russie est à feu et à sang et que s'organise en Europe une paix dont on ignore encore quelles conséquences elle aura pour nous. Chanter nous fait un bien énorme.

8 octobre 1918

Depuis le retour de son père, notre petite Hélène devient coquette, réclame de nouvelles robes et se plaint de ses taches de rousseur. Elle et les autres enfants grandissent, usent leurs vêtements. On ne trouve plus rien à Yalta. J'ai donné plusieurs de mes robes à la couturière pour qu'elle leur taille de nouveaux vêtements. À Tatiana choquée que je « sacrifie des robes de gala griffées », j'ai offert une robe longue en soie bleue de chez Worth achetée à Paris en 1913. Elle était folle de joie et imagine déjà la fête qu'elle veut donner pour ses treize ans en avril prochain. Mais où serons-nous et aurons-nous le cœur de fêter son anniversaire ? En attendant, elle pousse comme un peuplier, longue et fine. Elle est aussi blonde et lumineuse que sa sœur Nathalie est brune et sombre. Micha l'appelle la « petite abeille ». Comme elle ne comprenait pas l'importance du compliment, il a dû lui expliquer que l'abeille, dans le folklore populaire russe, est porteuse d'espoir et représente le bien-être et tout ce qui est solaire. Satisfaction de Tatiana que tous les enfants appellent désormais « petite abeille » et bouderie immédiate d'Hélène qui aurait bien voulu que ce compliment lui soit adressé. Alors

Micha lui a dit : « Toi, tu es jolie comme un petit chiot moucheté » et tout est rentré dans l'ordre. Si je note cela, c'est que nous trouvons, nous les adultes, du réconfort à nous plonger dans le monde de nos enfants, si personnel et si préservé. Jamais ils ne se sont autant amusés que durant cette terrible année. Qu'est-ce que cela va donner quand ils seront grands ?

16 octobre 1918

Vent et pluie sont de retour. Il fait si froid et si humide que nous devons allumer les poêles. Aurons-nous assez de combustible pour passer l'hiver ? Le savon a complètement disparu des rares magasins encore ouverts à Yalta. Nous faisons désormais les grosses lessives avec de la cendre de bois. On annonce de source sûre les meurtres effroyables de la grande-duchesse Élisabeth et de ses compagnons d'infortune.

18 octobre 1918

Notre petite communauté porte le deuil. Les détails de la tragédie sont enfin parvenus jusqu'à nous et je me fais un devoir de les noter pour ne jamais, jamais oublier. Arrêtés durant le printemps 1918, la grande-duchesse Élisabeth, sœur aînée de la tsarine, le grand-duc Serge Mikhaïlovitch, les princes Jean, Constantin et Igor fils du grand-duc Constantin ainsi que le jeune et si charmant prince Wladimir Paley et leurs amis ont été jetés vivants dans un puits de mine et massacrés à coups de pierre et de crosse. Des témoins ont raconté qu'après le départ des bolcheviks quelques-uns vivaient encore, qu'on les entendait gémir et que leur martyre a duré plusieurs jours. C'est l'amiral Koltchak à la tête de l'Armée blanche qui a retiré les corps et leur a donné une sépulture. Une messe des défunts sera célébrée demain dans la cathédrale de Yalta.

19 octobre 1918

Cérémonie douloureuse et poignante à la cathédrale. Beaucoup de monde et beaucoup de gens du peuple : la réputation de sainteté de la grande-duchesse Élisabeth est connue de toute la Russie. Ma belle-mère est si éprouvée qu'elle a dû s'aliter. Elle a bien connu la grande-duchesse et trouvait du réconfort à aller s'entretenir avec elle dans son couvent après la mort d'Adichka. Quant à moi, je garde un souvenir ébloui du jeune prince Wladimir Paley si gracieux, si bon et si doué. On le disait excellent poète. De son père, le

grand-duc Paul, incarcéré très malade à la forte-
resse Pierre-et-Paul, on craint d'apprendre le pire.
Toutes mes pensées vont ce soir vers la princesse
Paley.

22 octobre 1918

Micha reparle de partir rejoindre l'Armée
blanche. Tous ces assassinats le rendent fou et il
ne veut plus rester ici sans rien faire. L'exemple
de son ami d'enfance Nicolas luttant aux côtés de
Denikine l'influence beaucoup. Je suis terrorisée.
J'ai pris rendez-vous avec la religieuse voyante
mais je n'en ai parlé à personne ici.

Avec des airs mystérieux et dans le plus grand secret, Tatiana et Daphné avaient conduit Xénia à « Little England » et l'avaient invitée à les suivre dans la grotte où se trouvait le cimetière des animaux. Xénia s'émut des petites tombes et s'engagea à venir de temps en temps y déposer des fleurs. Le rappel de l'existence d'une chienne appelée Dolly qu'avait aimée son arrière-grand-mère la laissa songeuse. Pour combattre l'horrible présent, ne devait-elle pas raconter aux enfants ce qui avait fait la gloire d'un certain passé ? L'œuvre politique, sociale et culturelle de son arrière-grand-père, vice-roi du Caucase devenu ensuite gouverneur général de la Russie du Sud ? Le charme et les talents multiples de son épouse Sophie célébrée par le très jeune poète Pouchkine ? Depuis quelques jours, elle avait le sentiment qu'elle avait quelque chose à transmettre. « Comme si le temps nous était compté et qu'il fallait faire vite », pensait-elle, vaguement angoissée.

Au sortir de la grotte, elle s'étonna que malgré la fraîcheur de l'air les fillettes n'aient pas de bas. Puis elle vit que Daphné se grattait le mollet et que ses jambes nues et bronzées, en plus des éraflures habituelles, étaient rouges et couvertes de cloques.

— Qu'est-ce que c'est ?

— Secret d'État.

Xénia s'apprêtait à se rendre à pied à Yalta pour rencontrer en secret la vieille religieuse aux dons de voyance dont les initiés se chuchotaient à voix basse le nom et l'adresse. Mais elle voulait avant cela comprendre l'origine et la cause des cloques. Daphné riait nerveusement et Tatiana avait une mine inquiète.

— Et toi, dit Xénia, c'est pareil ? Montre tes jambes !

— Non !

— Hum, comme on dit en Ukraine : « Le renard a du poil collé au museau. »

Et sans plus de façons, Xénia attrapa un pan de la jupe longue de Tatiana et le souleva, découvrant ainsi deux jolies jambes de future jeune fille, moins rouges que celles de Daphné mais elles aussi ornées de quelques cloques. Leur mine outrée l'amusait beaucoup.

— Alors, c'est quoi ?

Les fillettes se consultèrent du regard puis s'éloignèrent de quelques pas pour s'entretenir à voix basse.

— J'attends! dit Xénia.

Les fillettes revinrent et s'assirent dans l'herbe, au pied de la fausse ruine gothique contre laquelle Xénia se tenait appuyée.

— Eh bien voilà, dit Daphné, il s'agit d'un nouveau jeu. Pour mettre notre courage à l'épreuve, nous nous défions à traverser sans bas et sans chaussures un buisson d'orties...

— Il n'y a pas de buisson d'orties chez moi, dit machinalement Xénia.

— Si, si, à deux endroits, répondit Tatiana.

— Tes jardiniers se relâchent, comme dirait maman, ajouta Daphné. Mais pour revenir à notre nouveau jeu, on peut t'assurer que courir pieds et jambes nus dans les orties, ça fait très mal...

— Mais pour nous soulager nous nous frottons ensuite avec un concombre coupé en deux...

En suivant ce que tout le monde dans la région appelait le sentier du Tsar, Xénia s'étonnait encore du jeu imaginé par les deux fillettes. Se pouvait-il que leur univers d'enfant soit si éloigné du monde réel? Que pour pimenter un quotidien trop banal à leur goût elles aient besoin de

286

s'inventer des épreuves ? Comme si ce qui se passait partout ailleurs en Russie n'existait pas, ne les concernait pas... À moins que ce ne soit le contraire et qu'elles aient trouvé là la seule réponse possible à un monde qui les effrayait et dans lequel elles se refusaient à entrer ?

Une nappe de brume fine et salée montait de la mer et gagnait la campagne. En parvenant à la hauteur du palais de Livadia, elle parut s'épaissir et les contours des bâtiments se trouvèrent estompés. Autour, il n'y avait personne ; le palais, avec ses fenêtres fermées, semblait inhabité. On le disait pourtant occupé par des généraux allemands et leurs aides de camp. Où se trouvaient-ils ?

Xénia quitta le sentier et remonta en direction de l'ancienne résidence d'été des Romanoff. Un instant elle songea à coller son visage contre les vitres de manière à distinguer ce qui se passait de l'autre côté de la fenêtre, au rez-de-chaussée. Mais elle ne le fit pas. Le palais de Livadia en calcaire blanc continuait à lui inspirer le respect qu'elle éprouvait jadis, quand elle venait admirer de loin le tsar, la tsarine et leurs enfants. Leur simplicité faisait alors l'admiration de tous. Chaque année ils organisaient une vente de charité qui attirait énormément de monde. Petite fille, Xénia avait assisté l'impératrice lors d'une de ces ventes. Elle se rappelait son éblouissement devant sa beauté et sa gentillesse. Elle se souvenait aussi de son arrivée à Yalta, en octobre 1894, quand elle n'était encore que la princesse Alix de Hesse. Xénia avait quatre ans et toutes les grandes personnes ne parlaient que de sa venue et de la mort imminente du tsar Alexandre III. Cette mort survint le 20 octobre, au palais de Livadia. Aussitôt après, les sirènes et les canons des navires de guerre ancrés dans le port de Yalta saluèrent la mémoire du défunt. Puis il y eut le serment d'allégeance au nouveau souverain, Nicolas II. Les parents de Xénia étaient présents et lui avaient raconté l'autel dressé en plein air sur la pelouse ; la présence de la famille impériale, des hauts dignitaires et des serviteurs ; le prêtre qui officiait et le jeune Nicolas II dont personne n'aurait pu dire à quoi il songeait.

Ses souvenirs si lointains semblaient appartenir à un autre monde dont les acteurs principaux avaient disparu. Le tsar avait été exécuté par les bolcheviks, Xénia en était persuadée. Mais où se trouvaient maintenant la tsarine et ses enfants ? Dans quelle prison ? Xénia avait craint un moment pour leur vie mais Micha l'avait rassurée : « Les bolcheviks sont trop malins pour faire assassiner une femme, un gamin et des jeunes filles... La population ne pourrait l'admettre... » Devant ce palais qui semblait vide et abandonné, ces allées et ces pelouses où ne jouait plus aucun enfant, Xénia retrouvait cette inquiétude qui, trop souvent, lui serrait le cœur.

Une grande et belle chatte tricolore, tout en pattes et en muscles, surgit de derrière un palmier et vint en ronronnant se frotter contre ses jambes. Elle traînait un ventre énorme et était sur le point de mettre bas. « En Crimée, les chattes tricolores portent bonheur », se rappela Xénia. Et sans hésiter, elle s'agenouilla dans le sable du chemin et caressa la chatte.

20 octobre 1918

Je m'empresse de noter tout de suite la prédiction de la sainte femme. Après m'avoir fait asseoir à côté d'elle sur le lit qu'elle ne quitte plus depuis dix ans, elle a pris ma main dans la sienne, m'a contemplée longtemps avec un regard très intense puis elle a dit : « Ne te tourmente pas, tu es sous la protection de Dieu. La Russie doit expier ses fautes en passant par de longues et terribles épreuves. Bien des années s'écouleront avant sa résurrection. Peu nombreux seront les Russes qui échapperont à la mort durant ces années maudites. Mais tu as le cœur pur et l'amour que tu portes aux tiens saura les protéger. » Pendant qu'elle parlait, j'ai senti des picotements dans les mains et une grande douceur descendre en moi. Puis elle a tracé de l'index sur mon front le signe de croix, a baissé ses yeux délavés par les années et m'a encore dit : « Ne te tourmente pas... Va en paix. » Ce moment passé dans cette cellule monacale sans meubles et sans fenêtre a la force et l'irréalité d'un rêve. Ce soir, je me sens bien.

5 novembre 1918

Olga est arrivée hier soir après un voyage presque normal. Elle est toutefois sous-alimentée, épuisée par ses heures de veille à l'hôpital et les difficultés de la vie quotidienne à Moscou. Léonid compte se rendre en Lituanie indépendante pour vendre une partie de leurs biens. Après, il nous rejoindra. Nous commençons tous à manquer d'argent. Olga a rapporté des photos trouvées quai de la Fontanka et ce fut pour nous tous une grande émotion que de revoir les visages d'Adichka et d'Igor.

8 novembre 1918

À nous les adultes, Olga raconte les perquisitions, les arrestations, la délation, la famine. Elle a réussi à faire sortir Nina de prison mais suite aux mauvais traitements et à l'absence presque totale de nourriture, elle y a contracté le typhus de la faim. Léonid l'a fait admettre dans son service, à l'hôpital. Il a retardé son départ afin de mieux la soigner et veut lui faire quitter ensuite Moscou pour Yalta. Pauvre Nina, c'est un devoir sacré que de l'accueillir à Baïtovo et de l'entourer de toute notre affection. Mais elle n'a pas le droit de quitter Moscou. Saura-t-elle s'enfuir comme Micha et moi avons pu le faire ? Je commence seulement à réaliser la chance que nous avons eue ! Aux enfants, Olga raconte les choses autrement. Par souci pédagogique, elle tente de leur faire comprendre que le monde a changé et les difficultés que cela implique. Mais elle gomme soigneusement les aspects dramatiques. Elle a eu beaucoup de succès en racontant qu'elle était allée au cinéma voir *Le Père Serge* du metteur en scène Protozanov en « troquant » une place de cinéma contre un œuf !

12 novembre 1918

Comme si cela ne suffisait pas ici, il y a maintenant la révolution en Allemagne ! Toute la presse bolchevique ne parle que de l'abdication du Kaiser et des soviets d'ouvriers et de paysans qui se créent à Berlin sous la présidence du socialiste Friedrich Ebert.

13 novembre 1918

À la une de la presse bolchevique on voit Lénine saluer la révolution allemande devant une foule immense. Il a déclaré nul le traité de Brest-Litovsk et demande aux ouvriers allemands et autrichiens de se joindre aux ouvriers russes pour instaurer un nouvel ordre international. En même temps les pays alliés ont signé à Compiègne l'armistice avec l'Allemagne. Nous avons ici la terrible sensation que c'est arrêter une guerre pour en commencer d'autres. Notre petite communauté ne parle que de ça. Du coup, ces jours-ci, tout est passé au second plan : les enfants et le domaine. Grâce au dévouement et à l'intelligence d'Oleg nous nous débrouillons encore. Le bois commence à manquer et j'ai dû faire abattre des arbres.

16 novembre 1918

Les Allemands quittent en désordre la Russie, nous laissant sans protection. Pour nous tous, c'est clair que les bolcheviks qui jusque-là s'étaient fait très discrets en Crimée vont réapparaître et occuper le devant de la scène. Les bolcheviks mais aussi les brigands de toutes sortes qui vont profiter du retour au désordre, la « racaille », comme dit Olga. On nous apprend que la flotte française qui occupait Constantinople a traversé la mer Noire et serait sur le point de débarquer à Odessa. La flotte anglaise, elle, arrive à Sébastopol et à Yalta. Ceux qui furent longtemps nos alliés vont-ils nous protéger ? Sur ce point, Micha est formel : « Nous avons combattu quatre ans ensemble. » Mais notre petite communauté veut organiser elle-même sa propre garde.

18 novembre 1918

Formation de patrouilles de volontaires. Ce sont surtout des jeunes hommes entre quinze et vingt-deux ans, très dévoués au grand-duc Nicolas Nikolaïevitch mais inexpérimentés. Quelques officiers de l'Armée blanche sont venus du sud pour les encadrer. Micha s'est joint à eux et leur apprend la discipline et le maniement des armes. Ils ont pour cela réquisitionné un terrain à l'est de Baïtovo. Les déflagrations arrivent jusqu'à la maison et j'ai toutes les peines du monde à empêcher les enfants d'aller voir, surtout Tatiana et Daphné, très habiles dans l'art de déjouer notre système de surveillance. Les premiers navires de guerre anglais sont arrivés à Yalta. Toutes les gouvernantes anglaises s'étaient massées sur le quai pour applaudir leurs compatriotes, y compris notre chère Miss Lucy. De retour chez nous, elle a raconté qu'un officier anglais est allé porter à l'impératrice douairière une lettre de sa sœur la reine Alexandra. À Gourzouf on signale quelques cas de cette terrible grippe qui a ravagé l'Europe et qu'on appelle la grippe espagnole.

20 novembre 1918

En quarante-huit heures la maladie s'est propagée à Yalta. Villa Ondine, deux de nos amis sont atteints.

21 novembre 1918

Nathalie est au lit avec une grosse fièvre. Nous attendons le médecin. Olga nous interdit de l'approcher à cause de la contagion. Sentiment qu'un nouveau désastre s'abat sur nous.

Nathalie était montée se coucher encore plus tôt que d'habitude sans parler à personne des crampes musculaires qui, depuis quelques heures, la faisaient horriblement souffrir. Le lendemain, elle n'était pas apparue à l'heure du petit déjeuner, ni plus tard dans la matinée. Olga était allée la voir et l'avait trouvée grelottant de fièvre et trempée de sueur ; presque inconsciente. Tout de suite elle eut les bons gestes : prévenir le médecin, éloigner tout le monde de la chambre. Seules elle-même et une servante devaient approcher la malade. Mais elle ne put empêcher Maya de se porter aussitôt au chevet de sa belle-fille. Elles étaient donc trois à veiller dans l'obscurité de la chambre quand enfin le médecin arriva.

C'était un homme d'une quarantaine d'années qui semblait n'avoir pas pris de repos depuis plusieurs jours, avec une barbe qui lui mangeait le visage, les traits tirés et les vêtements en désordre. Son diagnostic fut immédiat :

— Grippe espagnole. La maladie se propage à une rapidité foudroyante et cela ne fait que commencer...

— Que va-t-il se passer ? demanda Olga. Je suis infirmière, je sais soigner un malade.

Puis, à voix basse de manière que Maya occupée à éponger le visage et le buste de Nathalie ne l'entende pas :

— C'est très grave, n'est-ce pas ?

Il opina du menton et son regard exprima une totale détresse.

— C'est un virus parmi les plus meurtriers. Beaucoup de malades développeront des complications respiratoires et en mourront... Les plus menacés sont les enfants et les vieillards. Quel âge a cette jeune femme ?

— Vingt et un ans, bientôt vingt-deux.

— Elle a toutes ses chances.

Il rangeait ses instruments dans sa sacoche, s'apprêtant à quitter la chambre. Dans son lit, Nathalie s'agitait et murmurait des propos incohérents. Parfois, très clair, se détachait un prénom crié comme un appel au secours : celui de son mari. Et c'était une souffrance de plus pour Maya et Olga que d'entendre ainsi « Adichka ! Adichka ! ». Sur la table de nuit, quelques clichés le représentaient à dix et vingt ans : les photos ramassées quai de la Fontanka. Maya suivit le médecin sur le palier.

— Va-t-elle guérir?

— Elle est dans les mains de Dieu. Mais si elle guérit, ce sera aussi brutalement qu'elle est tombée malade.

— Elle gardera des séquelles?

— Aucune.

Xénia suivie de Tatiana en larmes venait à sa rencontre. Maya les chargea de raccompagner le médecin et retourna veiller Nathalie. En descendant les marches de l'imposant escalier Tudor, le médecin dictait les recommandations à suivre.

— Aucun contact avec la malade... ni avec celles qui la soignent... Ne quittez pas la propriété...

Tatiana en pleurant protestait :

— C'est ma sœur, je dois veiller sur elle!

— Il n'y a plus de sœur, il n'y a plus qu'une malade très contagieuse...

Son regard fatigué se promenait machinalement sur les murs du vestibule d'apparat tendus de soie verte, sur les portraits de famille et sur le salon mauresque qu'une porte grande ouverte dévoilait. « Le palais de Baïtovo, murmura-t-il. Depuis toujours j'en ai entendu parler dans le pays... »

Pendant que Maya et Olga soutenaient Nathalie à demi inconsciente et qui gémissait toujours le prénom d'Adichka, la servante changeait les draps. Puis ce fut le tour de la chemise de nuit, elle aussi trempée. Le corps nu mince et pâle de Nathalie avait dans l'obscurité des reflets verdâtres. Les gestes des trois femmes étaient rapides et précis et la malade regagna vite le lit. Le contact des draps secs et de la nouvelle chemise de nuit parut un moment la soulager. Son visage sur l'oreiller n'exprimait plus qu'une immense fatigue. Mais la trêve ne dura pas. Les tremblements reprirent et avec eux les gémissements, le prénom encore et toujours murmuré. Maya essuya le visage à nouveau en sueur et Nathalie brusquement s'empara avec force de la main qui tentait de la soulager. Ses yeux voilés de fièvre prirent un éclat sauvage.

— On s'aimait, vous comprenez, dit-elle très distinctement. On s'aimait...

— Ma chérie, murmura Maya, ma pauvre chérie...

Nathalie eut un gémissement voluptueux. Elle tenait toujours la main de sa belle-mère serrée dans les siennes. Son regard avait un éclat presque insoutenable tandis qu'un sourire amoureux éclairait son visage livide.

— Parfois, prononça-t-elle avec effort, nos conversations se prolongeaient jusqu'à l'aube... Je me rappelle une nuit, juste après notre mariage, où assis sur la terrasse nous avons attendu le lever du soleil... Je me rappelle toutes les nuances du ciel... le chant des crapauds et les premiers merles... Et puis, durant la nuit, le rossignol aussi, l'oiseau préféré d'Adichka... Il disait du rossignol... il disait...

Nathalie épuisée par l'effort lâcha la main de Maya et retomba sur les oreillers. Ses lèvres craquelées de fièvre murmuraient encore des mots mais il n'en sortit plus aucun son. Soudain son corps se figea dans une terrible immobilité.

— Elle est inconsciente, dit Olga.

À la fin de cette même journée et à quelques heures seulement d'intervalle, Oleg et Daphné furent à leur tour foudroyés par la fièvre. Cela faisait trois malades dans la maison et pour éviter les risques de contamination, Olga décida de les regrouper. Elle choisit de les installer dans la bibliothèque qui était la pièce la plus éloignée de l'étage des enfants. Trois lits de fortune furent dressés et l'on transporta les trois corps. Seul Oleg, parce qu'il était un homme âgé, eut droit à un paravent. Nathalie et Daphné étaient alignées côte à côte au milieu du beau mobilier Boulle ramené de France par l'arrière-grand-père de Xénia dont le portrait était exposé au-dessus de la cheminée. La bibliothèque était grande et haute de plafond. Vingt-cinq mille volumes garnissaient les murs.

Maya et Olga se relayaient au chevet des trois malades. Quand il le pouvait, le médecin passait les voir. Il était pessimiste. Partout la maladie se propageait et l'on commençait à recenser les morts. Nathalie continuait de délirer et des pans entiers de sa courte vie avec Adichka s'échappaient de ses lèvres brûlées. Maya et Olga entendirent pétrifiées le récit de leur dernière nuit et la découverte du corps horriblement mutilé d'Adichka dans un wagon de marchandises. Pour les deux femmes qui ignoraient les détails de cette tragédie, ces moments furent particulièrement douloureux. À l'horreur de la maladie, s'ajoutaient les souffrances de celui qui avait été un fils aimant, un grand frère attentif.

L'état de Daphné était le plus inquiétant. La plupart du temps inconsciente, elle avait l'immobilité des pierres. Olga avait beau la prendre dans ses bras, la bercer, lui murmurer les mots les plus tendres, aucune réaction ne se manifestait dans le petit corps raidi, si léger, qu'Olga croyait tenir un oiseau, un petit chat.

Oleg, malgré son grand âge, était le seul à retrouver brièvement sa conscience, mais c'était pour retomber tout de suite après dans une torpeur profonde. De cruelles douleurs musculaires le réveillaient et il se mettait alors à geindre, pareil à un enfant.

Le deuxième jour fut le plus critique selon le médecin : la fièvre non seulement ne baissait pas mais stagnait au-dessus de quarante. Nathalie avait cessé de délirer et, comme Daphné, était devenue inconsciente. Seul Oleg manifestait quelques signes d'amélioration. Mais si faibles, si ténus, que le médecin refusait de se prononcer.

À la fin du troisième jour, quelque chose parut se détendre dans le petit corps raidi de Daphné. Pour sa mère qui la tenait dans ses bras, ce fut si perceptible qu'elle en cria de bonheur. « Assez, dit faiblement Daphné, tu me fais mal. » Olga déposa sa fille entre les draps et contempla le cœur battant les signes du retour à la vie. C'était encore infime : de maladroits clignements de paupières, des gémissements de douleur. « J'ai soif... j'ai mal... », se plaignait Daphné.

— Maman, appela Olga.

Maya, qui était occupée à laver le torse nu trempé de sueur d'Oleg, sortit de derrière le paravent. Elle vit le sourire radieux d'Olga et posa sa main sur le front de la petite fille. Daphné cria comme si ce contact la faisait souffrir. Maya retira précipitamment sa main.

— La fièvre est tombée ! Elle est sauvée !

Maya et Olga avaient installé deux lits de camp dans la bibliothèque ; elles veillèrent toute la nuit. Parfois, l'une titubant de fatigue allait s'allonger une heure, tandis que l'autre s'assurait des progrès de Daphné. Ainsi purent-elles ensemble ou à tour de rôle constater l'amélioration d'Oleg, au cours de la nuit, et celui de Nathalie, au début de la matinée. Quand le médecin vint les ausculter, à la fin du quatrième jour, il était confiant.

— Ils vont guérir... Vous avez beaucoup de chance... On compte les morts par dizaines et ce n'est pas fini... Villa Ondine, c'est la fille aînée qui vient de mourir... Une délicieuse jeune fille de dix-huit ans...

Son regard se posa sur Nathalie et Daphné endormies, pâles jusqu'à la transparence.

— La fièvre est tombée parce qu'elles ont versé des litres de sueur... Elles sont épuisées et n'auront pas tout de suite conscience de ce qu'elles ont traversé. Pareil pour le monsieur. Mais je peux vous dire qu'avec l'acmé du deuxième jour, j'ai craint le pire...

— L'acmé ? demanda Maya.

— C'est le pic des symptômes, précisa Olga.

Le médecin leur serra la main et félicita Olga pour sa compétence.

— L'hôpital de Yalta est débordé. Faute de place, les malades s'y entassent et le fait de ne pouvoir les isoler favorise l'épidémie..

— Je viendrais vous aider.

Il sourit sans cacher l'admiration qu'il éprouvait pour elle.

— C'est ce que j'attendais de vous. Mais prenez deux jours de repos sinon c'est vous que je devrais soigner.

Il sortit à reculons et s'arrêta un bref instant sur le seuil de la bibliothèque pour contempler les murs couverts de livres. Une joie enfantine éclairait son visage émacié. « Tous ces volumes... tout ce savoir. »

JOURNAL DE XÉNIA

25 novembre 1918

Ils sont sauvés! Pendant ces quatre jours, je n'ai pu écrire une ligne tellement j'étais désespérée. Je dois confesser que j'ai presque perdu espoir, ce qui est une grande faute : il ne faut jamais douter de la miséricorde de Dieu. Mais tant de malheurs s'abattent sur la Russie... Toute la maison a vécu ces quatre jours dans la terreur. Tatiana refusait de s'alimenter et dépérissait à vue d'œil. Sérioja, voyant qu'il se passait quelque chose de grave, s'est remis à bégayer : il ne prononce plus deux mots correctement. L'épidémie partout fait rage et nous pleurons la mort de notre petite voisine Lydia avec qui, il y a si peu de jours, nous chantions dans le chœur.

27 novembre 1918

Nos trois malades, sur le strict terrain de la maladie, semblent tirés d'affaire. Mais ils sont si épuisés que c'est à peine s'ils peuvent parler. Un son trop fort, un mouvement les font souffrir. Oleg a regagné son logement. Nathalie et Daphné, trop faibles pour être transportées, sont toujours dans la bibliothèque. On les croirait en verre filé tant elles sont devenues fragiles. De voir cette prestigieuse bibliothèque connue des bibliophiles du monde entier transformée en infirmerie est pour moi une chose stupéfiante. Hier, enterrement de la petite Lydia. Sa mère, notre amie, a perdu son mari en 1916 et son fils tout de suite après. Sa douleur est insupportable. Il lui reste un petit garçon et une petite fille à élever. Cette tragédie nous a fait un moment oublier le monde de plus en plus chaotique dans lequel nous vivons. La flotte française a débarqué à Odessa où les bolcheviks ont fait une réapparition en force. L'Ukraine est à feu et à sang. À Yalta, à Gourzouf, malgré l'épidémie, un climat de violence s'est instauré. Des éléments dont on ne sait à quel bord ils appartiennent ont commencé à semer le désordre. « La racaille est de retour », pour reprendre les termes d'Olga. Les volontaires sont supposés veiller sur nous. Ils patrouillent devant nos demeures et surveillent la côte. Nous en avons deux à la maison, très jeunes, très inexpérimentés, à qui Micha enseigne le tir et la boxe anglaise.

Tatiana se tenait assise sur les dernières marches de l'escalier Tudor qui débouchait dans ce qu'on appelait le vestibule d'apparat. Aux murs, de grands et solennels portraits de famille semblaient la surveiller tandis qu'elle mâchouillait distraitement le bout d'une de ses nattes. Une odeur de pomme et de bois ciré flottait dans l'air. « L'odeur de Baïtovo », songeait Tatiana sans imaginer que toute sa vie durant elle s'en souviendrait. On lui avait dit que Micha et ses jeunes recrues ne tarderaient pas à rentrer et c'est eux qu'elle guettait, impatiente et timide.

L'un surtout l'intéressait. Il était de taille moyenne, mince, pâle et roux, avec des yeux d'un noir profond et des pommettes saillants. Ils avaient échangé quelques mots, la veille, alors qu'elle revenait de promenade et qu'il montait la garde devant le portail. Elle savait son prénom : Gaïto. Celui de son camarade, elle l'ignorait.

La lourde porte d'entrée soudain s'ouvrit pour laisser passer Micha et ses deux jeunes acolytes. Tous trois portaient des bottes de cheval et de courtes pelisses. Les vêtements neufs remis aux volontaires leur conféraient une allure martiale que Tatiana trouvait très séduisante. Elle se souvenait de leur arrivée et de leur tenue pitoyable : des habits en lambeaux malgré le froid et la pluie ; des chaussures trouées.

Micha parut surpris de la voir seule dans le vestibule. C'était la fin de la journée, l'heure où d'ordinaire les servantes s'affairaient à recharger les poêles en faïence, à tirer les volets et les rideaux. Un silence inhabituel donnait un air plus solennel encore au vestibule, à l'imposant escalier et aux portraits de la famille de Xénia.

— Il n'y a personne ? Le personnel est en grève ? demanda Micha.

— Je ne sais pas.

Il flatta machinalement la tête de Tatiana, ainsi qu'il l'aurait fait avec un de ses chiens favoris. Celle-ci n'était pas insensible à ce que lui manifestait ou pas « oncle Micha ». Elle le trouvait beau, drôle, jeune. Et puis c'était le mari de Xénia qu'elle considérait un peu comme sa mère depuis qu'elle était séparée de la sienne.

— Fais la jeune fille de la maison, lui dit Micha. Conduis-les aux cuisines et demande qu'on leur prépare à manger. Ils reprennent leur garde dans une heure.

Tatiana et les deux garçons s'engagèrent dans le souterrain qui menait aux cuisines situées dans un bâtiment jouxtant le palais. En chemin, elle expliquait de sa petite voix d'enfant qu'elle s'efforçait de rendre plus ferme : « Les cuisines sont loin de la maison à cause des odeurs. Vous comprenez ? » Elle jeta un regard aux deux garçons qui la suivaient. Gaïto se taisait, peut-être par timidité. L'autre semblait plus habile à lier connaissance, à plaisanter. « Chez nous, dit-il, la cuisine est la pièce principale de l'isba. Ma mère et ma sœur y dorment depuis la mort de mon père. L'unique chambre est pour moi depuis que je suis devenu chef de famille. Mais puisque je suis à la guerre, ma mère la loue. » Il semblait fier de ses paroles alors que Tatiana regrettait les siennes. Elle comprenait que les deux garçons venaient d'un milieu modeste ; elle ne devait en aucun cas tenter de les éblouir avec le luxe du palais. Peut-être était-ce pour cela que Gaïto se taisait. Elle se promit de se faire le plus humble possible et de tout mettre en œuvre pour qu'il se sente davantage à l'aise.

Dans la cuisine, seule la cuisinière en chef, Macha, était présente, occupée à éplucher une montagne de pommes de terre. Elle se leva à leur entrée mais Tatiana la pria de se rasseoir.

— Si c'est pas une honte, dit Macha. Mes aides se sont mises en grève! Réclamer encore une augmentation alors qu'elles touchent le double de l'année dernière! Et c'est moi qui fais tout le travail!

Les deux garçons suspendirent leur musette à une patère et s'assirent de chaque côté d'une longue table, impressionnés par les dimensions de la cuisine, les fourneaux à bois et à charbon, la batterie de casseroles et les bassines en cuivre. Macha disposa devant eux des assiettes, des couverts, deux gobelets et une cruche d'eau.

— Le menu de ce soir, c'est soupe aux champignons, boulettes de viande et compote de pommes au sirop d'airelle et à la confiture de coings, dit-elle.

— Merci, madame, murmura Gaïto.

— Merci, répéta son compagnon d'une voix plus affirmée.

Tout en versant la soupe qui jusque-là mijotait sur un des fourneaux à bois, elle les examinait des pieds à la tête, approuvant les vêtements neufs, les bottes à peine crottées.

— Vous êtes bien jeunes... Comment vous appelez-vous? D'où venez-vous?

— Mitia.

— Gaïto.

— Nos pères étaient sylviculteurs en Ossétie, dans le Caucase... Le mien a été tué par les bolcheviks parce qu'il s'opposait à ce qu'on brûle notre église. Celui de Gaïto a été écrasé par un arbre.

— Pauvres petits.

— Nous ne sommes pas à plaindre, nous sommes fiers de notre engagement dans l'Armée des volontaires.

Les deux garçons mangeaient avec appétit tout ce qu'on leur servait, observés par Tatiana qui préférait se taire, à la fois craintive et intéressée. Elle se demandait quel était leur âge — seize ans ? dix-sept ? — et songeait avec effroi qu'ils faisaient la guerre. Au cas où elle l'aurait oublié, la vue de leur pistolet accroché fièrement à leur ceinturon lui aurait rappelé la sinistre vérité. Dans un miroir fixé au mur, elle surprit fugitivement le reflet d'une presque jeune fille au visage aminci, aux yeux cernés, que deux tresses blondes contribuaient à rendre enfantin. Elle sortit alors des poches de son tablier deux peignes, releva ses tresses et les disposa en couronne autour de la tête. Ses gestes pourtant rapides n'avaient pas échappé à Mitia.

— C'est beaucoup mieux comme ça, mademoiselle.

Elle rougit de cette remarque hardie et se demanda ce qu'il convenait de faire. La venue soudaine de Micha la dispensa de répondre.

— Chère Macha, dit-il de sa voix clairon-

312

nante, crois-moi, j'apprécie que tu travailles alors que toutes les autres se tournent les pouces...

Parce qu'il la connaissait depuis des années et qu'elle avait l'âge de sa mère, il l'embrassa familièrement sur les deux joues.

— ... mais pour l'amour de Dieu, sers-nous donc un peu de ton vin de Crimée... Et n'oublie pas de prendre des verres pour les garçons et un pour toi aussi.

Il pinça le menton de Tatiana.

— Toi, tu auras droit à une gorgée, pas plus.

Le geste et les paroles déplurent à Tatiana qui le regarda avec reproche lever son verre en cristal de manière à lui faire admirer la transparence ambrée du vin; puis goûter et claquer la langue de satisfaction.

— À Mitia! À Gaïto! À nos vaillants volontaires!

La porte de l'office doucement s'entrouvrit et un barzoï noir fit son apparition. La cuisinière se leva pour le chasser mais Micha la força à se rasseoir.

— Laisse-le donc venir, c'est mon préféré. Et il le sait, le bougre...

Au son de sa voix, le chien s'immobilisa, puis timidement, avec précaution, se rapprocha de la table. Ses pattes semblaient n'effleurer qu'à peine le sol carrelé de la cuisine, un frisson de joie parcourait son échine. Arrivé à la hauteur de Micha, il s'immobilisa et posa son long et noir museau de velours sur les genoux de son maître.

Dehors il faisait nuit et il fallut allumer l'électricité. Les deux garçons attendaient que Micha leur donne l'ordre de s'en aller reprendre leur tour de garde. Mais Micha semblait ailleurs. Une de ses mains caressait le barzoï, à présent couché à ses pieds tandis que l'autre s'emparait régulièrement de la bouteille de vin de Crimée que Macha, sur sa demande, avait déposée devant lui.

— Si tu nous jouais un petit air ? dit-il soudain.

Il s'adressait à Gaïto qui sans répondre se leva et tira de sa musette un petit accordéon. Il s'assit et commença à jouer une mélodie plutôt mélancolique. Son pied scandait le rythme du bout de sa botte. Mitia s'était redressé et chantait d'une voix juste mais un peu grêle. Puis ce fut une autre chanson et puis encore une autre.

> *La nuit est là,*
> *De sous les nuages la lune, parfois,*
> *Des soldats éclaire les tombes*
>
> *Et blanchoient les croix*
> *De nos beaux et lointains héros.*
> *Alentour, sinistres, des ombres tournoient,*
> *Nous disant qu'ils sont morts pour rien.*
>
> *Des héros les corps,*
> *Déjà sont devenus poussière.*

Jamais ils n'auront eu les derniers honneurs,
Jamais une ultime prière.

Reposez en paix,
Vous morts pour la Russie bien-aimée!

Des sanglots interrompirent les musiciens : Tatiana, les coudes étalés sur la table, pleurait à chaudes larmes. « C'est trop triste... c'est trop triste... » crut entendre Micha. Une de ses tresses s'était dénouée et tressautait sur son épaule un peu maigre de petite fille.

Tatiana, les yeux encore rouges, regardait sa main comme si elle ne lui appartenait pas, comme si c'était un objet rare, précieux, tombé de la lune. Les joues en feu, le cœur battant, elle montait l'escalier sans savoir où aller. Par la porte entrouverte de sa chambre, Xénia la vit passer et l'appela.

Elle était occupée à ranger des bijoux dans différents petits coffrets en argent et en cuir, tapissés de velours bleu, rouge et vert. Colliers, broches, pendentifs, bagues et boucles d'oreilles étincelaient sur la coiffeuse. Tout à côté, on avait installé un petit bureau sur lequel Sérioja faisait ses devoirs. Il leva la tête et son visage s'illumina de bonheur en apercevant Tatiana.

— Petite abeille... écoute... je sais lire...

315

Il ouvrit un manuel intitulé *Leçons de choses* et ânonna :

— *L'hirondelle* est l'hôte de la maison : elle bâtit avec de la terre son nid au coin de notre fenêtre. Le *pinson*, le *chardonneret*, le *rossignol* et la *fauvette* font le leur avec de la mousse sur les arbres du jardin.

Il avait beaucoup bafouillé et hésité mais il avait tenu jusqu'au bout. Xénia et Tatiana l'embrassèrent pour le féliciter.

— Essaie de faire maintenant les exercices indiqués par le manuel, dit doucement Xénia.

L'enfant à nouveau s'absorba dans son travail. Mais auparavant il avait attrapé la main de Tatiana et y avait furtivement déposé un baiser. Celle-ci avait réagi comme si on l'avait brûlée. Sa main redevenait cet objet étrange et précieux qui ne lui appartenait pas. De tout son poids elle s'affaissa sur le lit, la main tendue en avant pour mieux la contempler. Xénia lui tournait le dos et ne s'était aperçue de rien. Elle jouait avec un lourd bracelet en or orné d'un gros saphir.

— Tania, Taniouchka, dit-elle, je suis si heureuse que nos malades soient tirés d'affaire que j'ai envie de te faire un cadeau.

— Hum... fit Tatiana.

— Au début de la guerre avec l'Allemagne, avec beaucoup de femmes et de jeunes filles, j'ai participé à l'effort de guerre en travaillant à « L'Entrepôt » que dirigeait la princesse Poutianine, au palais Catherine, à Petrograd... Il s'agissait de tailler dans la gaze et de rouler des bandes pour faire des pansements... Nous étions une bonne cinquantaine. C'était très animé et nous conversions bruyamment et dans plusieurs langues... Souvent, après la pause du thé, un majordome en livrée proclamait : « Leurs Altesses ! » Entraient ensuite les grandes-duchesses Olga, Tatiana, Maria et Anastasia qui se mettaient à travailler avec nous. Elles étaient toutes les quatre très jolies, très polies, concentrées et silencieuses. Nous, on ne pouvait plus rien dire car l'étiquette exige qu'on ne parle que lorsque les grandes-duchesses s'adressent à nous... On aurait entendu voler une mouche. Ma préférée était la grande-duchesse Tatiana. Sa beauté me fascinait tant que j'avais du mal à ne pas la regarder en face ! Il fallait tout le temps que je me rappelle l'enseignement de ma Miss anglaise quand j'étais enfant : « *Child, do not stare !* » Mais je voyais ses mains...

Roulée en boule sur le lit, Tatiana n'écoutait qu'à moitié ce qu'on lui racontait. Elle contemplait toujours sa main gauche, brunie par des mois de soleil, qui reposait sur un oreiller de soie blanche telle une bague dans son écrin. Cette main qu'elle jugeait ingrate et mal soignée, Gaïto l'avait embrassée. Cela avait eu lieu en sortant de la cuisine, à l'insu des autres, tandis qu'elle se baissait pour ramasser son mouchoir trempé de larmes et qui avait glissé de sa poche. « Je ne laverai plus ma main », se promettait Tatiana.

Xénia, toute à ses souvenirs de l'automne 1914, poursuivait de sa voix habituelle, douce et un peu monotone.

— ... la grande-duchesse Tatiana portait le même bracelet qu'on m'avait offert pour mes seize ans... Un bracelet très à la mode. Comme tu t'appelles aussi Tatiana, je te l'offre sans attendre ni Noël ni ton anniversaire...

« Car où serons-nous alors ? » songeait Xénia avec angoisse. Elle prit soudain conscience du silence de la chambre. Maintenant qu'elle s'était tue, elle n'entendait plus que les crissements du crayon de Sérioja, sur le cahier.

— Tania ? Taniouchka ?

Elle se retourna et aperçut enfin la fillette couchée sur son lit et qui n'avait même pas pris la peine de retirer ses bottines. « La maladie de sa sœur l'a épuisée », pensa-t-elle. Elle se leva et vint s'asseoir près d'elle. À son poignet d'enfant posé sur l'oreiller, elle passa le lourd bracelet en or.

— La pierre bleue est un saphir de l'Oural. À cause de ton extrême jeunesse, ce ne serait pas convenable de t'offrir une vraie pierre précieuse, mais le saphir est considéré comme une pierre semi-précieuse...

La lumière rose et tamisée de la lampe de chevet éclairait le visage tendre et rêveur de Tatiana ;

la bouche entrouverte ; les yeux voilés de bien-être. Son corps souple se déplia et elle s'étira tel un chat, longuement, paresseusement. « Je suis heureuse », murmura-t-elle. Et en se redressant brusquement et en se serrant contre Xénia : « Oh, si heureuse ! » Xénia la laissa faire, un peu troublée : il lui semblait que Tatiana venait de faire un premier pas hors de l'enfance. « Les pierres bleues portent bonheur », dit-elle à tout hasard.

MÉMOIRES INACHEVÉS
D'OLGA

Même vue de Suisse, en 1950, la situation de l'Ukraine fin 1918 me semble d'une complexité inouïe. Pour mes enfants et mes petits-enfants, je vais tenter, toutefois, de dresser une sorte de tableau.

Si la Crimée, fin 1918, maintenait une apparence d'équilibre, il n'en était rien pour sa plus proche voisine, l'Ukraine. C'était un abominable enchevêtrement de partis et de races, tous jetés les uns contre les autres. Après le départ des Allemands, l'Ukraine indépendante eut affaire aux Rouges, aux Blancs, aux Polonais qui réclamaient Kiev et aux nouveaux chefs ukrainiens nationalistes tels que Petlioura, Makhno, Boudienny, pour ne citer que les plus connus, qui avaient chacun leur doctrine qu'ils défendaient avec la sauvagerie des brigands. Ajoutez à ce chaudron l'Armée blanche de Denikine dans le sud, celle de l'amiral Koltchak en Sibérie. Ajoutez encore les

Anglais dans le Caucase et la Crimée, les Français à Odessa, lesquels ne pouvaient pas grand-chose pour calmer tous ces groupes en guerre les uns contre les autres. Pillages, pogroms, incendies, meurtres, exécutions de populations innocentes, règlements de compte étaient la toile de fond de cette époque barbare. La notion de solidarité nationale prônée par les bolcheviks avait volé en éclats. C'était chacun pour soi et le règne des bandes armées. Kiev, la capitale, passait de main en main, chaque nouveau dirigeant se faisait fort d'exterminer les partisans du précédent. L'écrivain Boulgakov donne une idée très juste de cette période démente dans son roman *La Garde blanche*.

À Yalta, nous subissions les contrecoups, la remontée en puissance des bolcheviks et la réapparition d'éléments non identifiés et dangereux. Nous manquions d'informations. Les plus sérieuses étaient encore celles que diffusait la presse britannique et que des officiers anglais, à notre demande, nous transmettaient. Sinon, les informations les plus folles circulaient sur l'avancée ou le recul des Armées blanches de Koltchak et Denikine. Un jour notre espoir remontait en flèche pour retomber aussitôt après. La tension de ce mois de décembre 1918 où nous attendions la victoire des nôtres et notre définitive libération est inscrite au fer rouge dans ma mémoire. J'y croyais de toutes mes forces, de toute mon âme.

D'autres prévoyaient notre fin proche, comme Xénia, ma belle-sœur, dont l'attitude défaitiste, à l'époque, me révoltait. Je dois confesser que j'avais tort et qu'elle seule avait vu juste. D'autres, telle notre amie Bichette Lovsky, se refusaient à abandonner leurs terres de Crimée, pariant sur la victoire des Armées blanches. Pour ma part, je trouvais comme d'habitude mon salut dans l'action en travaillant auprès du médecin Vassiliev, à l'hôpital de Yalta. L'épidémie de grippe espagnole à peine enrayée, ce furent le typhus et le choléra qui prirent le relais. À Baïtovo, heureusement, personne ne fut atteint par ces terribles maladies.

Les pluies, en décembre, semblaient ne jamais vouloir cesser. À une accalmie de quelques heures succédait une tempête. À Baïtovo, il fallut commencer à rationner le bois : on renonça à utiliser le salon mauresque et la bibliothèque, trop difficiles à chauffer ; on abattit encore des arbres. Xénia fouilla dans la garde-robe de ses parents, bien conservée dans d'immenses placards, pour trouver de quoi vêtir plus chaudement sa famille. Une couturière venue de Yalta coupait, cousait, refaisait des vêtements pour les enfants.

Daphné se remit de la grippe espagnole et s'étonna de ne pas tout à fait reconnaître son amie Tatiana. Celle-ci, maintenant, hésitait à reprendre leurs jeux d'avant, devenait rêveuse, mystérieusement alanguie. Parfois son visage s'enflammait sans raison ; parfois elle riait toute seule. La présence des deux jeunes volontaires semblait influer sur sa conduite. Quand ils étaient dans les parages, elle était plus vive, plus bavarde. Daphné observait ces différentes métamorphoses avec perplexité. Un matin, elle surprit Tatiana debout près de Gaïto. Tous deux se tenaient sagement appuyés contre la rambarde de la terrasse et devisaient. C'était entre deux averses, un vague soleil créait une atmosphère voilée, un peu irréelle ; au-dessus de la mer se dessina un arc-en-ciel qui disparut presque aussitôt. Daphné voulait profiter de cette accalmie pour faire une visite au cimetière des animaux, très négligé depuis sa maladie. En se glissant près de Tatiana, elle l'entendit distinctement dire à Gaïto : « Je me suis habituée à votre présence. » C'était si énigmatique que Daphné en oublia son projet et retourna, songeuse, près des autres enfants.

Nathalie se remit un peu plus lentement. Il lui restait de sa maladie une immense fatigue et une petite faiblesse respiratoire qu'elle s'appliquait à dissimuler aux siens. D'avoir failli mourir ne lui donnait pas pour autant goût à la vie mais quelque chose en elle paraissait s'éveiller. On l'entendit jouer furtivement du piano, ce qui était nouveau. Mais si quelqu'un se rapprochait pour mieux la voir et l'écouter, elle s'interrompait aussitôt comme prise en faute. « Je ne sais plus jouer, mes mains ne m'obéissent plus... mes doigts sont raides... », disait-elle en guise d'excuse. Sur les conseils de Maya, on la laissa tranquille. Mais pour beaucoup, d'entendre résonner le piano blanc de Rachmaninov était porteur d'espérance, le signe que Nathalie, doucement, à un rythme lent et douloureux, renouait avec ce qui lui avait été le plus cher : la musique.

La fin de l'année 1918 approchait et la situation générale demeurait confuse. De l'Ukraine déchirée, parvenaient des informations à la fois tragiques et fantaisistes qui effrayaient tout le monde et particulièrement les étrangers présents en Crimée. Et cela malgré la présence importante de la flotte anglaise dans les ports de Yalta et de Sébastopol.

Vers le 20 décembre, on apprit le meurtre d'un ressortissant français dont la maison se trouvait près du domaine de Baïtovo. Ce meurtre n'avait aucune explication. Cela ressemblait à un règlement de compte. Mais un règlement de compte entre qui et qui et pourquoi ? Le Français n'avait pas d'opinion politique, on ne lui connaissait aucun ennemi et sa maison était surveillée par des volontaires. On raconta que c'était un espion. Mais un espion au service de qui ? Puis une rumeur se propagea dont on ne sut jamais l'origine, mais qui s'enracina dans la petite communauté des gouvernantes anglaises. On prétendit qu'il avait été assassiné par des soldats allemands en déroute que l'arrivée des Alliés avait chassés ; que les vaincus se vengeaient des vainqueurs en tuant les Français et les Anglais. Cette rumeur provoqua une véritable panique. Toutes les gouvernantes voulurent regagner au plus vite leur pays. La présence de la flotte anglaise facilitait leur fuite et beaucoup s'inscrivirent pour le prochain départ.

Miss Lucy, troublée, hésitait. Elle et Xénia eurent quelques entretiens privés. Xénia, plus que jamais, désirait envoyer ses deux enfants et Sérioja à Londres, auprès de sa mère. Les confier à Miss Lucy balayait toutes ses craintes, tous ses doutes. Micha, consulté, ne savait plus quoi penser. La situation du pays devenait de jour en jour plus hasardeuse et les Rouges progressaient en Ukraine, se rapprochaient de la Crimée. À Yalta et dans différentes stations balnéaires de la côte, les bolcheviks refaisaient surface et recommençaient à entretenir le désordre. Brigandages et violences arbitraires reprirent de façon désorganisée et sporadique. Leur mépris des autorités alliées, leur insolence toute nouvelle annonçaient l'arrivée prochaine des leurs. Très vite il s'avéra que les Français et les Anglais n'avaient guère d'autorité sur eux. On était loin de l'ordre instauré par les Allemands. Les brigades de jeunes volontaires surveillaient en permanence le littoral dans la crainte d'un débarquement. Mais cela ne suffisait pas et tous savaient que la première attaque ennemie les décimerait.

Dans le port de Yalta, la flotte anglaise attirait beaucoup de monde. Les marins autorisaient les visites à bord et une foule très disparate s'y pressait chaque jour. L'accès en était si facile que des éléments bolcheviques s'y introduisirent pour organiser leur politique de propagande, ouvertement, sans que personne ne songe à les en empêcher : tradition britannique oblige, tout le monde avait le droit de s'exprimer. Olga ne décolérait pas : « Personne ne comprend vers où nous mène Lénine. Quand ils comprendront en quoi consiste le communisme, il sera trop tard. » Elle se rappelait avec amertume deux Français qu'elle avait côtoyés jadis à l'ambassade de France à Moscou et qui en août avaient adhéré au groupe anglo-français créé par les bolcheviks. Elle se souvenait de leur nom : le capitaine Jacques Sadoul et le lieutenant Pierre Pascal.

Aux simples curieux qui formaient la majorité des visiteurs et aux militants bolcheviques — Olga exagérait leur nombre ; en décembre 1918, ils étaient encore peu nombreux — se mêlaient comme souvent des individus non identifiables dont le seul but était de dérober une bourse, une montre. Là encore, Olga fulminait : « On ne devrait pas laisser la racaille monter à bord. L'esprit démocratique des Anglais est ridicule, insupportable ! »

Xénia, de son côté, voyait les choses tout autrement. Elle notait le confort des navires, la nourriture abondante, la gentillesse et l'hospitalité des marins anglais. Un premier navire était parti avec à son bord un important contingent de gouvernantes. Un deuxième était annoncé pour mars ou avril 1919 et Xénia avait arrêté sa décision : avec ou sans Miss Lucy, Hélène, Pétia et Sérioja s'en iraient à Londres rejoindre sa mère. Elle lui avait d'ailleurs écrit une longue lettre dans ce sens qu'un officier anglais se chargerait de lui transmettre. Tranquillisée sur le futur sort de ses enfants, Xénia se sentait plus calme, presque heureuse. Elle repensait avec bonheur aux fêtes de Noël qui avaient eu lieu dans la tendresse et le recueillement; au dîner qu'elle s'apprêtait à donner pour célébrer le Nouvel An. Profiter de ses enfants avant qu'ils ne partent occuperait tout son temps libre. Ce qu'il adviendrait ensuite d'elle-même, de Micha, des autres membres de sa famille et de son domaine de Baïtovo, elle n'osait même pas y songer.

C'était donc le Nouvel An et nulle part le cœur n'était à la fête. Parce que ses parents avant elle l'avaient fait, parce que en ces temps troublés il n'était pas inutile de respecter les traditions, Xénia avait invité quelques amis et Bichette Lovsky pour le dîner. Pour l'occasion on avait rouvert le salon mauresque plus grand que le petit salon chinois; chargé à fond les poêles en faïence.

Micha devait choisir les meilleures bouteilles de vin et décider de l'ordre des dégustations.

Exceptionnellement ce jour-là, le vent s'était calmé dès le début de l'après-midi ; les pluies faibles et sporadiques semblaient autoriser des sorties et Miss Lucy avait entraîné les aînés des enfants pour une longue promenade le long du littoral. Tatiana, Daphné, Hélène et Anton s'en étaient allés à sa suite par le sentier du Tsar. Ils partirent en chantant à tue-tête la ballade irlandaise qu'ils avaient chantée à Noël et leur gaieté avait paru de bon augure à Xénia : comme si les enfants étaient les petits baromètres de l'humeur des adultes en général.

Les journées étaient courtes et on allumait très tôt l'électricité. Aidée de Nathalie, Xénia décorait la grande table de la galerie qui faisait office de salle à manger. Elle disposait des branches de houx sur la nappe en lin blanc ; des roses de Noël, fierté de ses serres, dans de délicats petits vases en argent.

La galerie, tout en bois, était de dimensions imposantes : cent cinquante mètres de long et huit de haut et par son balcon, au-dessus de la table. Xénia surprit le regard curieux de Nathalie.

— C'est pour accueillir un petit orchestre de chambre, dit-elle. Ma famille a toujours été très musicienne... Aucun dîner un tant soit peu important n'avait lieu sans concert...

Nathalie, un instant, fut distraite de ses pensées.

— Ce devait être merveilleux...

Son regard songeur autorisa Xénia toujours très discrète à formuler une demande.

— Si tu jouais pour nous, ce soir...

Nathalie ravala le non très sec qui lui était aussitôt venu, consciente qu'elle se devait de faire un effort ne serait-ce que pour remercier Xénia de son hospitalité.

— Mes mains, dit-elle en regardant ses mains fines et longues aux ongles coupés très court. Mes mains ne m'obéissent plus...

Elle déplia et referma ses doigts, tordit ses poignets comme pour leur faire faire un peu d'exercice. Son visage encore très pâle était empreint d'une douceur que Xénia ne lui connaissait pas.

— Si tu chantes des romances de Tchaïkovsky, je veux bien t'accompagner, dit-elle avec prudence.

À ce moment la grande porte d'entrée s'ouvrit et on entendit les hurlements des enfants et les cris de Miss Lucy pour les rappeler à l'ordre : « *Children ! children ! Don't run, don't scream.* » Mais cela n'empêcha pas Tatiana, blafarde et tremblante, les tresses en désordre, de faire irruption dans la salle à manger.

— Au-dessous... sur la plage... il y a deux noyés...

À la lueur tremblée des torches que brandissaient des serviteurs, Xénia, Nathalie et Oleg découvrirent les deux corps rejetés par les courants et qui gisaient sans vie sur les galets. Les vagues, régulièrement, éclaboussaient leurs pieds dont on avait retiré les bottes. Ils gisaient à plat ventre, leurs vêtements gonflés par l'eau. Oleg, doucement, en retourna un. C'était un très jeune homme, presque un enfant, le visage arraché par une balle tirée à bout portant. L'autre avait un trou dans la nuque. Tous deux portaient l'insigne des volontaires.

— Je les reconnais, dit Oleg. Ce sont les garçons qui montaient la garde devant le phare.

Le premier il se signa, aussitôt suivi par Xénia, Nathalie et les serviteurs.

— Transportons leurs corps à l'abri, dit-il encore. Le vent se lève, la mer va les reprendre...

Ce fut long et délicat de calmer la peur de Tatiana, Daphné, Hélène et Anton. Xénia et Olga s'y employèrent du mieux qu'elles purent, avec des jeux, des contes, n'importe quoi susceptible de les distraire. Xénia essaya de leur expliquer que les hommes, comme les animaux, mouraient. Mais pour les enfants, on était loin du paisible et joli cimetière des animaux! Puis on rappela le sapin de Noël et les cadeaux; on évoqua une éventuelle promenade en carriole; la naissance prochaine d'un poulain et l'achat de nouvelles tourterelles. Les deux plus petits montèrent se coucher, apaisés et rêveurs. Daphné demeurait très troublée. Quant à Tatiana, elle se retira dans sa chambre le cœur lourd d'appréhension : et si l'ennemi s'en prenait à Gaïto? à Mitia? Xénia, alors, lui monta une tasse de fleurs d'oranger. « Tes amis montent la garde à l'intérieur du domaine... Micha ira les voir », lui dit-elle pour la rassurer.

Le repas, ensuite, se déroula dans une atmosphère de grande tristesse même si tous les convives firent de leur mieux pour y apporter un peu de chaleur, un peu d'animation. On avait applaudi la soupe aux champignons et le canard rôti accompagné de pommes marinées et de gelée d'airelles. Mais à ceux qui auraient désiré oublier la situation de plus en plus tragique de l'ensemble du pays et bientôt de la Crimée, l'assassinat des deux jeunes volontaires en soulignait la tragique réalité. Ce meurtre, selon Micha, ne portait aucune signature et cette constatation n'était pas pour calmer les esprits. Qui étaient les assassins, d'où étaient-ils venus? L'hypothèse d'un début de débarquement bolchevique, si elle n'était pas prouvée, restait possible.

— Accuser les Rouges est trop simple, dit soudain Nathalie.

Elle avait parlé d'une voix dure, presque tranchante. D'avoir contemplé les deux jeunes gens tués à bout portant l'avait particulièrement bouleversée. Les corps mutilés lui en avaient rappelé un autre et elle s'était à nouveau sentie écrasée de désespoir. Puis, à la surprise des personnes présentes, elle avait insisté pour procéder elle-même à la toilette des morts que l'on avait transportés dans une salle du palais en attendant de les mettre en terre. Elle s'était acquittée de cette tâche avec sang-froid et une sorte de raideur qui ne l'avait pas quittée durant tout le dîner et qui semblait seulement commencer à se dissiper maintenant qu'ils se trouvaient tous à prendre le café et les liqueurs dans le salon mauresque.

— Tu n'as pas forcément tort, lui répondit Micha. Nous savons que dans le Caucase du Nord et en Ukraine, sévissent ceux qu'on appelle « les Verts », bandes composées de déserteurs qui opèrent pour leur propre compte et qui tuent les Rouges, les Blancs et les officiers étrangers...

— Mais le Caucase du Nord est sous le contrôle du général Denikine, objecta Olga.

— En sommes-nous si certains ?

Micha se tourna vers Bichette gracieusement assise sur les coussins multicolores du sofa très bas et qui se confondait avec les nombreux tapis.

— Tu as des nouvelles de Nicolas ?

Bichette fit non de la tête. Elle semblait très fatiguée et de fait elle l'était depuis qu'elle avait offert ses services à l'hôpital de Yalta où tout manquait, le personnel comme les médicaments. Son ignorance en médecine ne l'avait pas découragée et elle aidait là où elle le pouvait, ne refusant aucune tâche, même les plus ingrates. C'était pour elle la meilleure façon de manifester sa solidarité envers son mari Nicolas, engagé dans l'Armée blanche du général Denikine.

Olga, assise à ses côtés, fumait cigarette sur cigarette. Elle aussi était fatiguée. Avec l'apparition du typhus et du choléra, les malades s'entassaient partout. Sur sa demande, les habitants de Yalta avaient apporté des matelas, des draps et des couvertures. Grâce à ces dons, on avait pu installer un deuxième dortoir dans ce qui était auparavant le réfectoire. Malgré le travail incessant de tous, il y avait encore et toujours des morts, parfois au sein du personnel hospitalier. Mais depuis deux jours, il y avait une accalmie et le médecin avait osé une prédiction optimiste : « L'épidémie est enrayée. La maladie ne progresse plus. — Il était temps, lui avait avoué Olga. Nous n'avons plus rien, ni médicaments, ni désinfectants, ni thermomètres. »

Vers les onze heures, Maya manifesta le désir de se retirer dans sa chambre. Depuis les nuits passées dans la bibliothèque à veiller Nathalie, Daphné et Oleg, elle demeurait affaiblie, traînant une fatigue que même le sommeil ne dissipait plus. Puis ce fut le tour des invités. Leurs villas se trouvaient à Gourzouf et ils craignaient de traverser Yalta au moment où la foule sortirait dans la rue pour célébrer la nouvelle année. Cela ne concernait pas Bichette qui dormait à Baïtovo. On s'embrassa sans rien se souhaiter et Micha les raccompagna jusqu'au portail où Gaïto et Mitia montaient la garde. Les invités partis, il sortit des poches de sa redingote un flacon et trois verres.

— Je ne vous ai pas oubliés, dit-il. Nous allons trinquer à la victoire de nos armées, au retour de la paix et à la nouvelle année.

Les garçons ne se firent pas prier. Il leur avait fallu beaucoup de courage pour surmonter la terreur qui s'était emparée d'eux à l'annonce de la découverte des corps de deux des leurs ; pour demeurer dans la nuit avec pour seule défense les pistolets accrochés à leur ceinturon. Jamais jusque-là le vent dans les arbres, les craquements des branches et les aboiements des chiens dans la montagne ne les avaient à ce point effrayés.

Le salon mauresque, éclairé par de petites lanternes de couleur, était comme une enclave à l'intérieur du palais. C'était dépaysant, cela prêtait à la rêverie. Nathalie, dans sa robe de deuil, nichée au milieu des coussins pistache et rose framboise, parvenait lentement à se détendre. De temps à autre, elle regardait Bichette étalée telle une odalisque sur les coussins. Son visage rond et placide, ses longs cheveux blonds retenus en une seule natte très épaisse, lui causaient à chaque fois un serrement de cœur. Voir Bichette, c'était revoir Adichka ; c'était se souvenir de leurs soirées ensemble, des exercices de musique en commun, des promenades à cheval, du patinage sur l'étang gelé durant l'hiver 1916-1917. C'était surtout se souvenir que Nicolas et Bichette Lovsky auraient peut-être pu sauver Adichka de la mort, en tentant un coup de force, en le faisant évader. C'était difficile, extrêmement périlleux. Adichka et Nathalie étaient enfermés et gardés par une foule ivre morte et sanguinaire qui ne souhaitait rien d'autre que les massacrer au plus vite. « Les délivrer était trop risqué, avait dit Nicolas lors de l'enquête qui avait suivi le meurtre d'Adichka. Nous aurions été pris et tués sur-le-champ. » Cette phrase lue et relue torturait Nathalie. Et s'ils avaient malgré tout réussi à sauver Adichka ? Ce doute, cette interrogation, s'infiltraient en elle comme un poison.

Une mandoline traînait sur le tapis. Bichette s'en empara, pinça les cordes et à mi-voix se mit à réciter :

Ne me les chante pas, ma belle
les chansons de Géorgie,
leur amertume me rappelle
une autre rive, une autre vie.

Nathalie croyait reconnaître ce poème que Bichette récitait en improvisant des accords sur la mandoline. Pouchkine ? Elle n'en était pas sûre. Elle regardait à nouveau Bichette, son teint clair, ses lèvres joliment ourlées, ses poignets un peu épais et ses mains potelées aux ongles rongés qui lui rappelaient les mains de sa sœur Tatiana. Qu'éprouvait-elle vraiment en face de Bichette ? Qu'éprouverait-elle devant Nicolas quand il reviendrait du sud où il combattait ? Elle ne l'avait pas revu depuis son engagement dans l'Armée blanche.

Bichette surprit le regard sombre de Nathalie et s'arrêta de chanter et de jouer.

— Il y a quelque chose qui ne va pas ? demanda-t-elle.

Son angoisse si visible fit sourire Nathalie. Un sourire à peine esquissé mais sincèrement amical. « Continue, reprends ton poème... », dit-elle en guise de réponse.

Bichette ne se fit pas prier. Dans les coussins pistache et rose framboise, avec sa chevelure blonde et sa robe de soie bleue bordée de fourrure, elle était charmante. « Un bonbon, rêvait Nathalie. Ou une pâte d'amande dans une boîte de confiserie. » Et de façon tout à fait inattendue, elle pensa : « Elle n'est pour rien dans la mort d'Adichka. Pas plus que Nicolas. » Cette pensée avait le poids et le sérieux d'une décision et ce fut comme une bouffée d'air pur. Pour la première fois, elle put contempler Bichette avec calme, avec tendresse. Et dans un de ces mouvements spontanés qui jadis la caractérisaient, elle se glissa sur les coussins et posa sa tête sur les genoux de Bichette.

— Bonne année, mon amie, lui murmura-t-elle, puis, en se redressant : Sortons un instant sur la terrasse, Olga nous enfume avec ses cigarettes.

Dehors, il ne pleuvait plus. Mais le ciel bas et sombre dissimulait la lune, les étoiles. La mer seule avait quelques reflets métalliques et cela apportait un peu de vie à ce paysage obscur et figé.

Enroulées dans des châles et des pèlerines, Xénia, Olga, Bichette et Nathalie scrutaient l'horizon, trop lasses pour se parler. Hormis le fracas des vagues sur les galets, aucun son particulier ne parvenait des villages environnants, aucun chien ne courait dans la montagne. À croire qu'hommes et bêtes s'étaient couchés sans attendre la nouvelle année. Comme si chacun, tacitement, n'en espérait plus rien. Bichette, la première, rompit le silence.

— Bonne et heureuse année, dit-elle sur un ton qui se voulait léger.

— Bonne et heureuse année, répondirent mécaniquement Xénia, Olga et Nathalie.

Elles s'embrassèrent à tour de rôle dans la nuit sombre et froide. Soudain une fusée éclata dans le ciel, aussitôt suivie de quelques autres. De la plage de Yalta, on tirait un feu d'artifice. Mais le ciel un bref instant illuminé redevint noir et le silence, à nouveau, recouvrit tout.

1919 venait de commencer.

20 janvier 1919

Des incidents violents ont éclaté à Gourzouf, nécessitant l'intervention de la marine anglaise. Il semblerait que les instructeurs bolcheviques soient de retour et poussent la population locale à s'en prendre à notre petite communauté. Leur propagande se répand partout.

À Baïtovo, tout suit son cours. Les enfants s'amusent avec leurs cadeaux de Noël en oubliant qu'avant ils étaient autrement plus somptueux ! Quand je pense qu'il n'y a pas si longtemps, à chaque Noël, à chaque anniversaire, je n'avais qu'à me rendre au grand magasin de jouets de la Konnyouchenaya où l'on pouvait acheter des jouets du monde entier ! Petrograd était un paradis et nous ne le savions pas. Je me rappelle aussi les cérémonies du 6 janvier 1914, à la forteresse Pierre-et-Paul, quand notre Tsar Nicolas II présidait la traditionnelle bénédiction des eaux de la Neva. Que reste-t-il de ces jours heureux d'avant la guerre ? En ce moment, je ne cesse d'y penser avec ce sentiment terrible que c'est un monde qui a disparu et qu'on est déjà en train d'oublier

25 janvier 1919

Surprise et joie de voir arriver chez nous un marin anglais chargé d'un gros colis en provenance de Londres. C'est maman qui nous envoie des puddings, des biscuits de toutes sortes, du thé, de la viande et du jambon en conserve, des pâtes de fruits. De quoi faire bombance dès demain. C'est d'autant plus appréciable qu'on ne trouve plus grand-chose à Yalta où les derniers magasins sont en train de fermer.

Vif émoi chez les enfants. Les jardiniers ont trouvé sur le sol un grand aigle de la montagne blessé à l'aile qu'ils pensaient achever d'une balle de revolver. Micha est intervenu pour qu'on tente de le soigner. Maintenant il est enfermé dans une cage. Nous sommes tous affectés de voir cet oiseau royal prisonnier derrière les barreaux.

JOURNAL DE TATIANA

27 janvier 1919

J'écris rarement dans mon journal et ce n'est pas bien. Mais le temps file et je n'ai plus de temps pour rien. Il y a les heures de cours, les promenades, les moments en famille. Je n'ai que peu souvent l'occasion de m'entretenir avec Gaïto et Mitia, mais les savoir là suffit à mon bonheur. Je les trouve formidablement courageux quand ils me disent qu'ils n'ont pas peur et qu'ils attendent les bolcheviks de pied ferme. Avec Daphné, c'est parfois plus difficile qu'avant car elle ne comprend pas toujours que j'aie parfois besoin d'être seule. Mais nous avons repris notre activité au cimetière des animaux et nous avons enterré hier un écureuil et une mouette. Le grand aigle prisonnier dans sa cage fait peine à voir, mais oncle Micha nous a dit qu'il est trop tôt pour le relâcher et qu'il faut attendre. Malgré les remontrances de tante Olga qui trouve que je suis trop jeune, je porte en permanence le merveilleux bracelet en or offert par tante Xénia. Je le regarde cent fois par jour et je suis heureuse. Pour Noël, tante Xénia m'a offert des pendentifs qui vont avec mais « je ne dois pas me faire percer les oreilles avant d'avoir seize ans ». Trois ans d'attente, c'est long! Daphné continue à apprivoiser ses lézards. Ils sont si abrutis par leur captivité qu'elle peut en poser plusieurs sur ses épaules et ses bras sans qu'ils s'échappent. Moi, ça ne m'amuse plus.

1ᵉʳ février 1919

Important service religieux à la cathédrale de Yalta pour les victimes de la grippe espagnole, du typhus et du choléra. Beaucoup de familles en deuil, grande ferveur religieuse. Les épidémies, à Yalta, paraissent enrayées, ce qui n'est pas le cas dans les grandes villes, où elles se propagent avec une rapidité foudroyante.

Les enfants vont bien, travaillent bien. Beau temps, clair et froid. Micha a réussi à convaincre Nathalie de remonter à cheval. Il a déniché pour elle et Olga deux de ces infatigables chevaux tatars échangés à un paysan contre une horloge et une montre. Le « troc » se pratique de plus en plus. Il est fréquent, maintenant, de voir arriver sur le marché de Yalta des paysans chargés de victuailles qui repartent plus tard avec un tapis, une lampe, une fourrure, une horloge. Nous

344

allons devoir nous y mettre même si à Baïtovo
nous avons nos fruits, nos volailles, nos œufs et
nos légumes. Mais plus, hélas, en quantité suffi-
sante pour tout le monde.

7 février 1919

L'Armée rouge occupe Kiev.

10 février 1919

Maintenant que Kiev est complètement aux
mains des bolcheviks, l'Ukraine a cessé d'être un
État indépendant pour redevenir une province
russe. Beaucoup d'amis et de parents n'ont pu
s'enfuir à temps et se sont trouvés pris au piège.
Quel va être leur sort? Les communications
passent très mal entre l'Ukraine et la Crimée.
Nous sommes tous très inquiets.

15 février 1919

Hier, sur sa demande, je me suis entretenue
avec l'impératrice douairière. Elle m'a reçue avec
sa simplicité habituelle et m'a traitée comme un
membre de sa famille. J'étais avec ma fille

Hélène, très impressionnée de rencontrer l'épouse du Tsar Alexandre III et la mère du Tsar Nicolas II. L'impératrice douairière m'a confié que sa sœur, la reine Alexandra d'Angleterre, insiste pour qu'elle quitte la Crimée avec sa famille. Pour l'instant elle s'y refuse et insiste sur sa place en Russie, au sein du peuple russe. Elle continue à croire que « Nicky » est en vie et que l'annonce par les bolcheviks de son exécution est un mensonge. Son inébranlable conviction est très impressionnante. Elle m'a confié son indignation à l'annonce de l'office religieux à la mémoire de « Nicky » qui s'est tenu, à Londres, en présence du couple royal. Elle semble n'attacher aucune importance aux risques qu'elle encourt en restant ici. Des officiers arrivés en renfort montent la garde autour d'elle et des grandes-duchesses. Devant son courage et son mépris du danger, je n'ai pas osé lui dire que mes enfants partent pour Londres à la mi-avril.

Les pluies de février s'espacèrent enfin. Entre deux accalmies le frileux soleil de mars refit son apparition et tous à Baïtovo en ressentirent les bienfaits. Un air printanier chargé de parfums nouveaux flottait et la montagne se couvrit d'anémones et d'orchidées sauvages, mauves et roses. Les arbres fruitiers commençaient leur floraison : la venue du printemps était sensible partout. Les aînés des enfants refirent de grandes promenades tandis que les plus petits jouaient sur les galets de la plage. Micha, parfois suivi de Nathalie, parcourait les environs à cheval. Une énergie soudaine poussait tout le monde à sortir, à se dépenser. L'hiver semblait définitivement terminé et il devenait plus facile alors d'oublier un instant la guerre civile et les épidémies qui ravageaient toutes les grandes villes. On se communiquait les nouvelles le soir, après le dîner. Dans la journée, on profitait le plus possible du beau temps retrouvé.

Ce jour-là, un soleil plus franc avait permis que l'on installe dehors quelques meubles de jardin. Xénia avait fait disposer sur la terrasse des chaises longues et des fauteuils en rotin. Confortablement allongée, une couverture écossaise sur les jambes, elle tenait dans ses mains un ouvrage de tapisserie auquel elle ne travaillait pas encore. Elle écoutait les chants des oiseaux ; elle suivait dans le ciel les vols serrés des étourneaux. Au palais, on avait commencé d'entreprendre le grand ménage qui marquait la fin de l'hiver et des fenêtres ouvertes parvenaient les rires et les conversations des servantes. Une perceptible bonne humeur régnait partout, on ne parlait plus de grèves ni d'augmentations de salaire. Oleg dirigeait son monde en affichant un sourire satisfait. « Avec le retour du soleil, l'ambiance générale est bien meilleure », avait-il dit à Xénia.

Xénia, sur sa chaise longue, entourée de ses deux cockers, contemplait le grand escalier, les six lions en marbre blanc, les terrasses à nouveau encombrées de lauriers en pot ; la mer du même azur que le ciel. Parce qu'elle était seule, elle pouvait songer à ses deux frères disparus, à leurs jeux de jadis. « Nous avons grandi ici, à Baïtovo, je ne dois pas partir », pensait-elle en oubliant que depuis des mois elle prétendait le contraire. Rassurée sur le sort des enfants — la date officielle de leur départ était fixée au 14 avril —, il lui semblait que sa place était là, à Baïtovo. L'avancée des Rouges au nord de la Crimée ? Elle en minimisait les conséquences. Elle comprenait parfaitement l'attitude de l'impératrice douairière qui revendiquait sa place « sur le sol russe, parmi les Russes ». La chaleur du soleil sur sa peau, le paysage si harmonieux lui donnaient à cet instant un fugitif sentiment d'éternité. Malgré le sort dramatique de la Russie, les déchirements de la guerre civile et la mort présente partout, elle avait tout à coup l'espoir tenace que quelque chose allait changer, qu'un miracle allait survenir. Xénia souriait de plaisir, de bonheur, sans savoir que ce sourire, cette euphorie et cet espoir ne faisaient que répondre à cette première journée de printemps.

Sa rêverie fut interrompue par l'arrivée de Daphné. Elle avait surgi sans s'annoncer de derrière un massif de fleurs et avançait sur la terrasse, lentement, les bras tendus en avant, avec une raideur inaccoutumée. Arrivée à la hauteur de Xénia, elle se figea dans une pose de danseuse et d'une inclination du menton désigna son cou, ses épaules. Cinq lézards s'y trouvaient accrochés formant un curieux collier à la fois vivant et immobile. Xénia retint un mouvement d'effroi puis se redressa de manière à examiner de plus près les lézards.

— Ils ne se sauvent pas ?

— Ils sont apprivoisés.

— Vraiment ? Comment est-ce possible ?

— Tatiana prétend qu'ils sont abrutis par leur captivité. Mais ce n'est pas juste, j'ai fait avec eux un vrai travail de dompteur...

Dans sa robe de cotonnade claire, avec ses longs cheveux bruns dénoués et retenus par un ruban, sa pose de danseuse et son étrange parure, Daphné ressemblait à une allégorie du printemps.

Des coups de fusil éclatèrent au loin, sans doute dans la partie montagneuse du domaine. Et Xénia, tout à coup, eut le cœur serré d'appréhension. Jadis, elle aurait accusé un chasseur de braconner sur ses terres. Jadis. Mais les cockers à ses pieds continuaient de dormir et Daphné, à présent volubile, livrait les secrets de sa méthode de dressage. Xénia se renfonça dans sa chaise longue et regarda avec espoir le paysage tout autour, si calme, égal à celui qu'elle contemplait avec bonheur quelques minutes auparavant. « Pourvu que ce ne soit qu'un chasseur », pensa-t-elle. Sur la première marche de l'escalier, une chatte grise inconnue, avec de longues pattes et des yeux jaunes, s'installa pour se chauffer au soleil. Plus tard, en se rappelant ces jours, Xénia dira : « Oui, tout était précaire et incertain mais cependant, c'était le bonheur. »

MÉMOIRES INACHEVÉS
D'OLGA

Après le départ des Allemands et l'arrivée des Alliés, j'étais pleine d'espoir. Les Anglais et les Français, accueillis avec enthousiasme par la population russe et les volontaires de Denikine, « fraternisèrent » au début avec nous. Il y eut même en novembre 1918 un lieutenant français du nom d'Erlich qui déclara : « Vous pouvez compter sur l'aide de la Grande-Bretagne et de la libre France ! Nous sommes pour vous, nous sommes avec vous... Je crois fermement que bientôt, sur les tours du Kremlin, le drapeau rouge taché du sang de tant d'innocentes victimes sera remplacé par le glorieux emblème tricolore de la Grande Russie une et indivisible. » L'écho de ce discours arriva jusqu'aux différents fronts et enflamma l'ardeur des volontaires. Il ne fut, hélas, suivi d'aucun effet. En novembre 1918, toutefois, une sorte de gouvernement antibolchevique s'était instauré en Crimée en liaison avec l'Armée des volontaires de Denikine. Réaliste, Denikine ne demandait pas aux Alliés de combattre à ses côtés mais de protéger pacifiquement les provinces russes des pillages et autres exactions bolcheviques. Cela lui aurait permis de rassembler toutes ses troupes et de libérer les villes clefs du sud, de l'est et de l'ouest, puis de marcher sur Moscou et Petrograd. Début 1919, cet espoir dans l'intervention des Alliés à nos côtés fut cruellement démenti. L'attitude des Français à notre égard se révéla particulièrement odieuse. Des mesures discutables furent prises à Odessa entre les Français et les dizaines de groupements politiques locaux qui tous parlaient au nom de la « Vraie Russie » — principalement des propagandistes ukrainiens séparatistes et bolcheviques. Les volontaires furent évincés et cela aboutit à l'abandon pur et simple d'Odessa aux bolcheviks, le 22 mars 1919. Conséquence immédiate, la flotte française gagnée par la propagande bolchevique se mutina. Les volontaires désarmés et évacués mirent plus d'un mois pour rejoindre l'Armée blanche, à Novorossisk. En Crimée, au même moment, c'était tout aussi dramatique : les bolcheviks occupaient le détroit de Perekop, prenaient position à Sébastopol et se rapprochaient de Simferopol situé à quatre-vingt-cinq kilomètres seulement de Yalta.

JOURNAL DE XÉNIA

26 mars 1919

Les nôtres reculent et les bolcheviks gagnent du terrain. Grande tension partout. Des nouvelles alarmantes circulent, que nous ne sommes pas toujours en mesure de vérifier. Les bolcheviks occuperaient le détroit de Perekop, marcheraient sur Simferopol. À Sébastopol, la situation se détériore : les Français sont en train de laisser la place aux bolcheviks et la population est terrorisée. À Yalta, la présence britannique les tient encore à distance. Jusqu'à quand ?

27 mars 1919

Nous sommes tous très inquiets et l'humeur des enfants s'en ressent. Tatiana est venue me voir et m'a demandé : « Qu'est-ce qu'on attend ? Qu'est-ce qu'on va devenir ? » Je n'ai pas su lui répondre. Pouvais-je lui dire que notre seul choix est de vivre au jour le jour sans regarder l'avenir ? Pouvais-je lui avouer mon désarroi ? Pour la distraire, je lui ai proposé une visite aux marins britanniques. Sur le croiseur, nous avons rencontré beaucoup d'amis, eux aussi très inquiets, parlant de s'enfuir, ne sachant comment, sans faire attention à la présence des enfants. Les petits visages soudainement angoissés de Tatiana, Hélène, Daphné et Sérioja m'ont fait mal. Nous sommes remontés à Baïtovo en empruntant le sentier du Tsar et en faisant des bouquets de fleurs. Les orchidées sauvages poussent partout dans les champs, au bord des chemins. Les prairies sont mauves d'anémones. Le printemps arrive, radieux, mais cela ne fait que souligner la cruauté de cette attente.

28 mars 1919

Des bruits courent selon lesquels les souverains anglais insistent de plus en plus pour que l'impératrice douairière et les siens quittent la Crimée. Il semblerait qu'elle s'y refuse toujours obstinément. Par le biais des officiers britanniques, elle suit au jour le jour la progression des bolcheviks. À Sébastopol, la situation des opposants au régime communiste devient dramatique. Beaucoup veulent fuir par la mer, des centaines, dit-on.

29 mars 1919

On apprend que les murs de Sébastopol se couvrent de proclamations bolcheviques appelant la population de la ville à s'opposer en masse au départ des émigrants. Le colonel français responsable de Sébastopol a instauré l'état de siège. Pluie et froid. Ce printemps que nous fêtions était trompeur, mensonger.

MÉMOIRES INACHEVÉS
D'OLGA

Ce qui eut lieu fin mars à Sébastopol, avec la complicité passive des Français, a été dramatique. Les comités bolcheviques locaux appelèrent la population de la ville à s'opposer au départ des nombreux civils qui voulaient s'enfuir. Les cargos russes étaient pris d'assaut. Des bombes à retardement furent alors déposées dans les cales du cargo *Rion*. Leurs explosions, ensuite, firent une centaine de victimes parmi lesquelles beaucoup de femmes et d'enfants. Aussitôt après, le 2 avril, sous l'influence des comités bolcheviques, les Français interdirent l'évacuation des civils et ordonnèrent aux volontaires de quitter la ville de façon à laisser tout le pouvoir aux bolcheviks. Un dernier cargo russe fut autorisé à quitter le port. Le général blanc Rerberg et son état-major veillèrent jusqu'au bout à l'embarquement des civils. Ensuite, avec leur famille, ils montèrent à bord du navire français *Duguay-Trouin*.

Mais le 7 avril, les bolcheviks réclamèrent aux Français qu'on leur livre les officiers russes. Aux autorités françaises sur le point d'accepter, Rerberg déclara : « Vous nous laissez le choix entre être jetés à la mer ou être fusillés par les Rouges. » C'est sans doute ce qui se serait passé si un navire de guerre anglais présent dans la rade ne les avait pas tous pris à son bord. Le général blanc et son état-major durent donc leur salut aux Anglais, exactement comme nous, à Yalta, au même moment.

Pour nous, tout alla très vite car l'Armée rouge avait pris Simferopol et se préparait à marcher sur Yalta. Les voies terrestres étaient coupées, il restait la mer.

Le matin du 7 avril 1919, le commandant des forces navales britanniques à Sébastopol se rendit auprès de l'impératrice douairière pour lui annoncer que le roi George V tenait à sa disposition le croiseur *Marlborough* et qu'elle devait s'enfuir avec sa famille. L'impératrice commença par refuser puis accepta. La nouvelle de son départ et de celui du grand-duc Nicolas Nikolaïevitch se répandit comme une traînée de poudre et provoqua une immense panique. Des milliers de personnes menacées par l'arrivée proche des bolcheviks demandèrent à s'enfuir. L'impératrice, avec le courage et la loyauté qui la caractérisent, exigea alors des autorités anglaises que tout fût mis en œuvre pour les évacuer. Elle-même ne consentirait à quitter Yalta qu'une fois la dernière personne embarquée. Les Anglais durent s'incliner et de nombreux navires alliés entrèrent dans le port pour prendre ces milliers de personnes.

L'organisation en extrême urgence de cet exode massif demandait un minimum de quarante-huit heures et c'est le temps que nous eûmes pour faire nos valises. Les consignes étaient formelles : pas plus de deux malles par famille, pas d'animaux domestiques ni d'objets encombrants. (Petite parenthèse : nous avons tous été si disciplinés que les cales du navire se trouvèrent, ensuite, à moitié vides et que nous eûmes à souffrir de la houle ! Le regret de n'avoir pas bravé les consignes me tarauda longtemps ! Tous, nous avions dû abandonner l'essentiel de nos biens.)

L'exode autour de l'impératrice douairière et du grand-duc Nicolas regroupait des familles de tous les horizons politiques et géographiques. Toutes étaient candidates à l'exil, quel qu'il soit, en l'occurrence Constantinople dans un premier temps. Après, c'était l'inconnu. Une autre partie de la population — dont notre amie Bichette Lovsky — préférait rejoindre le Caucase alors aux mains des Blancs. Ceux-là devaient embarquer le même jour, le 11, en début de soirée, sur un vapeur russe.

Tant d'années après, je garde de cet épisode

décisif de notre vie à tous le sentiment d'une grande confusion due à l'urgence et à la peur. D'une grande irréalité, aussi. J'ai fait ce qu'il fallait faire dans un état second. L'ennemi qui se rapprochait mais qu'on ne voyait pas, cette fuite de milliers de personnes parmi lesquelles notre famille, n'étaient pas *réalistes*. Cela ne ressemblait pas à ce que nous avions vécu jusque-là. Cela s'apparentait davantage aux récits dont je raffolais petite fille. Aujourd'hui, il me semble que j'ai lu tout ça dans des livres d'enfants. Beaucoup de détails m'échappent, je ne suis plus certaine, par exemple, des conditions météorologiques. Je crois me souvenir qu'il pleuvait et que la mer démontée empêchait le contre-torpilleur anglais d'accoster dans le petit port Saint-André, sous le palais de Baïtovo, domaine de ma belle-sœur Xénia Belgorodsky. Ma fille Daphné, alors âgée de huit ans, se rappelle, elle, une radieuse journée de printemps.

Ce n'est qu'aux environs de quinze heures, ce 11 avril 1919, que Nathalie, Tatiana, Olga et Micha purent enfin rejoindre leur famille à bord du navire de guerre anglais. L'évacuation des émigrants n'était pas terminée pour autant et il restait à quai une centaine de personnes. Les barques et les canots de sauvetage continuaient de les acheminer, luttant contre les vagues, le vent et les courants. La pluie avait cessé depuis peu. Parfois les nuages s'écartaient pour revenir ensuite plus nombreux encore. Mais les petits morceaux de ciel fugitivement entrevus ravivaient un court instant l'espoir des émigrants massés sur le pont.

Les femmes, les personnes âgées et les petits enfants avaient trouvé un abri à l'intérieur du navire. Les autres demeuraient dehors. Certains, agrippés au bastingage, suivaient la lente progression des barques; accueillaient avec émotion ceux des leurs qui étaient restés à terre et qui enfin les rejoignaient. On s'embrassait, on s'étreignait avec le sentiment d'avoir bravé des dangers et de se retrouver miraculeusement sains et saufs. On pleurait aussi de chagrin, de fatigue, de soulagement.

Beaucoup de personnes présentes sur le pont étaient assises à même le sol, serrées les unes contre les autres, la tête dans les épaules, le dos rond, courbé sous le poids de la détresse. Parmi elles, se trouvait Nathalie.

Elle tenait contre sa poitrine son sac de voyage en velours dans lequel elle avait caché le journal d'Adichka que lui avait remis Pacha. Elle était indifférente à ce départ, au froid, à la pluie. D'avoir retrouvé Pacha, d'avoir entrevu quelques lignes de l'écriture de son mari, la ramenaient presque deux ans en arrière. Le présent s'estompait pour faire place au passé, c'est tout juste si elle avait conscience de quitter Yalta. Il lui tardait seulement de trouver un abri et de lire le journal. Et en même temps, ce moment lui faisait peur. Elle avait le sentiment que l'émotion serait trop forte et qu'elle sortirait brisée de sa lecture. La reconstitution du passé heureux, un instant retrouvé, soulignerait cruellement qu'elle l'avait perdu pour toujours; qu'elle était désormais seule. Elle revoyait Pacha à qui elle avait proposé de fuir; son refus de quitter le sol russe pour une terre étrangère; son affectueuse sollicitude; sa fierté. Elle revoyait aussi Bichette qui allait s'embarquer sur un vapeur russe en direction de Novorossisk. Ces deux femmes avaient été les témoins de sa courte vie avec Adichka.

Tatiana et Daphné, collées au bastingage, regardaient non pas du côté de la terre mais vers le large. Elles suivaient avec un mélange d'effroi et d'émerveillement les mouvements de la flotte anglaise. Les navires de guerre, remplis de réfugiés, attendaient que l'évacuation soit terminée, qu'on leur donne le signal d'appareiller pour Sébastopol. Au milieu, le croiseur *Marlborough* attirait tous les regards. Il avait à son bord l'impératrice douairière et le grand-duc Nicolas Nikolaïevitch qui, ainsi qu'ils s'y étaient engagés, veillaient à ce que tous les réfugiés sans exception puissent embarquer.

Tatiana croyait les reconnaître et les désignait à Daphné. L'impératrice douairière se tenait à l'avant entourée des siens. Derrière, se détachait très nettement la haute et imposante silhouette du grand-duc Nicolas, l'ancien chef des armées du tsar.

À côté du *Marlborough* on voyait un autre navire, russe celui-là. Il était chargé des derniers officiers et volontaires présents en Crimée qui s'apprêtaient à rejoindre l'Armée blanche de Denikine. Eux ne fuyaient pas, mais partaient au combat. Tatiana, le cœur serré, pensait à Gaïto et

Mitia, à la guerre qui pour eux ne faisait que commencer. Un bref instant elle avait cru distinguer la flamboyante chevelure de Gaïto mais maintenant, elle en doutait.

— Si, si, c'est lui, affirmait Daphné autant pour lui faire plaisir que parce qu'elle avait envie, elle aussi, de le voir une dernière fois.

Dans l'espoir de se faire reconnaître, elles agitèrent les bras, mais personne à bord du navire russe ne leur répondit.

De l'autre côté, elle aussi accolée au bastingage, Xénia contemplait Baïtovo, son palais abandonné qui surgissait entre les pins de Crimée, les cyprès et les palmiers. Elle distinguait les volets ouverts, elle devinait la vie qui commençait à s'organiser sans elle, sans sa famille. Était-ce la dernière fois qu'elle le voyait ? Elle savait qu'elle venait d'abandonner le merveilleux domaine de ses ancêtres, ce chef-d'œuvre de raffinement et d'imagination qui lui avait été légué et qu'elle aurait dû, à son tour, transmettre à ses enfants. Elle portait dans ses bras son fils Pétia et lui désignait l'escalier et les lions en marbre blanc. Près d'elle se tenait Micha. Il avait une main posée sur la nuque d'Hélène, une autre sur celle de Sérioja. Les enfants, impressionnés par l'émotion des adultes, demeuraient silencieux.

Un jet de vapeur fusa vers le ciel suivi du mugissement des sirènes : le navire russe avec à son bord les officiers blancs et les jeunes volontaires appareillait pour rejoindre Novorossisk. De partout on se relevait, on se pressait pour le voir. Ces hommes qui partaient se battre pour tenter de sauver la Russie suscitaient l'admiration de tous. Beaucoup allaient périr, beaucoup ne reviendraient jamais. Ils étaient debout au garde-à-vous pour saluer une dernière fois celle qu'ils considéraient toujours comme leur souveraine, l'impératrice douairière, et leur ancien généralissime, le grand-duc Nicolas qui, eux aussi au garde-à-vous, les saluaient. Puis, tous ensemble, ils entonnèrent l'hymne national russe repris sur tous les ponts de tous les navires.

Les derniers réfugiés avaient embarqué, les navires à présent étaient pleins. Les sirènes du *Marlborough* retentirent pour donner le signal du départ et tous les navires de guerre répondirent : la flotte anglaise pouvait quitter Yalta pour Sébastopol. Xénia tenait toujours son petit garçon dans les bras.

— Regarde bien les lions quand le bateau va partir, dit-elle. Le mouvement va nous donner l'impression qu'ils bougent.

— Lions, répéta Pétia gaiement.

— Les deux premiers somnolent, les deux suivants se réveillent et les deux derniers grondent, expliquait Xénia, consciente qu'elle répétait ce que sa propre mère lui avait appris quand elle était petite.

Xénia ne saura jamais que quelques années plus tard, le cinéaste Eisenstein se promenant en bateau le long des côtes de Crimée apercevra de la mer les six lions en marbre blanc ; qu'il reviendra ensuite pour les filmer et que ces lions seront vus dans le monde entier. Comment aurait-elle pu imaginer que les lions de Baïtovo, par l'art du montage, allaient encadrer un autre grand escalier, celui d'Odessa dans *Le Cuirassé « Potemkine »* ? Comment aurait-elle pu imaginer que le cinéaste verrait ce jour-là un palais abandonné, ouvert à tous les vents et envahi par une végétation redevenue sauvage ? Le Baïtovo qu'elle quittait ressemblait à celui qu'elle avait toujours connu. Elle le regardait s'éloigner tandis que le navire filait le long de la côte tapissée d'anémones et d'orchidées sauvages sous les arbres fruitiers en fleurs, les cyprès et les palmiers.

Olga avait rejoint son frère et sa belle-sœur.

— Tu reviendras à Baïtovo, dit-elle avec conviction en serrant le bras de Xénia.

— Nous reviendrons, rectifia Micha sur le même ton.

Xénia, de tout son être, pressentait que non. Elle ne dit rien mais chuchota à son petit garçon : « Regarde, regarde une dernière fois... N'oublie jamais. » Le petit garçon perçut l'immense chagrin de sa mère et sans savoir pourquoi se mit à pleurer.

Il faisait nuit quand la flotte britannique entra enfin dans le port de Sébastopol. Tard dans la soirée, de nouveaux navires vinrent se placer contre les flancs des navires de guerre. Les émigrants furent ainsi transférés d'un bord à un autre, guidés et aidés par la tranquille sollicitude des marins anglais. Cela se fit dans l'ordre et la dignité. Sans un cri, sans une plainte, sous un ciel d'encre. Il avait cessé de pleuvoir depuis le milieu de l'après-midi, mais l'air conservait une fraîcheur humide et salée.

La famille Belgorodsky avait quitté le contre-torpilleur sur lequel elle avait embarqué pour un confortable navire anglais qui avait servi à transporter les troupes durant la guerre. Tout s'organisa très vite : les femmes et les enfants occuperaient les cabines, les hommes dormiraient sur les ponts. Personne ne songeait à réclamer quoi que ce soit.

Les plus jeunes enfants couchés, les adultes s'étaient massés sur les ponts des navires. On avait retiré les dernières passerelles. On entendait des ordres criés ici et là ; le grondement des machines. À quai, des silhouettes s'agitaient dans une semi-obscurité. Quelques réverbères éclairaient les groupes de curieux venus assister à l'exode. Fatigue ? Indifférence ? Présence imposante de la flotte britannique? Contrairement à ce qui s'était passé ici même les jours précédents et à Yalta quelques heures auparavant, peu d'hostilité émanait de ces groupes.

À nouveau, un jet de vapeur fusa dans le ciel suivi d'un mugissement grave et tremblé. À nouveau, le *Marlborough* de l'impératrice douairière donna le signal du départ. Aussitôt après retentirent les sirènes de tous les navires qui s'apprêtaient à le suivre, auxquelles répondirent les navires russes et les bateaux de pêche qui restaient à quai. Les navires se faisaient leurs adieux. Cela dura un long moment. Puis, un par un, ils quittèrent le port et gagnèrent le large dans le sillage du *Marlborough*.

Personne, nulle part, ne parlait. On n'entendait que le bruit des vagues s'écrasant sur les coques; le vent et le grondement sourd des machines; les respirations oppressées des voisins les plus proches. Des nuages, très bas et très noirs, bouchaient le ciel, fermaient l'horizon. Pas une étoile, nulle part, pour apporter un peu de vie, un peu d'espoir. Au loin, les lumières de Sébastopol lentement s'effaçaient dans la nuit.

Des hommes, des femmes et des enfants, demeuraient serrés les uns contre les autres sur les ponts. Beaucoup pleuraient en silence. Beaucoup s'étreignaient. D'autres restaient à l'écart, prostrés dans une douleur muette. Tous éprouvaient le même chagrin, la même détresse devant l'inconnu qui s'ouvrait devant eux et qui ressemblait à cette nuit si noire et si hostile. Chacun, à ce moment, se retrouvait seul dans sa souffrance. Et chacun s'accrochait à une certaine idée de la vie, se promettait qu'il reviendrait, que l'exil ne durerait pas. Quelques-uns, seulement, savaient. Ceux-là regardaient disparaître les côtes de Russie le cœur déchiré, croyant encore les voir, quand il n'y avait plus rien que les vagues et l'eau, à l'infini. Ils savaient que sur les milliers d'émigrants qui avaient dû fuir la Crimée, ce 11 avril 1919, presque aucun ne reviendrait.

DU MÊME AUTEUR

Aux Éditions Gallimard

DES FILLES BIEN ÉLEVÉES.

MON BEAU NAVIRE (Folio, *n° 2292*).

MARIMÉ (Folio, *n° 2514*).

CANINES (Folio, *n° 2761*).

HYMNES À L'AMOUR (Folio, *n° 3036*).

UNE POIGNÉE DE GENS. Grand Prix du Roman de l'Académie française 1998 (Folio, *n° 3358*).

AUX QUATRE COINS DU MONDE (Folio, *n° 3770*).

SEPT GARÇONS.

Composé et achevé d'imprimer
par la Société Nouvelle Firmin-Didot
à Mesnil-sur-l'Estrée, le 24 novembre 2002.
Dépôt légal : novembre 2002.
Numéro d'imprimeur : 60186.

ISBN 2-07-042546-0/Imprimé en France.

14194